蜘蛛文库

得到的不仅仅是真相

Shuitian
Yise

水天一色

——

著

乱神馆记·蝶梦

浙江文艺出版社
Zhejiang Literature & Art Publishing House

图书在版编目(CIP)数据

乱神馆记.蝶梦/水天一色著.—杭州:浙江文艺出版社,2023.10(2024.2重印)

ISBN 978-7-5339-7356-8

Ⅰ.①乱… Ⅱ.①水… Ⅲ.①推理小说–中国–当代 Ⅳ.①I247.5

中国国家版本馆CIP数据核字(2023)第165862号

丛书策划　柳明晔
本书策划　徐　全
责任编辑　徐　全
责任校对　陈　玲
营销编辑　余欣雅
数字编辑　姜梦冉　诸婧琦
封面设计　储　平
责任印制　吴春娟
插　　画　周宝月

乱神馆记·蝶梦

水天一色 著

出版发行　浙江文艺出版社
地　　址　杭州市体育场路347号
邮　　编　310006
电　　话　0571-85176953(总编办)
　　　　　0571-85152727(市场部)
制　　版　浙江新华图文制作有限公司
印　　刷　杭州杭新印务有限公司
开　　本　880毫米×1230毫米　1/32
字　　数　178千字
印　　张　8.625
插　　页　3
版　　次　2023年10月第1版
印　　次　2024年2月第5次印刷
书　　号　ISBN 978-7-5339-7356-8
定　　价　52.00元

序

远宁

　　我认识水天已经很多年了。她是我第一位编辑，也是第一位让我真正有信心投入到推理文学创作的人。而她的《乱神馆记·蝶梦》也是我购买的第一本国内作者的长篇推理小说。

　　应该说，我和水天因字结缘，之后发现彼此有共同的爱好，感情更进一层。如今从创作到生活中，我们都成了非常好的朋友。今日也何其有幸，能为她的这本书写一篇序言。

　　人说子不语怪力乱神，但是女主人公离春却偏偏开了一家乱神馆，在看似虚妄诡谲的鬼神之说中寻找世间的真实。而蝶梦来自庄周梦蝶的典故——水天和我都十分喜欢庄子，庄子那种肆意汪洋的浪漫想象，那种行于文中的自然玄妙，便如离娘子在调查案子时的天马行空，思路广博，最终却能从玄而又玄的案子中找出蛛丝马迹，终至大白于天下。

　　为了不过多剧透，我只谈谈初读本篇和十多年后再读此篇的不同感受。

　　大概在十七年前，我第一次接触到这本小说，当时只是因为这是我最喜欢的唐代故事，看书时也只关心案件的侦破和主人公们的情感线（笑），大概是因为那时只是个刚刚大学毕业的年轻人，一心只想莽撞前行却无对生活的太多感悟，所以只停留在比较肤浅的层次，读后只有对于人性的唏嘘和对离春感情生活的羡慕。

　　可是在今天，我再读这本小说，却有了更多的感受。

　　水天的行文十分富有逻辑性和女性特有的细腻。草蛇灰线，伏脉千里，开局布局谋篇，结尾抽丝剥茧，这些在《乱神馆记·蝶梦》中都有很深的体现。事实上，这些年间，从人物设计到构思布局，《乱神馆记·蝶梦》已经有无数的同仁夸赞分析评论过，我便不在这里班门弄斧了。

　　我想说说我最爱的女主人公离春。

　　离春这个名字来源于战国时十分有才华的女子钟离春（也就是我们熟悉的钟无艳）。与钟离春一样，离娘子貌丑却有才华，借着世人畏惧的鬼怪之名，行的却是查案解疑之事，所为的不过是寻找世间的真相与公平正义而已。

　　离春身上背负着人们的种种偏见，从她的容貌到身世，她身上的每一个传说在另外一个人的身上都可能是压垮骆驼的最后一根稻草，但是她依然自如自洽地生活在这人世间。

　　她无容貌焦虑，也无婚姻焦虑，也不会因为世人对她的异样眼光和各种传言而自怨自艾。她爱自己，也能立足本心去帮助他人，更能冷静自持观察这世间的众生百态，坚定地行走在属于自己的道路上。在我心中，她才是真正的绝世而独立的女子，能够仗剑人间，与天争命。

离春独立自主，聪慧清醒，像水天本人，也像我们许许多多同样优秀的女孩子。世间真正的美丽，是一个人拥有有趣而清醒的灵魂，只有真正懂她的人才会发现、欣赏、珍惜。我很高兴地看到文中的大理寺卿杜清平便是这样的人，他懂离春，也能抛开世俗的眼光、层层的偏见，以及世人普遍对于外貌的看重，选择与离春并肩前行。他能知道离春的美，超越了皮相去爱离春的真实。这种感情才更值得人肯定，我也相信他们能相携走到更远，当年我羡慕他们的感情，但如今我更希望每个女孩都能遇到属于自己的杜清平。

幸甚，这本小说能再次跟大家相遇；幸甚，离春与杜清平相遇；幸甚，我们与水天相遇。希望大家会喜爱这本书，喜爱离春，喜爱水天。也希望我和大家将来能看到属于离春和杜清平的更多故事，这里也算对水天小小的催更吧！（笑）

开卷有益，诸位，让我们在阅读中相遇。

2023年3月10日

目　录

楔　子

天宝年间，长安城西乱神馆，是坊间第一大传奇。

传说，乱神馆专做死人生意，招牌上写明了——御鬼神，通阴阳；

传说，乱神馆馆主道行高深，法力无边；

传说，这馆主是一女子，名唤离春，旁人呼之"离娘子"；

传说，她相貌奇丑，年过双十仍无人上门提亲；

传说，她八字不祥，命中带煞，甫出生便克死亲娘；

传说，她父亲是公门中人，一生缉捕违法乱纪者无数，最恨人借鬼神之名赚钱，在他弥留之际，女儿偏偏建起乱神馆，使得他一气之下一命呜呼；

传说，荐福寺住持净恩大师，曾指着她的鼻子大骂"妖孽"，次日，这位得道高僧便自缢身亡……

所有这些传说，长安人都耳熟能详。离春之形容心性如鬼魅，更是众所周知。但众人最为清楚的是，她身上确有异能，货真价实。于是，乱神馆的访客，络绎不绝。

其中，甚至还有以容貌俊美、性格怪僻著称的大理寺卿杜清平。这位杜大人，虽然一向开明，不拘小节，却也以为离娘子妖言惑众，有碍民风，曾一度想要拆了她的乱神馆。其实，光"乱神"这名字，就够查封个几回。此事闹得沸沸扬扬，尽人皆知，

可后来居然不了了之，甚是蹊跷。个中原因，猜测甚多，无一定论。

不管怎样，时至今日，乱神馆依旧开门迎客，依旧宾客盈门。

 ○ 一

这一日，一名身长不足四尺、白净素衣的男孩，站在乱神馆外，他忧郁的眼睛望着招牌，伸手摸了下系在腰间的硬物，终于踏入馆中。

馆内十分朴素简陋，只有几把座椅、几张桌台，全是赭褐颜色。加之窗户紧闭，只有门前透进的一点亮光，显得异常昏暗。

这时有人迎上前，把他让到椅上坐下，从内间端出水来，俯身笑问：

"这么点大的孩子，也来我们这里吗？"

说话的这名女子，长相十分秀美，乍看似乎温柔贤良，眼中却透出几分机灵。

"我是来找人的。"男孩语气平平。

"你要找的，是死人吗？如果不是，我们可帮不上忙。"女子发出清脆的声音提醒道。

男孩低下头，不再说话。

正当女子转身要走时，听见门外有人呼喝"离娘子在吗？"，然后一名锦衣公子就摇曳着宽袍，甩着大袖走进门来，身后还跟着一名弯腰弓背的仆人。

他先转到女子面前，端详一会儿，自语说"还看得过去，应该不是"，随即找了张椅子大剌剌坐下，往后一靠，旁若无人地高声叫道：

"这里有没有人伺候？还不上茶？"

女子眉头一蹙，转身进了内间，不多时端出一杯茶来。那公子拿到嘴边呷了一口，味道与白水无异。

"这是什么茶？"

"禀公子，叫独叶茶！"

"毒……毒液茶？"

公子面色死白，张口欲呕。女子又补充道：

"独者，一也。独叶茶者，乃用一片茶叶所沏之茶也。公子有口福，这是我们乱神馆特产，别的地方还喝不到呢。"

说完转身回内间去了。那公子捧起茶杯，就着光一看，里面果然漂着孤零零一片茶叶，心里气郁，却也发作不得。

城西本是胡商聚集之地，白日里十分嘈杂。酒肆中胡姬的歌声，羯鼓敲击声，夹杂着毡毯叫卖声，不绝于耳。

正在乱神馆中等待的大小两位公子，听着这些杂音有半个时辰了，小的还可称平静，大的却已经坐不住了，蹾着茶杯吆喝：

"离娘子怎么还不出来见人？"

先前那女子又走过来，眉间带着不悦：

"抱歉了。我们馆主正在与孟公子谈天，一时走不开。"

"孟公子？何许人也？"

"孟公子名叫孟白，是宴宾楼的跑堂。"

锦衣公子拍案而起：

"为了这么一个下贱人，怠慢我这样的贵人，这就是你们乱神馆的待客之道?！"

"话不是这样说的。人家孟公子，是我们馆主的友人；而公子您，是我们馆主的客人。馆主她友人有数，客人却无数，您倒是说说，哪边要紧啊?"

那公子一时语塞，正不知怎样答话，听见内间帘里一道声音响起：

"苑儿，你又在给我得罪人了……"

这声音初过耳时，只觉得阴柔，仔细一听，却全无柔劲儿，阴气倒是十足。

公子不觉全身一凉：此人还未露面便已让人生寒，多半就是乱神馆馆主了。

只见帘子与门之间的缝隙渐渐撑大，一人从里面钻出来，双手捂在脸上，似乎很是疲惫，精神不济，马上要回房睡去。衣着样式十分随意，头发也披散着，些许凌乱。

苑儿立刻迎上去指摘：

"你这样装束，被那人知道了，又要说你。"

"只要你不多嘴，那人又怎么会知道?"手指缝里传出的声音，有些发闷。

听了这些对话，那公子不觉讶异：若新来这人真是离娘子，这丫头又怎么会这样没大没小？难道她也不是？

他睁着眼睛努力辨识，可惜屋子里黑暗，看不清楚，只隐约看到眉眼。只见她眉目狭长，颜色清晰，如同《诗经》里所说"婉如清扬"，秀美非常。

心中更是生疑时，见她把双手一放，立刻在惊吓中恍然：这女子必是馆主无疑！

原来，她左脸上盘踞着一块赤红色胎记，张牙舞爪地布满一边脸颊；形状也不规整，还向外延伸出几个叉，其中一枝甚至狰狞地爬伸到鼻翼上。在这胎记见光之后，原先的一丝颜色马上望不见了，难怪人说"相貌奇丑"。

她转向那公子，颔首道：

"得罪了，让公子久等……"

那飘忽的声音，直把对方推到椅子上坐下，让他不由自主开口说：

"还好，不急。"

离春踏着话音，缓步走近，却在那男孩面前停住，蹲下身来。

"听苑儿说，你来找人？"

被那迷离的眼望着，男孩站起身子，平静地答道：

"我想见我娘！"

"你娘她……"

"五天前横死的。"

离春眼神一闪：

"你可知道，我这乱神馆不做白工。"

男孩眨眨眼，十分淡然地去摸腰带处，取出一面玉牌：

"我听说，这个值不少钱！"

离春接过玉牌，触手即知质地温润，看颜色也晶莹剔透，上面依玉材的纹路刻着些山水，中间有四个字：弄璋之喜！

离春蹙起眉头，神色微讶：

"这可是伴你出生的玉啊！"

男孩脸上透出些坚定，声调不起波澜：

"我想见我娘！"

离春凝视着他，嘴角扯出一个笑容，还不等收敛，就见一只手用力一推男孩的肩膀，让他跌在地上。

离春徐徐站起，冷漠地望向始作俑者。那锦衣公子怒瞪着从地上坐起的男孩："你这乱七八糟的有完没完？让本公子等得烦透了！"说罢面对离春，"离娘子，你先听我的！我可是名门之后，我爹他曾经在朝为官。后来辞了官，家里也没有没落，还是长安城里知名的大富人家。我爹他以前受过先皇赏赐，那可是一大笔横财。当时感激舍不得动用，说要留待以后救急，就藏在了宅子里的某个地方，具体在哪儿只有我爹一人知道。可是他呀，还没来得及说出这秘密就咽了气。所以，我想让你把他的魂魄请出来，跟我说清楚。"

听完了这一大段话，离春的面色毫无波动，只低头看看那男孩，缓缓开口：

"公子知道何谓'先来后到'？"

那公子一窒，又好像不在乎似的：

"你开乱神馆，还不是为了赚钱？如果你帮我找到了宝物，我可以给你半成作为酬劳，怎样？"

他竭力做出热诚的样子，可目光触及那块胎记，面皮却又不禁抽搐。离春沉吟了下：

"请问，令尊是何时故去的？"

"三个月前。"

"哦，这样的话，恐怕就不行了。"离春摇头，"公子知道，亡魂惧怕阳气，就算是有极大冤屈的厉鬼，也只敢在夜间出没。而普通的魂魄，即使入夜也无法凭空显形，否则会魂飞魄散。如果一定要招来阳世，只有另寻一具躯体给他暂住，也就是说，要上我的身。可是，令尊去世时间不长，煞气还太重，就算是我，也无法承受啊。"

"这个，我明白的。"他暧昧又为难地一笑，"可是，你这也太……半成实在已经不少了。"他一咬牙，痛下决心般说道，"好吧，如果你完成了我这请托，我给你一成。"

离春眼中冷光一凛：

"公子以为我这是坐地起价吗？既然说了会伤身，无论您再出多少钱，我也不会答应的。如果您定要把这件事情交给乱神馆，就请多等一个月，待煞气散了些再说。这期间，还请公子少安毋躁，实在着急的话，可以另请高明。"

"你故意拖延我，难道是想先顾他这边不成？"

看他愤怒地指着那男孩，离春的目光在两人脸上逡巡：

"今日这两单生意，我都不接！"

那公子脸上变了几种颜色，一甩袖子，道了句"那一个月后再见了"，就带着家仆跨出门去。

离春轻笑了一声，低头看那男孩，见他定定地望着被自己捏在手里的玉牌，就递过去塞在他掌心。男孩接过，转身便走。离春看着他的背影，又笑一声：

"你要到哪里去？"

男孩回头：

"你都说不接这单生意了，我还赖在这里吗？"

"如果我只是帮你忙，却不收你钱，又怎么能叫作'生意'呢？"她低头，眼里光芒微闪，"你在这里等下，我进去换件衣服。"

男孩怔愣半晌，躬身行礼：

"封亦然多谢了！"

离春闻声停下脚步，脸上露出了不明意义的微笑。

离春脱下外袍，搭在闺房里的屏风上，从柜中取出最常穿的一件。

宴宾楼的跑堂孟白公子，这时来到她闺房外，轻敲两下，隔着门说：

"离小姐如果没事，我就回去了。"

"等等，又多了件事拜托你：帮我打听封家的情况。"

"五天前死了人的那个封家吗？知道了。"孟白一阵得意，"这正是我的长项。宴宾楼的客人，都爱与我聊天呢。"

"我知道你神通广大。"离春笑着系上束带。

"那我就先……对了，小姐，刚才有件事我不大明白。"

"讲!"

"那另一位客人，我知你讨厌他，不想做他生意，也是当然的。但是，你怎么不一口回绝掉，反而约到下个月?"

"拖他一个月，一是为了专心办封亦然的事情，二嘛，是要试探他。"

"试探?"

"你可看清他的衣着?"

"十分华丽。"

"是啊。父母死后三年，均是丁忧之期。就算是在朝为官，也该辞官不做，脱下官服回家守丧。而这一位，父亲刚去世三个月，就锦衣华服地出来招摇，你认为这是什么?"

"不孝!"

"依我看，可不只是'不孝'啊!你看他初见我时，一脸惊恐，到底是有些畏惧我这能通阴阳的人;然而，等我说要他等上一个月，他立刻跳起来出言不逊，把鬼神什么的全忘了!你说说，一个连多等一个月都不肯的人，为什么能熬到他父亲都过世三月了才来找我?依他这样明目张胆的不孝，恐怕老人家断气一刻钟后，就该巴巴地赶来踩我乱神馆的门槛了。所以我想，他到底为什么拖了三个月呢?这三个月的时间，他又在做什么呢?"

"这可难猜了。"

"难吗?我倒觉得，他一定是在家里翻箱倒柜、挖墙刨地地寻宝呢。他父亲一死，他就马上开始这么做了吧？埋头苦干三个月终于绝望，承认靠自己的力量无法找到宝藏。可是，那财宝是留下来应急用的，如果他父亲还在世，定然不会让他这样。所以我又想，父亲与财宝，在他心中孰重孰轻？会不会他知道了——不，'自以为'知道了——藏宝的地点，一时迫不及待，于是出手除掉了这唯一的障碍呢？"

"你……你是说，弑父?!"孟白大惊失色，人如其名地脸色雪白，"可是，可是，屠戮亲属，有逆人伦啊!!"

"哈哈哈哈!!"离春大笑，"孟白，你可不要忘记了，我开的是'乱神馆'。在这里，神道都可乱了，何况是人伦啊?"

房门一开，离春衣着整齐地从房中走出，见孟白神情慌乱，暗暗摇头：

"跟你这么说吧：会在死人身上打主意的，只有两种人。

"第一种，是为了情。虽然心之所恋已经不在人世，却仍依依不舍，怎样也不愿他离开，哪怕只再见上一面也好。人们都说，这样会让死者牵念，不能安心投胎转世。但这生死都无法分隔的情，又何其难得！

"第二种，是为了欲。比较多的，是对钱财的欲望，想请出咬着秘密进棺材的人。还有的人，则是出于求生之欲，比如自己害了人，又怕恶灵缠身，来找我驱鬼的。

"每次我见到前一种人，都觉得仙乐盈耳；而碰见后一种人，眼前仿佛群魔乱舞。偏偏这一天之内，两种人全让我遇上了……"

离春嘴角含笑，转身负手向前厅走去，衣袂飘动：

"要说我这乱神馆，开得真有趣啊！"

〇 二

四方的坊，街边的排水沟渠，十字路口的架桥，宽阔的林荫道，恢宏壮美的长安。

街上并排走着两个人，看着六七岁的白衣男孩并不出奇，他身边那人却引人注目。

一头青丝没有用幞头束起，也没有盘髻，只是用一条黑绸在脑后扎起一缕，与余下的头发一起披在背后。一身墨黑衣衫，宽袍大袖，没有显得肥大臃肿，反而纤细飘逸。配上她被服色一衬更显苍白的脸色和愈加赤红的胎记，一派阴森鬼气。

离春低头对封亦然说：

"你是偷着跑来找我的吧？"

亦然不禁讶异：

"你怎么知道？"

看你衣衫的质料，可不是普通人穿得起的，该是富家子弟吧。如果你家人知道你到乱神馆来，必然会遣仆从跟随，也会给你足够的银钱，就不用你拿那玉来抵了。

离春心里这样回答，脸上却只是神秘一笑，果然换来这孩子的崇敬与赞叹。

"馆主你真如传言所说有神力呢！不错，我确是偷偷摸摸出来的。"亦然眼色一黯，"我也明白，这样去求你太过轻率，实在不像样子，可是，就算我与家里人说了，只怕也没人有心思管我。"

"怎么？"

"自从我娘出了事，家里就乱作一团了。大理寺的差役每天都来；爹一直把自己关在书房里，足不出户，一切事务都交由赵管事处理；莫成和以往一样劈着柴，看起来却很焦虑；红羽她本应最清闲，却整天自己找事情做，做完了又背着人掉眼泪……大家都已经这样愁云惨雾的了，我还要去麻烦他们吗？"

"刚才你说的，莫成和红羽，是你家用人？"

"是。莫成是家里的长工，主要干些力气活儿。红羽是娘的贴身丫鬟之一，除了伺候娘，其他事都不用她做。"

"贴身丫鬟'之一'？这么说，还有其他？"

"是，还有一个叫红翎的，在我娘横死那天失去了踪影。大理寺的人说，她多半与这凶案有关。"

"那么，你请我叫你娘出来，是要她亲口指认凶手，替她申冤？"

"不是。我并不清楚，横死与正常亡故有什么区别，但我知道，将凶手绳之以法，是官府的事情。很多人说，现下主持大理寺的杜大人，断案如神，是难得一见的千古奇才。如果是他，一定可以把凶徒绳之以法。"

"听说近日杜大人家中有事，他请假回去探望，目前不在长安。如果要指望他，恐怕得再等些日子了。"

"那倒是不怕。早一日晚一日又如何？我娘也不能再活过来了。"

离春凝思片刻，似乎不敢尽信：

"你找我，就真的只为了见你娘一面？"

"还有，向她道歉。六天前，娘来责备我不好好念书，整日胡思乱想，还胡说八道吓唬她房里的丫鬟。可是，我真的没有说谎编故事，觉得委屈，心急起来顶撞了她。中午时我还在赌气，她亲自送来的饭菜，我一口也没有吃。到晚间已经后悔忤逆，但是天早已黑下来，我不敢走出房门去认错，就睡下了，想着明日一早就去。第二日早上，我起来后，先往厨房走，想拿了早点送到娘房里，求得原谅。经过柴房附近时，听到一声大叫'夫人，您怎么睡在这里？'我跑去看时，娘躺在水井边，莫成正在探她鼻息。刚伸手到鼻端，就缩回手去，人也坐到地上。我当时还不知怎么回事。后来一些人聚拢来，人群中有人说'报官吧'。很快来了许多穿着差官制服的，他们把娘的尸首抬起来时，娘的脸正好歪向我这边，一股清水自她口中流出，划过嘴角，直滴在地上……"

亦然正说得起劲，听见离春冷哼一声，似乎十分不悦，立刻不再述说：

"实在抱歉，你讨厌听这些吧？"

"放心，我只是在想，那些差役来办案时，就没有一个人过去把你带开，任凭你在旁边这么看着？"

"是啊，怎么了？"

"我就是在'哼'这个!"

封家宅院门口,人可不是一般的多。

一名身着孝服的男子站在门前台阶上,身材魁伟但容色憔悴,俊秀的五官与封亦然有几分相似。他身后站着个略低着头,面庞瘦削显得尖嘴猴腮的中年人。

他们对面,站着几位大理寺的差官。为首一人抱拳招呼道:

"哎呀,封爷,您今天总算是出来了。"

那男子没精打采地点头道:

"是啊。这几日闷在屋里,做什么都没有心思,实在招待不周,怠慢各位了。"

"封爷说哪里话?倒是我们每日来来去去的,给府上添了不少麻烦。"

男子摇头表示不碍事。那满脸的哀戚,连见多了苦主的差官也不禁动容:

"说句冒昧的话,您也听我一声劝:中年丧妻确是人间惨事,但人死不能复生,您可要节哀啊。"

"我自知人死不能复生,但是节哀……"男子凄然一笑,眉宇之间尽是愁苦。

差官见这情形,也不好再说什么。静默了一会儿,男子像是猛然醒过来:

"看我糊涂的,就让大家在这里站着,快请进吧。"

正在这时,街上缓缓走来一群身穿乌黑短衣的汉子,用木头

吊了什么东西担在肩头。还没有走近,其中一人就大声吆喝:

"是封家吧?您定做的墓碑,给您刻出来了!"

正在张罗差官进宅的男子,一见他们,露出迫不及待的模样:

"我一早起来,就是为了等这个。快,快抬进去吧。"

他身后的瘦脸人,探出头来说话:

"院子里已经腾出一块地方了,麻烦各位再多走几步。等放下了东西,辛苦钱是少不了的。"

这人的话,本来殷勤周到,但封家主人一听,却勃然大怒:

"什么院子?难道,这样重要的东西,也是可以摆在院子里的吗?抬到我现在的卧房里去!"

所有站在门外的人,闻言都一阵惊愕。先前说话那人,更是受到惊吓:

"老、老爷!墓碑这东西,放在屋里,大大不祥啊!"

男子霍然转身,凝望着他,眼神中带着几分迷茫:

"这哪有什么不祥的?"说着眨眨眼,眸中透出决然的执念,"玉蝶她,生,是我妻;死,亦是我妻!与我同室而居,理所当然,又有何不妥?再说,她身子那样娇弱,在院子里日晒雨淋的,怕会生病啊!"

说罢怜爱地抚着墓碑,嘴角露出微微笑意,转身引领短衣的人们进去,把其余人都撇在身后。

见到大理寺众人鱼贯而入,离春领着封亦然从树后闪出。

"刚才那个人,就是你爹?"离春问道。

"是。"

离春眼睛眯起，自语道：

"难以置信，近几年闻名长安的富商封乘云，竟然是这样的人……"

亦然没有听见她的自说自话，只是专注地看着那棵藏身用的树：

"你刚才为什么不让我过去，反而拉我避开？我还想把你介绍给爹呢，他也很想念娘。"

"我与大理寺的人有些过节，一时还不想见他们。"

"他们现在不在门口了，你我是不是可以进去了？"

"嗯。"

亦然抬头看看天色：

"近晌午了，可我家现在这样子……对，我带你去找红羽，她总能给我们找些吃的。等酒足饭饱了，应该就能开始了吧？"

"开始？"离春摇头轻笑，"你以为招魂，还要附身，是那么容易的吗？需要做很多准备的。你知道，一个人活着，是由气血支持的。人一旦死去，血便枯竭，气也散去。如果想吸引魂魄归来，我这身体只能提供血，还欠缺与亡者相同的气。她生前待过的地方，触摸过的物件，都遗留着她的气息，所以，务必要到她的居所转一转，让那些气聚集到我体内。此外，还要了解她的经历与喜好，看她对这世间的哪些人事物心存牵挂。万事俱备后，就可以开始掐算时辰、方位与环境……总之，实在是麻烦啊。"

"原来如此。这么复杂的话，大概要耗时许久吧？"亦然看来有一丝失望，"不过，没关系，多久我都可以等的。但是，"有些过意不去地偷觑着离春，"要做这许多工作，不用钱真的可以吗？"

离春失笑：

"你把我离娘子当作什么人了？我虽然不是什么高尚人物，却也不会出尔反尔！快别说这些了，想早些见到你娘，就马上带我去找你家那个红羽吧。她是你娘的贴身丫鬟，见了她想必会很有帮助。"

"她现在多半在我娘的卧房。我们去那里找她，也顺便收集一些气。"

封府内房屋众多，花木扶疏，很是气派优雅。然而奴仆却没有想象中的多，七拐八弯走了一路都没怎么碰到人。也许主母的亡故，真的让府中萧条了起来。离春本来担心自己的形貌与身份会引起骚乱，现在倒是少了这份顾虑。

"这里就是了。"

亦然推门进去，离春紧随其后，眼睛打量着房间各处。

正在慢慢擦拭柜子的女子转过身来，先对着亦然叫了声"小公子"，再疑惑地望向离春，所见形貌让她不自觉打了个寒战。

亦然怕她失礼，连忙说话：

"红羽，快来见过离娘子。"

"离娘子？"红羽睁大双眼，"乱神馆的？！公子，你莫非是要……"

话说到一半，红羽便好像悟到了什么，一双美目紧紧地盯着离春，全无初时的畏惧之色。

离春也回视着她，一会儿以后，忽然皱起眉头，半张开嘴像要说什么，最终却又抿起双唇，迈步在屋里转起圈子来。

她先走到柜前，用手轻抚一下，看看指上，半点灰尘也无。柜顶上扔着的那幅完成一半的绣品，也拿起来端详一番。旁边是一张样子普通的八角木床，上方垂下纱帐，帐上绣着几只颜色鲜艳的彩蝶，被走过带起的风一吹，便翩翩舞动似要飞出来。角落里的妆台上，摆着一只镶金的妆匣。离春走过时，顺手抓起铜镜，盯视着镜中昏黄的人影很久。

红羽趁着她不注意，冲亦然比手势，使眼色，想要他说清这不速之客的来龙去脉。亦然全然不觉，只不明所以地看着离春摸这里动那里。

离春站在琴台边，低头审视着台角的香炉，手指挑动着琴上的丝弦，"嗡"的一声，伴着琴音，她突兀地开口：

"亦然，你不是说，想向你父亲引见我吗？他现在多半在和大理寺的人谈事情，你去他身边等着，看他什么时候有空见我。"

亦然点头，应声出去了。

离春见门关闭，反客为主地坐到屋正中的桌旁，默默瞧着红羽，眼神往对面的椅子上一带。红羽犹豫片刻，便坐到那里。离春却还是只望着她的脸，一言不发。

被那双看不出心绪的眼睛盯了半天，红羽终于忍耐不住，口气难免有些不善：

"你把小公子支开，到底要干什么？"

"姑娘聪明。"离春一笑，"只因为，我下面要说的，不太适合他听。"说完眼睫一掀，眸中鬼气乍现，"你家夫人，是溺死的吧？"

红羽肩头一耸，被她的语调冻僵，谨慎问道：

"你怎会知晓？"见她只是笑，就擅自揣测，"小公子告诉你的？不，应该没有人说与他知道……"

但他却看见了尸体被搬动时嘴角流水。

离春笑得更深，语气也更为阴寒：

"自然是知道的人告诉我的。我一进这屋子，就听见一个女人的声音：救命啊！好多水呀！快喘不过气了，胸好闷，谁来救救我啊！！"

越说到后来，越是声嘶力竭，鬼腔鬼调，直把红羽吓得脸色发白，急忙否定：

"你，你骗人！"

"你听着不像，也是应该的。她的声音，和我的并不一样……"

"是不是，"离春小心翼翼地试探，"带点闽南腔？"

"是啊，如果不是太过凄厉，还很好听呢。"

离春凑近些，言辞恳切：

"最初，我还以为是你在说话，可是看了你半天，都不见你嘴巴动。正想问你时，脑中灵光一闪，忽然知道了对方的身份，顾虑到亦然在这里，也就没敢开口。我为了证实我的想法，就走到镜子前往里面看，屋子里明明只有我们三人，镜中却恍惚有四个影子！"

忆起刚才对视时，离春确曾欲言又止，后来也曾拿着镜子仔细端详，红羽的表情便越来越古怪，到最后脸色一沉，直从凳上滑跪在地，仰面大叫：

"夫人！是您吗？您出来啊，您再说句话啊！您告诉红羽，是谁害死了您啊?!"

离春离座搀扶：

"姑娘，你不必如此。你家小公子叫我来，是想见他娘一面，如果你有事问夫人，不妨等我请出来后一块说了。"

见红羽有些动容，她就又把那套"气血论"搬出来讲了一遍：

"你现在也该明白，如果我要完成亦然的请托，就必须知道很多事情。虽然可以招来夫人的魂魄让她自己向我吐露，可那样耗费时间功力，所以，还请姑娘相助。"

红羽受到惊吓过后，反而冷静下来，重新坐回椅上：

"离娘子果然有法术！既然你有心帮忙，我一定知无不言。只不过你讲得笼统，什么经历喜好牵挂的，我不知从何说起。"

"那就由我来问吧。先从集气开始。你可知，什么地方死者的气息最多？就是他亡故的当场。死亡的一刹那，所有的气瞬间散在周围，远比其他地方浓郁。这些气忽聚忽散，偶尔聚得多了，气的主人就有可能借此现身……"

"所以冤魂才总会在他枉死的地方出现吗？我懂得了！"

"就说姑娘聪明！"

"那你就应该去井边收集。尸首就是在那里发现的。"

"你们府里的井吗?"

"是,就是柴房旁边的那口。"

"哦。"离春频频点头,"那么,她进入阴间时,是什么状态?"见红羽结结巴巴,离春便又说道,"我换种说法:她的尸首,是什么模样?"

"夫人躺在井边,长发披散,面孔惨白,身上穿着素色的里衣。"

"里衣?"离春眼神一厉,但面色如常,"不错,不错。我在镜中看到的影子,正是这般装束。"

"原来辞世时什么样子,魂魄就是什么样子,难怪你要问这个了。"

"不光这个,我还要问,阴阳之间的通路,是何时打开的?呃,我又忘记你不明白……"

"这句我倒明白,你想问死亡的时间吧?"现在的红羽不但镇定,还像研习一门学问般专注,"仵作检验时,正是我在伺候那些官爷。恰好从旁边听到,夫人死于五天前的子时①到丑时②之间。"

"我本没想到,你会知道得这样详细。姑娘真是细心。"离春状似惊喜,"那么,你一定知晓,你家夫人,是怎样走入阴间的?"

"你不是已经知道,是溺死的吗?"

"但我不知,她是如何溺死的。"

---

①子时:即23时至次日凌晨1时。

②丑时:即凌晨1时至凌晨3时。

"你……"红羽僵硬地一笑，"真是说笑了。这个'如何'，现在连官府的人都在追查，我又怎么会知道？"

"这个不能明了，招起魂来，始终是个缺憾啊。"离春一叹，"算了，你讲讲那晚的事情，我听了或许有个补偿。"

"你是说，出事当晚？与平时并没什么两样啊。"

"我哪里知道，你们平日是怎样过的。"

"那日晚膳之后，夫人坐在房里看书，我在旁边端茶递水，不时剪剪烛花，就这样陪伴着，一直到很晚。我看她盯着一页许久没有翻，就提醒说'夫人，您累了吧？很晚了，也该休息了'。夫人这才从书中抬起头来，一副很困倦的样子，揉着眼睛问我'什么时候了？'我回答'已经子时了'。她扔下书，说'真是很晚了呀'，然后吩咐我可以下去了。临出门时，我又回头看了一眼，见夫人把蜡烛移到妆台前，打开妆匣，借着光看着里面的钗环首饰。我知道夫人又想起那件事了……"

"那件事？是哪件事？"

"就是……"红羽咬咬唇，颇为踌躇，"夫人丢了东西。"

"噢？"

"在妆匣里，有个特别的格子，里面放着一只锦盒。盒子里装的，就是夫人最珍爱的珠宝——一颗罕见的黑色珍珠！十多天之前，夫人把锦盒打开来，想要看看那宝贝，结果，盒子里空空的，什么也没有！"

"会不会是放在别的地方，后来又忘记了？"

"我见夫人着急，也这样劝她。她说她从来只把珍珠收在盒子里，绝没有随手乱丢过。话虽如此，夫人、我，还有红翎，还是在房中各处找了一通，可连个影子都没有。红翎不死心，跑到院子里去找。这一来可好，把全家人都惊动了，都知道夫人屋里少了东西，多半是遭了贼。"说着说着便噘起嘴，似乎不满红翎做事的莽撞。

"那后来呢？一直没有找到？"

"可不是！那之后的几天里，夫人很是烦闷，我们就反复劝她。直到她出事的前几天，似乎终于想开了，不再那么挂心。而那晚，我见她盯着妆盒发呆，怕她又忧虑起来，就说'夫人，您可别多想。这珍珠呀，我觉着没丢。或许咱们不找时，它就自己跳出来了'。夫人回头一笑说'倒是你，不用惦记了。珍珠我已经知道在哪里，大约明天它就会回来了'。我很惊讶，正要问，又听夫人说'对了，你帮我把红翎叫过来'。这话一入耳，我心中忽然有些触动，就站在门口，总想再说些什么。但看夫人背对着我，又说不出口，就出屋去了。"

"可是，你心里并不踏实，还残留着那不祥的预感？"离春眯起眼睛，更显诡异。

红羽一愣，忙不迭点头：

"是的。一路走回下人房，心里头都七上八下的。到了和红翎同住的屋子，进门时险些与她撞个满怀。她正往外走，神色看起来有些焦躁。我觉得不对，就问她做什么去，她支支吾吾说不清楚。当时我也没深究，只告诉她夫人找她。她去了以后，我就铺床睡下了。"

"那她是什么时候回来的？"

"回来？不，她根本没有回来。"

"姑娘休息时，很容易惊醒吗？"

"我知道，你疑心我睡得太沉，不晓得她回来过。以前我睡觉时，确实雷打不醒，但那天不是，我几乎一夜都没合眼。"

"为什么？"

"因为，早上我曾遇到小公子，他害怕地跟我说，夜里他在井边看见了鬼！"

"鬼？"离春眼神一闪，"哪口井？"

"就是后来夫人陈尸的地点。我当时听了不信，可他言之凿凿，我也就将此事将信将疑地放在心里。伺候夫人时，她发觉我战战兢兢，问起来，我就说了。夫人为此还骂了小公子一顿。"

原来这就是亦然说的那件事情。

离春一笑：

"你就是为了这个，睡不着觉的？"

红羽脸红起来：

"是啊。我辗转反侧，总是睡不安宁。拥着被子，不敢闭眼，看着窗外摇动的树影，越看心里越打鼓。总盼着红翎快回来，我好和她挤着睡。结果她一直都没回房。直到天蒙蒙亮，我才有了睡意，但也是迷迷糊糊，没有睡死。如果她那时回来，我怎么也会知道的。"

"那么，次日清晨，又发生了什么？"

"因为睡不安稳，我起得略微晚了些。看看红翎的床，确实没有人睡过的样子。我来不及疑惑，就先到夫人房里去。和往常一样，里面干净整齐，被褥也叠得好好的。唯一不同的是，那个时候，红翎本该在服侍夫人梳妆才是，可屋子里一个人也没有。我还以为红翎收拾好屋子后，陪伴夫人散步去了，就决定先上厨房吃两口东西，再赶去伺候。我往厨房走，路过那口井时，见莫成惊恐地坐在地上，小公子愣在一边，而井旁……"红羽语调瞬间忧伤起来，"你也知道了。后来官差们闻报赶来，要讯问府里人的口供。清点人数时，发现红翎不见了。"

说到这里，红羽忽然停口，蹙起眉头，似在思考什么，专注得忘记了还有个人在身边。离春也不打扰，只默默等着。

"难道，是这样?!"红羽醒过神来，脸上露出惊恐和惊喜的神色，探身越过半张桌子，紧盯着离春，激动得几乎语无伦次，"离娘子，我知道，你这样谈起鬼神面不改色的人，一定瞧不起我的胆小懦弱。不怕你笑我，说实话，自夫人去后，我始终不敢回忆以前的情形。今日和你完整说这一遍，我反倒想明白了一些事情。我现在觉得，害死夫人的，一定是红翎!"

"怎么说?"

"你想，我和夫人一提珍珠，她立刻要我把红翎叫来，这是不是表示，红翎和珍珠失窃有什么关系? 仔细一想，也确实如此。珍珠总不会是夫人自己藏起来的，而能进出夫人卧房的，只有红翎和我。我又没有拿，你说，它怎么会消失不见呢?"

"你的意思是，红翎偷了珍珠?"

"除了她，应该没有别人了吧?"

"怎么没有？封家大门大户，仆役也不少。人一杂，管理就不易。难保没有个手脚不干净的，逮着夫人房里没人的空当，摸进来行窃。"

"可是，家里并没有那么多仆人啊！夫人性喜清静，老爷也不爱排场，这么大个宅子，只有几个伺候的人。"

"这么说来，这个贼人，多半就是红翎喽？"

"我想，事情是这样的。听夫人说的话，她已经知道小偷的身份，并肯定明天珍珠就会找回来。让我去叫红翎，是为了向她索回失物。红翎当晚面色不对，正是做贼心虚。听到我叫她后，立刻察觉事情可能败露。她虽然走出屋子，却不敢马上去夫人那里。夫人等得着急，就睡下了。这时，红翎潜进卧房，想一不做二不休，索性对夫人下毒手。夫人梦中惊醒，自然要逃命，于是奋力挣扎，夺门而出。红翎就在后面追赶。两人跑到井边，夫人终于被抓住……红翎得手后，自知闯下大祸，连我们的屋子也不敢回，慌忙逃命去了。"

"这倒可以解释为什么夫人遇害时穿着里衣。"

"你也觉得有理吗?"红羽眼睛闪亮。

离春正要回答时，门一响，封家小公子从门缝中探进半张脸来：

"大理寺的人这就回去，我爹马上有空了。"

离春闻言站起身来，向亦然走去。跨出门的前一刻，又回过头，眼神空白地望向红羽：

"再说一次，姑娘真是聪明人！"

○ 三

离春跟着亦然，往厅堂走去。

途经花园时，遇见那抬墓碑的一行人，在道上慢慢行走。前面的几个，嗓门响亮地说着话。有些远远地落在后面，低头捻着手心里的一小串开元通宝，显然是领了赏回来。

带头的一位，本来不耐烦地招呼掉队的快走，但他马上发现，专心数钱才真正有福，因为不用受迎面走来女子的惊吓。

与离春擦身而过几步后，他们立刻谈论起来，一开始还略微压低声音，几句之后声音完全扬起，丝毫不在意话语中提及的人是否会听见。

"刚才那位，你看见了吧？她脸上……哎呀！"

"长成这副样子，多半是乱神馆离娘子吧？"

"我婆娘以前去过那馆。她回来后，我问她那传言中的馆主长什么样子，她说：不用我细说，你只要记住'相貌奇丑'四个字，见了面就能认得出。现在想来，她真是说对了。"

"自从听说了这女人，我就一直琢磨，'离娘子'这绰号，一定是她自己取的。"

"怎么说？"

"你想，这种模样，哪里觅得到夫婿？这一生都不会有人叫她'娘子'。她只好借此让全天下人都叫她'娘子'喽。"

众人一阵哄笑。

"你们说话小心些。听说，她身上真的有异术……"

脚步声渐行渐远。

自他们开口时起，亦然就颇为不悦地瞪着那些人，不时抬头窥测离春的脸色，却看不出喜怒。后来那些人越说越过火，他的脸便整个涨红，一直红到耳根。等到赤色更加往脖颈上蔓延，离春终于笑起来：

"说话的人都不害臊，你又何必替他们尴尬？"

"可是，我怕……"

"怕我不高兴吗？没事的，这些话，我早在七岁时，就已经听习惯了。"

"这……"亦然眼中透出同情。

"怎么？觉得我可怜了？"离春摇头，"说实话，这世上可怜的人真的不多，自怜的人却着实不少。如果我整日对自己的容貌耿耿于怀，岂不也成了后者？那就太没意思了。"

说着，脸上忽然闪出一丝兴味：

"要说有意思的，现在就有趣事一桩。他们刚才的样子，你有看到吧？不妨让我来猜猜，你作个见证。这第一个人，感叹'哎呀'时，一定是龇牙咧嘴，五官扭曲，仿佛难以忍受；提起自己妻子的那位仁兄，想必面露得色，庆幸她比我貌美；后面的话，多半是说的人眉飞色舞，听的人一脸淫荡的笑容。最后终于想起我身上的异能，所有人一起扭头，惊惧地盯着我的后背吧？"

"你！你都没有回头……"亦然目瞪口呆。

"别忘了，我可是能够运用鬼神之力的人啊。你知道，什么叫作'鬼'？一个人，身死而心不死，就是'鬼'了。所以，'鬼'这东西，不过是人心。看得到'鬼'的我，难道会看不到人心？"

离春微昂起头，孤傲中掺杂了些无聊与寂寞：

"天下人，天下事，何时才能稍稍出乎意料？"

两人到了厅外，见大理寺的差官们已从椅上站起，正与封家主人道别。

"封爷，您就不要担心了。那失踪的丫鬟，我们会很快抓她回来的。"

说话的这人名叫丁烨，在大理寺当了几年差，资历尚浅但已小有名气。他看封乘云又皱起眉，再补充道：

"要说长安宵禁，就是为了防备这种事的。这丫鬟夜晚出逃，可在开禁之前，走不出坊去。解禁时分，街上已经有了些商贩行人，自然就会有人目睹她往哪里去了。现在我们找到了几个证人，掌握了一些线索，相信不久就可以将她缉捕归案。"

封乘云轻咳两声，为难地嗫嚅道：

"可是……为什么要到处找她呢？"

"她在尊夫人暴毙当天出走，很可能就是凶徒！"

"不！我不相信。红翎是我妻子亲自救回来的人，总不至于恩将仇报；而玉蝶她聪明绝顶，也不会认人不清，把那样危险的人物，安置为贴身丫鬟。我想，她绝不是行凶之人！"封乘云疲惫地挥挥手，"就这么放她去了吧，各位官爷也省得麻烦。"

丁烨道出案情进展，并无邀功请赏之心，只是忙碌多日终于有了点成果，欣喜之余希望与人分享。但看死者家人没有丝毫感激，还隐隐嫌他们多事，一口气郁结在心里，说话也冷硬起来：

"如果是欠债不还这样的小事，自然是您民不举，我官不究。但血淋淋的凶杀案件，可不是您想宽宥，官府就可以不当回事的。'杀人者死'，是自汉代流传至今的铁律，无人可以更改！"

说罢便带领一群手下，大步往外面走去。封乘云回头叫那干瘦的人：

"赵管事，你帮我送……"

丁烨正要出门，回身抱拳：

"二位留步，不劳相送！"

丁烨一步踏出门去，转回头时，正好扫过离春的脸。他立时定住，下巴脱臼似的张着嘴，唇像离水的鱼儿般不停翕动。

离春见状，冷洌道：

"怎么？见了本馆主，也不懂得招呼?!"

说着扬起下巴，一手负在背后，"馆主"二字咬得极重，十足自傲。

丁烨忙点头，照样尊称一声后，率众人迅速离开，不时回首偷看上两眼，神色复杂。

亦然拉着离春，来到父亲面前：

"爹，这位是乱神馆离娘子。她为我娘的事情而来。"

"孩子年少不懂事，这样莽撞请了您来。失礼之处，还望见谅。"

封乘云并不在意离春那骇人的容貌，面色如常地与离春寒暄两句，把她让到椅上坐下。

"亦然去劳烦您，是想查知这凶案的真相?"

"不是。他只是想，再见他娘一面。"

"见面? 怎么个见法?"

"把魂魄招来阳世，附在我身上。"

封乘云眼神灿亮，身子更倾向离春:

"附身之后，肉身还是你的，但里面就是玉蝶了?"

"可以这样说。"

"那么，这个状态可以保持多久?"

"视当时情况而定。时间一到，魂魄会自动离身。"

"等她离开后，过些日子，还能不能再招回来?"

"如果它没有去投胎，应该还可以。"

"你要是能不断地把她招来，她就不会转世去了，对不对?"

"确实如此。不过，乱神馆从来没有接过这样反复多次的生意，而且，我们的收费，在同业中也是最高……"

"没有关系，银两我家还是不缺的。就这样定了吧，我买你的一生!"

"您是要我把尊夫人的魂魄长久地吸在身上，代替她活在世间?"离春一笑，"这样，您倒是一世有娇妻相伴，可我的一世又在哪里呢?"

封乘云神色迷惑。他似乎认为，世上任何一名女子，都应该为能够承载玉蝶的魂魄而感到荣幸，就这样迟疑了好一阵子，才明白过来：

"这样说，就是不行喽？"脸上难掩失望，还附带着些赧然，"那，就算了吧。"

离春点头，也不讲话。封乘云再无话说，开始沉默。厅中顿时安静下来。

一直站在主人身后的管事，非常乖觉地拣这时开口：

"老爷，您累了吧？"

"是啊。"封乘云顺势应着，"这几日一直精神不济，你看我，才说这么一会儿话，就又想回房歇息去了。"回头吩咐管事，"你帮我招呼着。"

说完提着衣袖，站起身来，缓缓离去，走过亦然身边时，轻声说：

"你呀，有孝心固然是好的，但一个男孩这样迷恋着娘亲，却未必是好事。"

亦然仰头反问：

"爹，您这样迷恋着我的娘亲，是不是好事？"

封乘云苦笑，说不出话来。

封家主人走后，赵管事掀起小眼睛，瞟着亦然：

"小公子，老爷好像心情不佳呢。"

"任谁都看出来了。"

"既然你这样有孝心，我觉得你应该……"

"我应该去劝慰他一番?"亦然眼睛发亮,"赵伯,说话不想被我听见,直言就是了,又何必这样拐弯抹角?我只是不明白,为什么你每次有点事情,都要背着人说呢?"

虽然这样说,他还是转身走开,把另外两人剩在厅中。

孩子的身影刚刚消失在视线外,赵管事就如一条水蛭般黏糊糊地凑向离春:

"离娘子,您的事迹,我早有耳闻,可以说久仰了呀。"

"您客气了。"离春不动声色,等着听他到底想说什么。

"今日一见,您果然如传闻一般不可思议。人说凡传言皆不可信,倒也不尽然。"

"多谢夸奖。"

"以前听人说,您和大理寺关系不睦,我真是一点也不相信。可是现在看来……或许您嫌我多事,可为了贵馆的生计,我还是要说一句,民不与官斗!"

"初次见面,您就这样为我着想,真是少见的善心人啊!"

"对乱神馆关注多些,也是因为,我对鬼神一类的事情,一向颇有兴趣。经常想寻个机缘,去请教请教有关这些事的行家。今天碰见离娘子……"

"您有什么话,尽管说好了。"离春不着痕迹地一笑:嗯,这才是正题吧?

"阴阳两界的事情,想来就觉得趣味无穷。就比如刚才说的附身……魂魄上了您的身,它的心事您就都知道了吧?"

"不。那段时间,我会意识不清,说话行事都由那魂魄支配。

而我就如同做了一场梦，醒来后什么也记不得。"

"哦，这样倒很好呢。"赵管事的面皮松懈下来。

"这附身，的确简单方便。但也有麻烦的时候。比如说，一些冤魂会托付我点事情，为了不被它们纠缠，也只好不辞劳苦了。有时想来，身负通鬼神之能，真是无奈。如果一只鬼有什么憋在心里的话要倾诉，我想不听都不行。"

离春泛起淡淡微笑，目光缥缈。见赵管事眼神游移起来，索性点破：

"怎么？难道你是怕你家夫人会说出什么不好听的话？"

管事一惊，又是摇头，又是摆手：

"您想到哪里去了？怎么会呢？我只是……只是为封府担心而已。"

"能够请到你这样尽心竭力的管事，你家老爷真是好福气。"

"这恐怕是暗指我多管闲事吧？细想起来，确实如此。这么说吧，我经常觉得，我与大理寺杜大人，倒很相似……"见离春拧起眉毛，转过脸上下打量他，便露出意义不明的笑容，"当然，不是指容貌。杜大人的风姿，岂是我一介草民比得了的！我说的是，境遇、经历这些东西。"

"我倒看不出，有何相似之处。"

"您想，按照我朝的事务划分，不同部门应各司其职。审理案件，缉捕凶手，这些本该县衙府衙负责；大理寺只管根据呈报上来的卷宗，断狱量刑即可。可就因为押解来的犯人喊了声'冤枉'，不久后，杜大人便能挑出案情上的些微破绽，这么翻了几个案子，从此一出了事情，报案人都直奔大理寺公堂，正应了那句话——能者多劳。"说到这里，管事沾沾自喜起来，"不是我自夸，我也是如此。本来我只是帮助老爷照料些生意上的事情。但感念他待我不薄，闲暇时就更想替他分忧，不免为他操劳些家事，参与多了，也就名正言顺。所以……"

"所以，您打听附身的细节，完全是忠诚使然，不带半点私心？"

"那是当然。"

"这我就更不明白了。招魂而已，有什么值得忧虑的？"

"刚才大理寺差官与老爷之间的对话，您站在门外也该听见了。"管事低下头，语气中含着道人长短的神秘，"这还不清楚吗？老爷明显不想把红翎丫头找回来。"

"他的态度，确实古怪。"

"既然是案件的疑凶，苦主理应比官府更迫不及待地寻找。可是，我家老爷并不。至于为什么——须知'好事不出门，坏事传千里'，一旦那逃跑的女人落在官府手中，过堂一审，难免外扬了家丑。"

"封家有何家丑可扬啊？"

"离娘子可知，红翎是什么人？夫人的贴身丫鬟！"

"红羽也是贴身丫鬟。"

"这中间差别可大了。红羽名为丫鬟，实是伴读，只在夫人读书时伺候个一时半刻。除了洗笔、磨墨、剪烛花、誊抄诗稿曲谱这些分内的事，再也不用做其他。红翎可不一样，负责的是铺床叠被、梳洗打扮、擦抹家具之类的活儿，夫人散步时，也是她随侍左右，真正'贴身'的丫鬟。"

"下人间分工不同，也是寻常。"

"可是，"管事伸出猩红的舌尖舔着唇，两手互相揉扭，"女主人房里这样的丫头，正是最了解主子的人。女主人的一些私事，家里夫婿都不知道的，她们却往往知道。"

"一名女子，需要瞒着丈夫的私密，只有一种……"离春森冷一笑，"就是奸情！"

"哎呀，这可是离娘子您说的，我绝没这个意思。"管事暧昧地笑着，轻巧地撇清，"只是随便说一句，顺口而已。"

"那我真是误会了。想必在你心中，你家夫人冰清玉洁，毫无操守问题？"

"那是当然。要说我们夫人，可真是位好女子，心地极其善良。一年前，一名男子来敲门，想找份差事做。夫人见他落魄可怜，一听口音又是同乡，当即收留下来。这人现在还待在府里，叫作莫成。"

"生活艰辛的人，本就值得怜悯。你家夫人的心肠果然好。"

"这莫成很有一把力气，平时做事也勤快。偶尔偷懒，倒也不是出于本心，只是想什么容易想得太过入神，把周遭一切都忘了。我几次经过柴房，都见他挂着斧头站在那里，抬头望天，眼神迷离，脸色绯红，嘴角噙着淡淡笑容。"

"告子曰：食色，性也。少年人偶尔思春，无可厚非。"

"莫成他真是个不折不扣的'少年人'啊。年轻力壮、身材魁伟、相貌英俊，这在心思活跃的女子心目中，可是偷情的上选。他也就是晚生了几十年，如果早些时候，只要再学些诗词歌赋，一定进得了控鹤府①。"

离春冷眼瞄着管事，嘴角绽出阴邪笑容：

"而您，自然是高贵了许多，外表上全无那些下贱面首的特征。看赵兄年近不惑，身材瘦削，这相貌……嗯，可谓身具异相，一看就是仁人君子。"

管事眼底闪过一丝愤恨，神色却不变：

"您说笑得倒也有理。我确是个正派人，不过仅凭表相就作此判断，未免轻率。"

"噢?"离春以眼神提醒他自己以貌取人在先。

"我说莫成的那些话，可是有真凭实据的。"

"是吗?"语调曲折，表示说话人根本不信。

"当然。"一连串语句冲口而出，"某一日，我从外面回来时，恰巧遇到驿工送信给老爷。我顺便代收了，持信在手，便去书房找他。途经花园时，听见假山后传出一名男子的声音'你昨晚不来找我，我等得着急死了'。然后隐约响起女子的答话声，当时距离尚远，听不真切，入耳的只有'珍珠'二字。为了一探究竟，我凑上前去，却听那男子说'嘘，好像有人来了'。我知道自己已被发现，转身就走。走了两步，听见背后有人叫'赵管事'。转身一看，夫人站在假山边，非常不悦地质问我在这里做什么，还说'当下人的，都已清闲得可以四处乱逛了吗?'。就这么冷言冷语地

---

①控鹤府：武则天为招纳男宠而设立的机构，久视元年(700年)改建为奉宸府。

训斥了我一顿，才打发我走。"

"真是无妄之灾呢。但也别有收获吧？您想必听清了那名男子的声音。"

"一口闽南腔。"

"哦……"离春拖长声调，作恍悟状，"是你家老爷！"

"老爷的声音，您也听过。他来长安多年，乡音虽然尚存，但已冲淡不少。而我听到的，是出奇浓重的味道。我敢说，除去莫成，就没别人了。"

"而与他说话的女子，也是不作第二人想喽？"

"这我就不知了。只是现在想来，实在有些巧合——那天，正是夫人的珍珠丢失的第二天。"

"珍珠失窃的事情，我也听红羽讲过。"

"她一定对你说，夫人一时心血来潮，想把珍珠取出观赏，无意间发现丢失了。这倒有意思了，本就属于自己的东西，也不是没见过，又那样贵重，怎不好生珍藏，忽然要拿出来一饱眼福呢？再说，这遭了贼，丢了东西，总不是件光彩的事情，却为何嚷嚷得阖府都知晓？"

"听说，这完全是红翎粗枝大叶，处事不当。"

"依我看，倒未必啊。"管事的语气，别有深意。

"您的看法是……"

"珍珠只怕根本没丢。"

"那又怎会消失不见？"

"钗环首饰，锦帕香囊，珍珠玉佩，这类的东西，拿去做定情信物送人，最是合适不过。"

"夫人监守自盗？若是这样，这件事藏着掖着还来不及，又怎么会自己暴露？"

"只怕是因为，想瞒也瞒不住了。据我猜想，真正想看那珍珠的，是老爷呢。"

"他又为何会突发奇想？"

"那些见不得人的事，为人夫君的，总是最后一个知道，但最终也总会知道。再说，老爷与夫人成亲多年，怎会不知她的性情？夫人出身名门，是大家闺秀，要说这女人若是识文断字，就是麻烦，整日里希望有人陪伴她吟诗作对，可是，男人要养家糊口，哪里来的那么多闲工夫？老爷生意繁忙，有时不在家中，她却打扮得愈加花枝招展，也不知是要给谁看。这样不懂得掩饰，日子一长，老爷还瞧不出蹊跷？心底有了疑惑，自然稍加试探。"

"而试探的方法，就是提出想看夫人心爱的珍珠？"

"我想，老爷必是某一日，留宿夫人房中时，偶然发现那珍珠不见了踪影。联系平日里见到的诡异之处，也就揣测到了它的去向。为了证实心中所想，故意对夫人说'我记得你一直收着颗珍珠，什么时候找出来，让我瞧瞧'。那珍珠早给了人，夫人又能到哪里拿去？而老爷又要得急，来不及索回，这才有了'珍珠被盗'的那场大戏。红翎经人授意，把事情刻意张扬，就是为了让老爷知道'您要看的东西，丢了，被人偷了'。"

"这样一来，你家老爷花的心思，岂不是白费？"

"倒也没有白费。稍有心计的女子，都会从把珍珠取出观赏这项提议，联想到老爷已经生疑，自己行事自然谨慎起来。比如，夫人当晚便没有前去幽会，才会在次日让莫成抱怨'等得着急死了'。她向他讨还珍珠，两人尚未作出结论，就被我撞破。从此自然更是胆怯，不敢再腻在一处。可是，情正浓时的男女，又清白得了多久？过不了几日，还不是故态复萌？"

"这'过不了几日'，到底是过了几日呢？"离春似笑非笑，对他的答案已心知肚明。

"自然是……到五日之前。夜半无人，两人重拾激情；归还珍珠，旧事重提。可莫成他一个穷小子，几文钱都珍惜得很了，怎么甘心平白放弃那样一件珍宝？男女之间，总是如此：你侬我侬时，自然千好万好；一旦开始计较得失，立刻反目成仇。争吵之间，冲动之下，会做出怎样的事情，可就难说了。"

"原来，是莫成杀了夫人啊！"

"这又是离娘子你说的了。"管事狡狯一笑，"我对凶手是何人，完全没有主张，只是，这凶案中一些疑点，实在令人费解。尸体缘何身穿里衣？外衣呢？自然是脱在别的地方了。说起来还真是凑巧，陈尸的水井旁边，就有一间柴房。偏偏有些人以为，那种粗陋的地方用来幽会，别有一番情趣。"

离春冷笑道：

"看不出，您对偷情一事，倒是了如指掌！"

管事脸色微变，但很快恢复成诿媚又隐秘的笑容：

"对这门学问极其了解的，可不是我，而是红翎呢。您道贴身丫鬟怎么会知道主人那么多隐私？只因为，这些有伤风化的事情发生时，她多半会奉命守望把风。如此耳濡目染，对偷情之事，只怕比那两位身体力行者更为熟稔。也正因她深知凶案实情，案件没有侦破时，凶手必定不会放过她这知情人；案情若是明朗了，老爷自会追究她替奸夫淫妇隐瞒，知情不报，说不定就把她送官处置了。这样的情势下，她只能脚底抹油。"

"哦？"离春疑惑道，"这样的想法，也太过复杂了吧？我倒觉得，事情十分简单，凶案当天失踪的人，就是凶徒了。当然，在下只是个神婆，对探案这种事一窍不通，彻头彻尾的外行。但大理寺的差官，总是行家。他们的看法，似乎与我相同。"

"不，这红翎绝不是凶手。纵然夫人手无缚鸡之力，同是女子的红翎想要下手，还是有些困难。依我看哪，这丧尽天良的人，无论如何都是名男子。"

离春缓缓转头逼视他，语调震颤起伏：

"与你和你家老爷一样的男子吗？"

"这……"管事正要照例以嬉笑蒙混过去，无意对上那阴气瘆人的双瞳，竟然嗫嚅着说不出话来。

离春再开口时，声音已与先前截然不同：

"你说了这么多，到底是为了什么？"

"我，我只是随便、随便……"

"随便？我看是刻意！"离春唇间吐出傲慢阴笑，"我在世间飘荡这许多年，对凡俗之人的一点小心思，理解得十分透彻。通常，男人贬低男人，女人贬低女人，多是出于妒忌；而男人诋毁女人，只有一个理由——求之而不得！就说青楼楚馆的佳人，最是为尘世男人诟病，还不是因为，她们容貌标致，装扮美丽，却只伺候那些达官贵人。余下亲不到芳泽的，骂两句也畅快！再说到你，对夫人可真是上心啊！是不是深知她春闺寂寞，动念替代你家老爷的位置未果，于是怀恨上了？"

离春眼睫半垂，不似人间的眸子紧盯着他，一点点贴近。赵管事吓得脸色煞白，一步步后退，直靠到厅柱上，正要攀爬上去时，忽见离春向后一仰，身子晃了几晃，像有什么东西从她身上抽离。好容易稳住脚步，慢慢抬起头，脸上一片迷茫。四下环顾后，深深一揖：

"抱歉，刚刚失礼了。"

这一句已回到初始的声调，虽然阴森，却并不凌人。

管事缩在柱后，小心翼翼探出半个头：

"你……怎么……"

"许是这几日过劳了，与人谈着话，竟然也会睡着，您可要多多原谅。"

"你睡着？"管事两颊抽缩，表情扭曲。

"是啊，说着说着，只觉十分困倦，耳边萦绕着你的话音，好像在说什么杜大人。我竭力要听清，却越来越模糊。再后来，就不知道事情了。"

"那，方才与我谈天的，是……"

离春似没听见，另起炉灶道：

"我听说，除了你家夫人，这宅子里还有另一只鬼？"

虽是向赵管事提问，却不看他，只定定地望着虚空中某处。

管事顺着她的眼神寻觅，两眼略微翻白，身子禁不住筛糠。

离春仰脸微笑颔首，转过身赔礼：

"一位新结识的友人，邀我去闲聊两句，失陪了！"

说完衣摆一旋，潇洒走出门去。身后的人抱着柱子，慢慢滑下，跌坐在地上，把颤抖的双手提到眼前，直愣愣盯着：

"难道，那就是鬼上身？难怪人说，与其被离娘子的鬼眼看上一时半刻，倒不如折寿几年！"

 〇 四

离春顺着原路，返回封夫人卧房外。她站在门前，转着圈四下观察。

通到这里的，除了刚走过的那条主路，屋侧另有一条小径，蜿蜒曲折，十分幽深。

莫非，这就是……

离春踏上幽径，顺着走去。道路两边，不是房屋的后墙，就是种植的花木，把行路人挤在中间，极是狭隘。

再往前走，忽然房屋一闪，花木一稀，豁然开朗。眼前出现一间朴素的小屋，门口搁着两捆柴火，旁边扔着一把斧头。与这屋子正对的，是触目惊心的一口水井。

果然！

离春对井一笑，退回曲径中。抬头左右看看，深吸一口气，厉声惨叫：

"来人哪！！救命啊！！"

叫过以后，咳咳发烫的喉咙，随意靠在墙壁上，不时往小路两端看个几眼，默默等待。如此半晌，全无动静。

离春支起食指，轻轻敲打脸颊，心里暗暗揣摩：

地处偏僻，再有这些障蔽，加上奴仆稀少，若真如红羽所言，死者被人从卧房追杀出来，纵使呼救，也是无人能听到呀！

把身子从墙上撕下来，掸掸衣衫上的尘土，径直走出去，来到井边，扒着井口往里看。

井水微微波动，左脸爬着一块胎记的倒影映在其中。望着微缩的阴暗影子，离春神色一讶，顺手拎起井沿的水桶，扔了下去。桶连着绳子，带得辘轳转了几圈，击碎水底的人儿。

离春扶着手柄，慢慢把桶吊上来。摇到中途，忽然停手，她紧皱眉头，若有所思，连柴房开门的响动，也听而不闻。

门里走出一名壮硕男子，边搭着话边走过来：

"你是新来的丫鬟吗？打水啊……这桶怪沉的，我帮你吧。"

说着接过把手。

水桶很快升到了触手可及的地方，男子俯下身，一手将水桶提起，蹾在井沿。这时离春回过神来，转头看去。那人本站在她右手边，只见清新秀丽的半边脸。可现在，整张面孔都看在眼里，笑容还来不及收敛，就急急后退，却忘记手里还抓着水桶，立时被这重量拉得直往地上坐去，满满一桶水全泼在身上，变成落汤鸡一只。

浑身精湿虽然狼狈，却丝毫不掩其英挺俊朗。那人的眉宇间藏着些许憨态，倒是一副老实样。这种"一看便是好人"的面相，旁人或许向往，但生在这不俗的容颜上，简直暴殄天物。

男子手脚并用地向后退，惊恐地盯住离春，闽南腔愈加浓重：

"你……你是……"

离春忆起这里是凶案现场，又有鬼怪传说，便猜到他在恐惧什么，淡淡道：

"我是人。"

男子咽下口水，喉咙滚动，态度犹疑：

"可是，府里没你这样的人。"

"我家住城西乱神馆。"

离春自知相貌特异，哪怕只说这一句话，对方也应该猜出自己的身份了。果然，男子面露喜色，从地上爬起，站得更靠近些，衣服还在滴水：

"这么说，你是离娘子了？你怎么会到这里的？"

"你家小公子邀我来的。"

"亦然吗？他真是知我心意，这么快就去请你了……"

"心意？原来，我有幸接到这笔买卖，倒是莫成你举荐的功劳？"

"这个，"莫成忙着拧干衣袖，腼腆地笑道，"也不算是。当日我发现夫人躺在井边，听官差说人已死了，就想起她在我困难时收留我，待我恩……什么山，总之是有恩，我一时悲伤起来，就跪在这里大哭。也许是那时，顺口说出的一些话，让亦然听见了记在心里，就是这样了。我也没有真的去和他提什么乱神馆。"

"既然是为死者号啕，又与鄙馆何干？"

"因为，"莫成低头，闷声悔恨道，"夫人是被我害死的。"

离春双眉一拧，眼神更加阴寒，正要开口，莫成却紧接着捶胸顿足：

"这井里有鬼，我明知道的，明知道的。就算老爷不肯，假如我死命劝说，兴许他也会听进去的，那样夫人就不会惨死。都是我胆小怕事，不敢坚持……"

"到底怎么回事？"

"是这样。"莫成凑上来，压低声音，小心翼翼，"我听坊里的邻居说，这房子以前的主人，是一位美貌富有的小姐。她很有才华，也十分痴情。到了待嫁年龄，遇到一名落难的清贫书生，便恋上了他。那书生志气颇高，坚持先立业后成家，发誓没有功成名就，绝不娶妻。小姐听了更加欣赏，虽然已经以身相许，但并不逼他立刻迎娶自己，还拿出不少钱财，供他考取功名。书生赴考时说好：放榜前先住在外面，金榜无名，就不踏进家门。小姐答应了，可是当年的名单中，却没有书生……"

"就这样，小姐开始了年复一年的等待。"离春眼睛眯起，百无聊赖地说道，"但榜上始终没有出现那熟悉的名字。直到某日，她在街上看到一支官员出巡的队伍，车上锦衣华服的人，正是她日夜思念的未婚夫君。与人一打听，才知道那年赶考时，他邂逅了中书令之女，当即被招赘为婿。仗着岳父的势力，不用通过科考，直接进入朝堂……是不是这样？"

莫成困惑摇头：

"你怎么会这么想？"

"不是？难道，他家老泰山，并非中书令？那又是六部九卿的哪位大人啊？"

"你根本就说错了。那小姐确实一直在等他归来。直到有一次她上街买胭脂，见旁边一家店铺换了东家，正吹吹打打重新开张。而被围在道贺人群中抱拳行礼的，正是那书生。她惊讶万分，拉住他怎么都要问个清楚。原来，他根本没去科场，而是卷走小姐前前后后给他的那些钱，去做了生意。他也没想到，自己居然有些经商才能，短短几年时间，就成了万贯家财的富商。书生说：'我真的不是有意骗你。最初确实想考状元，也愿意娶你为妻。可自从住进你家，将肮脏的布衣换成丝帛的衫袍，外面的人，看我的眼神都变了。我便想——这钱财会不会比定国安邦，万古流芳更为重要？正当我心智混乱时，你偏偏摆出那许多金银，要我拿去考科举。当下，我便动念……其实，我也不愿离开你，只是与你在一起，你必然斥责我胸无大志，不允我去探寻财路，所以，我才不得不出此下策。我真心爱过你，但与孔方兄相比，我更爱它。'小姐听后，黯然回到家中，把华丽的衣裙脱了，珍贵的饰物也摘了，就穿着纯白里衣，披头散发地，投了这口井。"

离春这次真正动容，面目整肃起来：

"这害人致死的书生，现在何处？"

"从贞观年间到现在，不知他够不够长命。"

"那么久远了吗？"离春不禁错愕，"那后来呢？"

"后来，这里被称为凶宅，一直没有买主，渐渐荒废，沦为一些乞丐的落脚地。直到五年前，老爷到这里，收购房子后将其整修一番，居住下来。我是一年前才过来的，这些都是听别人讲的。我当时听后就问：'那么，老爷可曾请人来驱鬼啊？'人家说没有。因我多在柴房干活，离这井这样近，心里害怕，就找老爷提，这里不干净，应该请位师父念经超度，或者更彻底些，直接到乱神馆找离娘子。可老爷训斥我，'世上哪有什么鬼怪'。既然家主都这样说了，我也不敢再三再四地纠缠。一是怕惹恼了老爷，丢掉这份好不容易得来的差事；二是怕这井里的……我要是太想除了它，逼得紧了，反而会对我不利吧？"

"你刚才痛悔的，未曾坚持到底的事情，就是这一桩？但这与夫人之死，有何干系？"

"夫人就是被它害死的呀！"莫成眼神灼灼，仿佛对自己的判断深信不疑，"亦然头一晚在这里碰到鬼，第二晚夫人就惨死井边。尸首的样子，白色里衣，披头散发，与当年那女人死时一模一样。我听说，这些有冤屈的鬼魂，最爱拉人下水，而听说夫人就是溺毙的。再说，它还上过夫人的身……"

"上身？"离春的脸色，更加诡异。

"是啊。"莫成急忙点头，"那一天，我平时的活干得差不多了，管事爷过来找我说'没事情做了吗？那也不要闲着呀。这几日风大，院子里脏得很，过去帮忙扫扫吧'。我俩正说着，见夫人从那小径走出，就赶忙见了礼，然后我拿着扫帚随管事爷去了。我在院里忙了一阵，忽见夫人慢悠悠过来，飘飘忽忽，脚不沾地似的，脸上也空白一片，全无表情，三魂七魄去了一半。我看着心惊，就走近唤了声，她好像听不见，继续向前走。这时红翎跑来，说'花园寻了一圈，都不见您。怎么散步散到这里来？'，上前扶她胳膊。她一把推开，红翎立足不稳，跌倒在地，手都划破了。我去把她搀起，再看夫人。她眼睛空茫地瞪着，居然蹲下身子，掩面痛哭起来。我和红翎哪里见过这样的夫人？一时都没了主意。红翎要我留在现场看着，她自己去把管事爷与红羽找来。他们过来一看，也都傻住了。红羽说：'不好！瞧这意思，八成是被鬼上了身。'夫人猛地跳起身，疾步奔走起来。我们怕她出事，就围着她叫'夫人'，想让她镇静下来。她一面哭着大叫'你们不要管我'，一面奋力挣扎。不管谁去拉扯，她都推搡抓挠，很快他们三个就全挂了彩。我是想着毕竟男女有别，她还是主母，就算情况紧急，也不敢动手动脚，这才少流了些血。管事爷伤得最重，捂着脸上的口子，叫着：'坏了！夫人失心得厉害，已经认不得人了。'就这样一耽搁，居然让她跑出了包围圈。恰好这时老爷从外面回来，正撞在他身上。夫人一样毫不留情地撕咬，老爷躲闪着抱起她，拍抚劝慰，艰难地走回房去。我们这些人等在外面，良久，老爷走出来，搓着手腕上的牙印，微笑着说'没事的，已经睡下了。大家不必担心，散了吧'。第二天，夫人走出房来，再遇到我时，有些羞愧地说'昨天吓着你们了吧？也不知怎的，好似被什么东西附了身，就是无法自控，没伤到大家吧？'"

莫成说得激动，不禁踏前一步，拉住离春的手：

"离娘子，你看我家夫人自己都这样说了，还会有假吗？她就是遇鬼而死的呀！"

离春冷冷地望着他，再低头看自己的手。莫成顿时醒悟失礼，急忙放开。

"照这样说，是那许多年前的女鬼，不甘寂寞，想要找人陪伴，于是五日前，再次上了夫人的身，操控她打扮成自己的样子，自绝于井前？"

"我想，是这样的。"

"这么说，井边就是阴阳通路开启之处？那你说说，那日你发现夫人尸首时，周围是什么样子？"

莫成搔着头望天：

"没什么样子啊，就和现在一样。这井，这柴房，甚至门口这两捆柴，这斧头，都没有变化。"

"哦。"离春点头，顺便在他身上瞟上几眼，忽道，"湿衣穿在身上，总是不好，赶紧去换下来吧。你手上的温度，也够凉的了。"

莫成感激地笑笑，绕过她向柴房走去，一边解着衣上的带扣。偏赶这时，离春在他背后，冷声却又暧昧地说道：

"你这间柴房，还真是风光旖旎啊！"

莫成手里抓着衣襟，不解其意地回过身。离春见状，双目略微合起，光芒却更是恶毒：

"怎么？听不懂什么叫作'旖旎'？那么，不妨换个说法——

在柴房里幽会，感觉甚好？!"

一句话惊得面前人倒退几步，绊在门槛上，险些摔倒。眼神也躲闪起来，脸上到脖颈一片通红。

离春一笑，一身鬼气便散去些许，似乎又是个人了：

"你这脸红的毛病，倒与亦然真像呢。"

说罢转身，向后挥手道：

"今日时候已不早，我先回去了，就不与你家小公子道别了。他若问起，帮我说一声。"

○　五

离春回到乱神馆时，馆中正不得安宁。

通常，这里纷扰嘈杂，绝非因为人多。厅里满打满算，一共两人，一坐一站，一男一女。坐着的男子，手捧一盏独叶茶，意态悠闲。站着的女子，正在快速走动，牙齿咬着下唇，赌气抱怨道：

"你这人，就是爱卖关子。"

"谁叫你那么喜欢打听？"

"反正是要告诉我家馆主的，先和我说一下，怎么不行？"

"反正是要告诉你家馆主的，等她回来我再说，又怎么不行？"

"我回我自己的地方，想求个安静，怎么就是不行？"

吵得乐在其中的两人，循声往门口看去：

"馆主！"苑儿惊喜地顿住脚步。

"离小姐！"孟白恭敬地站起身来。

离春一手扶着门框，没精打采地跨进门来：

"你们两个眼里，居然还看得见我啊？"

苑儿跳过去扯住主人衣袖，整个人贴在她身上，嘟嘴道：

"馆主，他欺负我！"

离春生着胎记的脸一偏，眉毛挑起：

"你不去欺负人，已经令我欣慰了。"

孟白重新坐在椅上，拍手赞同：

"还是离小姐讲道理！"

那双鬼眼斜过来：

"若你意犹未尽，定要完成这场未竟的争论，我给你一炷香时间。"

要说这两人，性子虽然活泼，却也懂得察言观色。一见这情形，都蔫下来，不敢造次了。离春左右看看，挑孟白旁边的椅子坐下，闭目养神，嘴里唤着：

"苑儿啊，去帮我弄些吃的来吧。这一整天，我几乎水米未进。"

"你又这样轻忽自己的身体?！"这丫头急起来，立刻反仆为主。

"与那群封家人谈得太过投机，"离春苍白到青惨的脸上，自嘲一笑，"不知不觉就忘记了。"

"你啊……"苑儿抱怨一声，就奔去厨房寻觅吃食了。

离春抬起手臂搭上桌子，长袖垂下，对孟白瞟去一眼：
"到底有什么事情，可以告诉我了吗？"

目送苑儿背影消失，这厅中只余两人了，孟白才领悟到自己面对的，是令许多人望而生畏的乱神馆离娘子，方才吵嚷时的兴奋，已被丝丝寒气压下，又回到平时低着头口称"离小姐"时的拘谨。

"您还记得，您让回去等一个月的那位锦衣公子吗？"

"还用特别'记得'？不过是今天上午的事情……"

"果然如您所料。他这三个月四处寻宝，多次被母亲阻拦，最终他竟然将生身之母软禁起来。家里一名忠心的丫鬟，趁着他今天出门来这里的空隙，将主人放了出来。老人家在这丫头的搀扶下，直接去到京兆府衙，状告儿子侍母不敬，不听劝告，在家中胡乱翻掘，将好端端的祖宅弄得不成样子。这位公子出了馆门，没走两步，就被拘到公堂上。上面刚喝问一句'你为何这般不孝'，他就吓得伏地颤抖，一股脑全招了。原来他曾多次看到自己的父亲蹲在床边，不知在摆弄些什么，如果恰好有人来，就慌忙藏起手里的东西。于是，他便臆测自己要找的，就埋在床底地下。而且，那些日子里，他父亲恼他整日游手好闲，眠花宿柳，就扣下他的月钱，想通过切断他的财源，逼他走正路。这样一来，他对银钱的需求也就更加迫切，如果能够得到他惦念已久的财富，自然很好；再能顺便掌家，以后都不必受人掣肘，就更是一桩美

事。打过如意算盘，正巧父亲偶感风寒，煎药时就下了毒。得手
之后，他迫不及待搬开那床，掀起砖石，下面有只木盒。里面却
只是一些手稿，是他爹年少为官、意气风发时，所作的诗词，还
夹着些在追求他娘亲的日子里，两人互通的信件。约莫是年纪大
了，怀念过往，又不好意思让人知道。也正因这不孝子白白杀了
人，却找不到想要的，自然急切焦躁，这才露了马脚。"

此案前前后后，与离春先前的猜测全无二致。孟白描述时，
也掩不住目光中的钦服，但听者非但没有沾沾自喜，反而有些
迷惑：

"怎么？他真是凶手？"

孟白惊得张大嘴巴，几乎说不出话：

"可是您早先说得条理分明，证据确凿……"

"那样也叫'证据确凿'的话，这世上又不知要冤死多少人
了！"离春凝眉反思一通，"虽然推断得颇有道理，但我原以为那
公子只是懵懵懂懂被人利用，而幕后主使另有其人——比如某位
与他有共同利益，却彬彬有礼、口碑极好的同胞兄弟？换言之，
我期待的是真凶是一个更加聪明的人，一个更加懂得隐藏的人，
一个如我一般有些'乱神'气质的人，而不是那样恶行外露的。
想想那人，丧尽天良还到处招摇，这样毫无城府之徒，居然也能
犯下如此大罪？唉……"离春无奈长叹一声，"等大理寺杜大人回
来，我定要向他哭诉：是不是那些稍有心机的犯案者，都被你抓
干净了？"

孟白哭笑不得劝说道：

"离小姐啊，人家没有拆掉您的乱神馆，已经是仁至义尽了。"

"噢？是吗？当年他要拆的时候，我也没拦着；现今我要他拆，他也不敢啊。"

离春起身，在厅中走动两步，微微一笑：

"说起这个，倒要谢谢你呢。帮我瞒住苑儿，不叫她知道。"

孟白羞愧地低头：

"也没多想什么，只是平时和她兜圈子兜惯了……"

"那丫头——你我都知道——每日蹦蹦跳跳，精灵古怪的，真让她获悉此事，非得去瞧热闹不可。她是没什么别的心思，但只要出现在围观人群里，被京兆府尹看见了，必然以为是我授意，要去抢他难得的功劳的。那何大人小肚鸡肠，嫉贤妒能，又非止一日了。真要惹上，就更添麻烦。"

"离小姐无须为这等人忧愁……"

离春摇头，笑出几分傲慢：

"对强于自己的人，略有敌意，不过是人心小小的晦暗，连肮脏都谈不上。如果这样也算忧愁，那终日面对这一件件让人作呕的事情，我早就愁死了。"

孟白早知离娘子一向自视甚高，见离娘子说得轻松自己却不禁气恼起来，只因刚备下的几句劝慰之辞，没了用武之地。他搜刮心中积存的名目，似乎再也无话可说。偷偷望了眼内间的帘子，不见人来挑动，正要告辞时，离春开口问道：

"对了，关于那个封家……"

"哦。今天刚打听了两句，就叫方才那件事给耽搁了。只能说有了点眉目，但还不很确定。等我多问些人，再告诉您切实的消息。"

"好。"离春称许道。

苑儿端着碟子撩帘出来，厅里已见不到除离春外的第二人。她不禁转着头寻找了一圈，眉梢嘴角微微垂下来，把手里东西撂在桌上。

离春偏头看去：

"这是什么？"

"馆主怎会不认得？这是近日来一直吃的胡饼啊。"

"就是近日来一直吃它，才不敢相信今日依旧是……"

"那有什么办法？你又没有事先吩咐，一下子哪儿来得及准备，只好出去买了。城西本就多胡人，只好找些他们的吃食。想要更加丰富的菜色，得到城东去呢。"

"好了好了，我就不挑剔了。"

离春拿起胡饼，咬了一口。

苑儿再三往门口张望，终于忍不住问道：

"孟白人呢？"

"已经回去了。"

"怎么走得这样匆忙？"

"再过些时候，就要闭坊门宵禁了，你还指望他能待多久？"

"我是说，连声招呼也不打，亏我还给他也备了一份。可现在……唉，也不能浪费了。"

妙目一飘，离春立刻摆手：

"你不必看我。我食量小，手里拿的这些足够了。"

苑儿叹口气，神情懈怠，但没一会儿，眼神又灵动起来，坐在方才孟白坐过的位置上，贴着桌面向离春滑近：

"馆主啊，他都和你说什么了？"

"向我讨了你去做妻子，"不顾对面瞠目结舌，离春扔下咬了几个缺口的胡饼，继续一本正经，"他自然是没说。"见苑儿抬手要打，忙往一旁闪避，"他只是来告诉我，拜托他调查封家的事，还没有进展。"

苑儿的嘴张得更大：

"辛辛苦苦跑来一趟，只为了一句'没有'进展？真是服了他。难怪不肯和我讲了，一定怕我笑他办事不牢。"

"嗯，或许吧。"

"不过，这人说话一向不坦白，想从他口里知道什么，真是难了。"

离春平淡一笑：

"他若不说，你也可以自己问他。"

"那人，嘴紧得像蚌一样，怎么问啊？"

"你一个劲儿扯着他念叨'告诉我吧'，自然是不行，总要有些手段的。"

"手段？用了呀。我满不在乎地对他说'哼！你能有什么重要消息？只是向我吹嘘的吧？'"

说着把自家馆主当作孟白一般斜睨着，眼中光点不停闪烁。

离春摇头无奈道：

"你若要表示不屑，歪他一眼也就够了。如你这般，不到一盏茶时间，瞟他数十回，不要说是他，我都禁不住想刁难你了。"

"馆主……"

"若要从别人口中套出些事情，须牢记我乱神馆的准则——见人说人话，见鬼说鬼话！"

"这我也知道。有时听你说话，只觉得精妙，心里也佩服向往，但到我自己这里，却总是……"

苑儿慢慢摇头，离春却微笑：

"这便是天性使然了吧？机灵精明，你是足够了，但你是心机全无啊。虽说跟了我这么久，该有的，还是一点没有。"见眼前人张口欲辩，离春笑意更深，语调却愈加懒散，"不过，话说回来，心机越少的人，越容易活得逍遥自在，倒是令人羡慕啊。"

"哦？馆主今日怎么有感慨的兴致呢？"

"只是发现，人与人，真的天差地别。自封家回来后，看见你与孟白在吵嚷……"

苑儿略低下头，眼色柔和：

"真是对不住，你在外面那样劳累，我们却还搅扰你。"

"当时，倒是没有觉得喧闹，心里反而颇为欣慰——我身边的，是这样的人啊！不像今日见到的那些，几乎个个都是遣词造句的行家里手。若平日里被他们围绕，一举一动，只怕都要用尽心机，谨小慎微了。这样的日子，我倒是十分心仪，但过起来，到底不够安稳。不知道那封家夫人，是不是如我一般想法？"

这一番话，挑起苑儿的兴致：

"怎么？今天遇到的，都是些满腹心机的人吗？"

"称不上满腹心机，但心底的小算盘，各自倒都打得挺响。你知道，'一句话，十样说'，这至理名言在他们身上，可真印证到底了。举个例子，你刚才所言，'孟白是坏人'这话……"

"我可没这样说！"

离春不理：

"他们可以说得五花八门，多种多样。"语调忽变，一下子显得说话人小心谨慎，深谙进退，"'离娘子，你看这孟白，说话从不坦诚，总好像藏着些什么，这样的人，若还不是坏人，倒真不知怎样的才是坏人了。'"余音未落，又换回离春独有的阴柔嗓，"会这样说的，便是丫鬟红羽。"

苑儿皱眉：

"不知怎的，听这话语，我便不喜欢她。"

离春不予置评：

"若是赵管事，他必然会说'我一向对面相学颇有研究。人言相由心生，看孟白这张脸，真是诡异。再观他言谈举止，也耐人寻味……'。一直没人搭腔的话，他便会旁征博引地一路说下去，只是绝不吐出'此人并非善类'这种话语。一旦有人顺着他的语意，接茬说'这么说来，孟白是坏人喽？'，他就会一边分辩'这可是你说的'，一边焦急摆手，其实心底暗笑不止。"

揣摩着离春学来的语气，苑儿的眉头皱得更紧：

"这调调，让人觉得张口欲呕，又什么都吐不出。"

"不错。"离春点头，"如同一只癞蛤蟆，趴上你的脚面，不咬你，却活生生恶心死你。"

苑儿清脆笑开来：

"这比喻，倒是贴切。"

"算了，吃着饭不提他，改说他家老爷。我很怀疑，他会不会说出'某人是坏人'这样的话。也许别人这样说了，他反而会替那人鸣冤。自顾不暇，居然还有心思去悲悯别人，真是有点意思！虽然那一身的凄切，会带得他人情不自禁伤感起来，但比起他委以重任的管事爷，倒令人愉悦得多！"

"管事'爷'？馆主不是最蔑视这些敬称的吗？"

"不是我要这样叫，而是自长工莫成那里学来的。那人讲话，倒是不会转弯，有什么就直说出来，'孟白是坏人，孟白真的是坏人'，就是这样简单。但言谈之间迸发出的热情，好像这人拼了命般，不遗余力地相信自己所说的。所以，即使出自他口的，是最荒谬不过的言论，也叫人深信不疑。"

"我刚刚对这人有些赞赏，听你这么一说……要对付这样一群人，难怪累坏了。"

离春笑得自负：

"别说只是这种程度，就算真的精似鬼，比起嘴上功夫来，又有哪个是我的对手？对不同性子的人，有不同的应对方法。有一种人，想主动把事情告诉你，但不会一股脑全说出来。太急切地把消息全扔给你，怕你反而起疑，就一点点、慢慢告诉你，并诱导你自己去想。亲力亲为思索出的东西，总不会不信了。"

"这人是，红羽?"苑儿猜测。

"是。这样的人期望你信她，你便应该做出十分地信任，甚至感恩戴德的样子，夸奖她观察入微，描述得体，仿佛她说出来的事情，令你受益良多，豁然开朗。她一见你这样，就会觉得她的这段话说得很具功效。但是，她要是认为，你已经完全相信了她，就极可能藏起一些细节，不说出来。所以，也不能一味赞扬，还要在语气里，留下一丝怀疑的尾巴，比如，说她聪明时，刻意摄人些、叵测些。如此这般，自然能让她心中打起小鼓，以为你对她如何弄鬼已经心知肚明。可因为彼此间话没有说开，她也不好解释，只好比原先计划的，更多说一点了。"

"我本以为，与人说话，不过是上下嘴唇相触碰，可没动过这么多心眼。现在听了这些，真是有理啊。一字一句都要精细至此，怪不得人都说馆主你是妖魔鬼怪了。"

苑儿嬉笑，却现出几分畏怯。离春没有多余的心思去在意，她已完全沉浸在算计中，眼神悠远，眸光闪动，与脸上胎记相映生辉：

"也不知今日埋下的那面鼓，敲得怎样了，总觉得她还有些事闷在心里，没和我说。不过，总而言之，这类人算是容易对付的。另外一种嘛，比起向你倾吐来，更偏爱探你的口风。云山雾罩说了一堆，清楚明白的一句没有。这种爱卖关子的人啊，就是要轻视，就是要不信，这样他才会越说越多。但一路置疑下去，万一惹恼了他，他反而三缄其口，那可就麻烦了。所以，当他甩出个话尾任你揣测时，不妨顺着他的意思打个圆场。虽然看他得意招

061

摇的样子，心中不快，但为了能从这人嘴里掏出更多东西，也不得不为。再经过一番酝酿，明日碰面时，想必会有更精彩的表现。"

"'酝酿'？你又装神弄鬼，吓唬人家了？"

"他若心里没鬼，我又怎么吓得住他？再说，我也不是特地想让他害怕，只是，他百折不挠地，非要把一件事情，植入我心底。我才要让他以为，与他对话的，是一只鬼。既然那些话，都被鬼听了去，他所说的一切，我就全不知晓。若他真是那样执着，定要我知道不可，就会拿出更详细的说法、更确凿的证据。"

离春眼一掀，望着苑儿道：

"怎么样？明白了吗？"

"明白什么？"错愕。

"讲话只讲半句，喜欢吊你胃口的人，相处起来都大同小异。"

"啊，我懂得了！"苑儿绽开笑容，眼睛灵秀地闪动，"现在忽然对孟白的来访，期待起来。"

"是啊。"离春起身，往内间踱去，"虽然性子上有些许相似，但孟白这人怎么看，都诚恳可爱，而另一位……人可真是千差万别！"

○ 六

苑儿走到离春房外，见窗上并没有透出灯光，只好摇头叹气地开门摸进去，轻车熟路地绕过屏风，到桌前把灯点上。

如豆的灯光，把漆黑的屋子映得昏黄起来，也把坐在桌边椅上的离春的影子打在墙上。

她解开头上的丝带，随手将其丢在桌上，青丝披散；外衫也已经褪去，本来正盯着身上白色里衣发怔，却被突起的亮光惊得一跳。

耳边随即响起苑儿揶揄的声音：

"馆主，咱们乱神馆生意兴隆，谈不上穷困。灯还是点得起的，不必省成这样。"

离春无奈道：

"你这丫头，明知道我只是愿意摸黑待着……就这么闯进来，若我已经睡下了，岂不要被你吵醒？"

"你何时这么早睡过？人都说你昼伏夜出，是枭的习性。我本来还怪他们嚼舌头，为你不平，结果你倒真喜欢往暗影里扎。"

离春的眼中，映着摇曳跳动的橘色灯火，喃喃道：

"你看这灯一点上，不光明亮起来，感觉也暖和多了。可是，在这样的境况下，人总免不了心思躁动。只有身处黑暗之中，目不见物，寒气一点点沁到衣服里时，才算真正清醒。"

"你也知道冷啊？"苑儿从屏风上扯下外衣，给离春披在肩上，"夏日虽然炎热，但夜里也寒凉，真冻着了要怎么办？又是想什么，想得这样出神？"

"想一个身穿里衣，披头散发，投井而死的女鬼。"

离春转过脸去，此时光在她脸上猛地一个伸缩。苑儿咽了口口水，肩头战栗地一耸，回身去把门更掩紧些，恐惧却兴奋地凑上前：

"馆主带了故事回来？快，快说来听听。"

离春便把莫成说的，一五一十转述出来，听得苑儿嘴角渐渐低垂，眉头拢起，眼色朦胧，似乎无限感伤。离春说完，沉默许久，她才接话道：

"那位小姐死时穿着那样的装束，是不是因为她已伤透心，对世间虚荣失望且痛恨，这才洗尽铅华，走入阴间的呢？"

离春摇头：

"我所在意的，并不是这个，而是故事本身。"

"有什么问题吗？

"通常，这些怪力乱神的事情，都是道听途说，以讹传讹的。闲来无事的平民百姓编造出来的东西，基本上大同小异。例如，吊死鬼统统舌头下垂，失血而死的一律嘴角流红，井底溺死的则是长发披面。冤鬼身着的衣服，如无意外一定是一身白色，视死法决定上面有无血迹。而且女鬼远多于男鬼，她们带着怨恨而死，都是为情所困，一时想不开自绝的。被人始乱终弃的原因，是丈夫或未婚夫为了攀龙附凤而抛妻弃家，而被攀附的，多半是尚书、

中书、门下三省里的掌权者，实在让听故事的人不得不感叹：好
歹也是一国之相，怎么不约而同屡教不改地把掌上明珠托付给这
种狼心狗肺的东西？"

"确实啊。"苑儿搭腔，"平日里听来的鬼故事，几乎都是这样
的。"

"而今天的这只鬼，装扮虽然媚俗，经历却非同寻常，不但没
有虚妄夸张得令人嗤之以鼻，反倒在听闻之后，让人心中因这份
真实而感到清冷凄凉，甚至忘却了那女子已是鬼，全然不觉得恐
怖，只剩下怜悯一种心思。我可不觉得，口耳相传的通俗故事，
可以达到这般境界。何况，讲这故事给我听的，是一个连'恩重
如山'都不会说的鲁莽男子，可在叙述时，却连'定国安邦、万
古流芳'这种词都能说出口……如果不是他故意隐瞒自己的学识，
那就是他听来的原话本就如此。"

"馆主，我不明白，你到底在怀疑什么。"

"这两个词，用在坊间传闻中，未免太过咬文嚼字，用于书写
文章，倒还正常。"

"你是说，这些原本是写在纸上，在传扬时难免遗留下的一些
书面语？"

"可是，这类的谣传，会有人刻意整理，再把它落于纸面吗？
所以，我想，这故事多半是人刻意编造。会做这种事，已是匪夷
所思，还记录下来让它广为流传，到底有何用意？"

"你以为，与此案有关？"

离春神色严肃：

"我怕的就是这个。能写出这故事的人，对人心的理解，不下于我。"

"可是，馆主，"苑儿急切道，"你真的以为，这便是人心了吗？你刚才讲的，女鬼那自私又绝情的未婚夫，他所说的那些话，就不会是虚伪的谎言吗？难道人真的会一开始倾心相恋，后来遇见更大的诱惑，原先的情爱就烟消云散了？"

她语音紧迫，表情沮丧，兼有孩子般的脆弱，仿佛对自己说的，一千个一万个不相信，心底却明白这千真万确。

离春果然摇头：

"我知道你想的是，他之后会去追求其他东西，只因为他从未真爱过！若最初情真意切，就一定可以天长地久。这样的想法，确实单纯美妙。可惜，事实并非如此。在时光的消磨下，人总是会变的。"

苑儿黯然道：

"这么说，我还是不信。除非，你能举出类似的事情。"

"例子……"离春沉思片刻，"我是很想举一个，可一时真想不出来。"她闭起眼，捏着鼻上的穴位，"别说这些了。你大晚上的到我房里来，难道只为了听故事吗？"

"对了，你不提我险些忘记，我正要和你说，今日你走后，馆里又来了客人。"

离春简直要啼笑皆非了：

"我留你在这里看家，接待访客是头等要务，你居然在跟我说了这么久的话之后，还加了个'对了'，才和我谈正事？"

闻言，苑儿的神伤一扫而空，又焕发出勃勃生气：

"要不是你又不爱惜身体，我怎么会一直顺口说到这里？"

"那客人怎么样？回绝掉了吗？"

苑儿摇头：

"我知道你在操劳封家的事情，三番两次对来客讲：我家馆主近来实在事忙，请您再等候几天。可人家不听，只拉着我说他家里的奇事，最后死乞白赖留下了一半定银才走，根本推不掉。"

"既然都收了钱，总不能退回去，我只好接下来。"离春手指按着额头，神情委顿，"说吧，是哪一家？"

"主顾姓房。"

"房？"眼睫挑起，光芒一闪，"这姓可不多见。"

"馆主猜得不错——正是我大唐元老重臣房玄龄大人的后裔。"

"你做得很好，这种家世也确实得罪不得。怎么？他们遇到了什么事？"

"正与这亡故多年的房大人有关。历代房家子孙，都以这先祖为荣。为景仰膜拜先人风范，子孙目前依然住在房家老宅里。前任族长尤其缅怀房老的昔日威风，经常教育后辈说：这宅子里，一草一木，都凝聚着祖先的气度英华。只有维持原样，房家才能受到庇佑，后福无穷，否则触怒英灵，必遭报应。于是，那故居每年只是略加修葺，从未翻新；里面的用具摆设，都是开国时的模样，没有稍加变动。"

"听起来真是不错。但是，"离春闭起眼睛，似乎正为这家人忧心，"老人看旧景，固然陶醉，但年轻一辈，眼瞧着新鲜事物不停涌现，自家却正在强制性地落伍，心里不知是什么滋味。"

"问题就出在这里。族长年事过高，终于因病辞世。继任他职务的那个人，辈分虽长，却是个年轻人，曾因在家待得烦闷而出门远游，还娶回个门不当户不对的妻子。这样一个人掌家，自然不可能沿用上代的套路。在他的放任默许下，小辈人把房子彻底整饬一番，屋中陈设大肆汰旧换新。一夕之间，老宅面目全非。"

"随后，便出了灵异之事？"

"几日前，两位房家人坐在焕然一新的屋中饮茶，其中一个无意间抬头看向屋顶，诧异道：'怎么回事？这屋子好像变矮了。'另一个本不信，但一看之下，表示深有同感。可是，整修时又不曾动过梁柱基石，高度应该没有变化。丈量的结果，也与原先尺寸相同，但看上去，就是比以前矮了。他们正不知所措，几名兄弟堂兄弟跑来，问这间房有无异状。原来，那些亲戚也都遇到了同样的事。最怪异的是，每次众人认真观察时，屋子的高度仿佛没有变化；而一旦不再挂心，去操劳其他事务，屋顶又隐约地矮下来……弄得大家十分慌乱，一时间谣言四起，说是祖宗有灵，恼怒于后辈破坏老屋的举动，于是降下灾祸。还说，如果不尽快让他们息怒，这房屋迟早会坍塌，把住在里头的人砸死在下面，一个不留。"

"那么，我的任务，便是慰灵了？"

离春摇摇晃晃站起身来，开始绕着桌子缓慢走动，神情专注。苑儿知道她在思考，不敢打扰，安静地看她转圈子，心里默默数着：一圈、两圈……

等数到"三"时，离春忽然仰面大笑起来，声音放纵却极富深意。如果让邻居听到了，恐怕明日又要生出乱神馆新奇闻——夜猫子不光会叫，还很会笑。

"哈哈哈哈，这世事真是有趣，无巧不成书。刚刚才说一时想不到相似的事，现在眼前不就摆着一件？"

"馆主是说，这事和那女鬼的经历，异曲同工？"

"只是道理相仿。"

"到底是怎么回事？我觉得无论怎样，房顶也不能无故变矮呀。难道真是鬼魅作祟？"

"房顶自己压下来，当然是不可思议；但如果只是看似如此呢？那岂不很容易？比如，你站到床上去仰望……"

苑儿嗤笑：

"我又不傻，怎会不知道那纯属错觉，是我站得高了的缘故？"

"可这群房家人，偏偏就是不知道。他们把旧屋弄得仿佛新居，自然更换了以前的装饰家具。原先使用的物事，还是我大唐初建国时的风格。那时读书饮宴，多使用条案，众人席地而坐；当今最为流行的，是从胡人那边传入的桌椅，椅面离地二尺上下。最初发现房顶的异状，不正是两人对坐饮茶之时？你想想，虽然同样是坐，但坐在地上与坐在胡椅上，所看到的屋顶，难道会一样高吗？后来，用心查看时与之前无异，既是全副心神去看，多半是站着的；一旦放松下来，自然坐到椅上，眼角余光无意扫到，又觉得不对了。"

这苑儿跟在离春身边，已经有些时候，也一同经历了不少事情，但每次看到离春"显灵"时，还是惊讶不已：

"你真是……短短不到一盏茶工夫，居然就想到这些，我可是琢磨了一天都不明所以。但是，你没亲眼所见，就能想到这些，而房家人终日与那些桌椅相对，为何反而察觉不到？"

"这便是世人的通病：一双眼只盯着稀奇处看，越是不懂，越是死盯着上面，偏要看出个究竟。其实，奇谈怪事的成因，往往就在举手投足间，就在他们不屑一顾的平凡处。而且，这次翻新，他们改变的东西也着实太多，一时不能把目光专注到其中某件东西上。再说，我能聚精会神思索个中道理，只因本人根本不信鬼神，都把装神弄鬼当作日常活计了，还有什么不敢？而他们自小就被人教导，祖宗如何如何泉下有知，长大后可能偶尔想跟从当下的时尚，却被严厉惩罚，心底里可能会痛恨，却不能一点不当真，所以出了事情，自然而然就往那上面想去。"

"那，这事要怎样了结？你去说服他们世上无鬼神吗？"

"这次不用我出马。明日你上门去，告诉他们，要想恢复往日平静，无须作法，只要将老宅恢复原状，清除新鲜物事，把丢出去的旧东西一一归位，祖先自可安息。"

"只把桌椅换回不就好了？"

"那样，他们不就看出来了？还是要大动干戈，才能让真正出岔子的地方不引人注目。"

离春眯着眼睛，神采飞扬又夹杂几分诡谲。看到苑儿摇头叹气，这沾沾自喜的行骗者，瞬间如文人墨客般感伤起来：

"也是因为，我到底是个念旧的人啊。真心欣赏留恋的，是初唐的事物。可现在如何？坐的是胡床，吃的是胡饼，穿的是胡服。虽说如此，我还是喜欢宽袍大袖的老装束。有时想想，如果许多年前的人物，真的能够活转过来，看到这副今时不同往日的模样，怕不得被气得再死一次。就连我们的大唐——偌大一个国家——在不知不觉间，也不是往日的大唐了；何况是人？难道你还不相信，人是会变的吗?”

离春说罢，慵懒地伸了个懒腰：

“现在总没什么事情了吧？时候真是不早了，回去睡吧。”

苑儿看看灯芯的火焰，再转到暗影跳动的墙，然后偷眼睨向门，黑沉沉的寒气仿佛正透进来。

“这……馆主啊，你已经好些日子没有在馆里就寝了，难得今天回来，就和我一起休息吧。您夜里口渴什么的，也有个照应。”

离春见她神态，知道她害怕，也不点破，只点头表示可以。

铺好床，吹熄灯，离春躺在枕上，睁眼瞪着黑暗，吩咐道：

“苑儿，明日闭馆一天。你先去把房家的事情料理了，然后帮我详细打听，刚才那投井女鬼的故事，是何时开始流传的。”

“知道了。”苑儿轻笑起来，“要是不闭馆，明日再撞进来三桩生意，馆主可要忙死了。”

“你这鬼丫头，也知道心疼人了。”

苑儿讪笑，咬着嘴唇“唔”了半天，方才开口：

“馆主!”

“嗯?”

“你、你也与以前不同了呢。这一个月来，真是开朗随和了许多，不像过去那么冷冽严厉……"

"是吗？我厉害的时候，也没见你多老实。"

"但总是更听话了吧？因为，我喜欢现在的馆主胜于以往那个。可见，变化也未必不好，是吧？"

苑儿把被子拉到脖颈处，头往枕里蹭蹭，蜷得更紧。

 ○ 七

次日，离春再度踏入封家大门时，不出所料，赵管事正等在那里。他手里攥着一叠纸张，踱步之间，忽见离春的身影，立时假装偶遇，迎上前来。

"离娘子，我就猜您今日仍会大驾光临，还想赶快忙完手边事情，好去招呼您。谁知道，在这里就碰见了，真是巧啊。"

他的嗓音，光滑油腻不减昨日；离春似鬼的阴沉，也未见得就少了：

"蒙您惦记，有心了。"

赵管事站立时，总是半弯着腰，视线停留在对面人的胸腹间，自然立刻发现离春臂弯里斜躺着一件异物：状似仕女们所持的团扇，竹枝的手柄却较通常的团扇长出几倍，衬得扇面小了很多。普通的扇上，往往绣着些山水花鸟，而这一柄扇子全无针线痕迹，两面颜色相异，一边纯白，一边墨黑，扇子的色彩毫不混杂，反而纯粹得冷厉。明明是单薄的一层布料，不知何故，光居然透不过。

"这……这是何物？"

离春伸手轻抚：

"一件重要的法器。原本无名，后来用得多了，被主顾们送了个称号，叫作'阴阳扇'。"

"在下今日有幸得见这宝贝，真是开了眼界。"

"有这样感触的，可不止您一人。"

临出馆门之前，苑儿见到自己手持此物时，也是一副吃惊的样子：

"怎么，馆主？你带它去做什么？难道此行有凶险？"

"只是心中有些不安。昨日在井边，我凝神想着事情，丝毫没有提防时，莫成忽然出现在身旁，着实吓了我一跳；好在立刻扯平了——我一转脸，又吓了他一跳……"

离春回味着正要大笑起来，苑儿柳眉倒竖：

"现在是说正经事，你不要说笑！"

"好。"笑容凝滞在脸上，只好诚实述说，眼神也逐渐变得悠远，"当时我的胸口'怦怦'直跳，从心底油然生出极大的恐惧，我想的竟然是：如果他方才出手，把我推到井里，一定可以一举成功，为这世上再添一条冤魂。"

"原来，是没道理的惊悸吗？"听话音，苑儿稍稍松了口气。

"也不是。毕竟'防人之心不可无'，万一让某人知道我正在调查，并且让其产生怀疑，那就真正危险了。"

"某人？难道，你已经……"

"不错。若我推测正确，那人便是真凶了。"

眼前本来正浮现着苑儿当时惊讶好奇的表情，一声声的"离娘子"却将她远行的神智唤了回来，尖长瘦削的嘴脸便映入瞳孔中，一时反差过大，令离春眉头皱起。

"您似乎心思不在这里？"

"近来馆里生意有些繁忙，精神有些恍惚，实在抱歉。"

"离娘子不必道歉。对于事情繁多，奔波劳碌的辛苦，我也是深有体会。"

离春听出这一句别有用心，顺势接道：

"是啊。您是封家老爷倚重的人，他的生计家事，您样样都要费心，也难怪了。"

"尤其是最近几天，夫人暴亡，老爷深感彷徨，我自然要较往日多关照些了。"赵管事蹑手蹑脚，凑上前来，将手中之物递到离春眼前，"这不是，今天早上，老爷思念夫人思念得厉害，就差我到夫人房里，去拿她生前抄写的诗词，好静静读来凭吊故人。您看，我正要给老爷送去呢。"

离春接过那叠诗稿，一张张缓缓翻阅：

"青青子衿，悠悠我心。"

"彼采葛兮，一日不见，如三月兮。"

"既见君子，云胡不喜。"

仓促浏览一遍，离春随口评论道：

"只有几首是当代诗人的新作……你家夫人还真是喜欢《诗经》啊。"

"离娘子说得有理。不过,"管事更贴近些,嘴唇几乎碰到离春的耳朵,"这《子衿》和《采葛》都是表示相思的情诗,而《风雨》是最著名的淫词艳曲。作为一名已婚妇人,整日抄录这种东西,夫人的爱好着实令人费解。"

说话间管家嘴里的热气直扑口鼻,离春急忙闪躲,站得稍远些:

"我倒看不出古怪,只觉得夫人果然是位风雅女子。"

说这话时,离春低头盯着纸张边角上的小幅丹青,它描绘的是梅兰竹菊等花草,姿态生动却线条简单,显然是品鉴诗词之余随手画就,功力高深可见一斑。

赵管事等得不耐,伸手过来:

"离娘子,这些,我还要拿去交差呢。"

离春一边递上诗稿,一边冷眼睨着他,不动声色问道:

"你家老爷……外出了?"

"没有啊。"管事表情错愕,莫名其妙,"您怎会这样想?"

"既然他尚在家中,你要送夫人遗物给他,为何送到这门口来?"

这一言冷锐透顶,刺得对面人无话可说。正当他竭力寻找说法时,忽听后面一声呼唤:

"请问这位爷,这里是封乘云府上吗?"

转身一看,是一名身穿"驿"字装的年轻人。管事急于摆脱尴尬境地,赶忙迎出去:

"正是,正是。这位小哥有什么事?"

"哦，现在有他的一封信件。他在家的话，请他出来接收一下。"

"我是这家的管事，交给我就好。我会立刻将它转到老爷手上。"

那年轻人点头，笑得纯净开朗，取出信来，正要递过去时，无意间看到旁边脸上有块赤红胎记的女子，眼中顿时一亮，胡乱把信塞在管事手里，急奔两步，险些撞到离春身上：

"您，您就是乱神馆离娘子吗？"

"是。"

"我对您的法力十分钦佩啊。长安人都说，您简直是神仙的化身！"

"神仙？我怎么觉得，大多数人说的是，我像——妖魔？"

离春眉头微拧，似乎不堪其扰。但这一位热情不减：

"我身为驿工，终日走街串巷，您的故事听了不少。据说，您曾帮助过一家姓郑的……"

"好了，好了。你找我，到底有什么事？"

"您不说我倒忘了。"他从怀里掏出另一封信，"这个是宴宾楼一位姓孟的朋友，托我带去乱神馆的。谁知，居然在这里遇见您。本来还想借此机会到贵馆参观一番呢，其实我送信时，也从馆门前经过不少次，就是没有进去过……"

离春接过信多时了，那人还在喋喋不休地表白着，说了一圈又绕回到孟白那里，开始称赞他如何如何仗义。被纠缠着正无计可施时，幸亏赵管事脸色阴郁地过来，扔下几文赏钱，终于把意犹未尽的他打发走了。

"离娘子的大名，还真是尽人皆知啊。"

这一次倒不是他善于察言观色，而是不满那驿工厚此薄彼，对待二人态度过于悬殊。

"这次，真是多谢您为我解围了。作为回报，我也帮您一个忙，替您为封家老爷送信去。"

说着摊开手掌。只见管事沉吟许久，似乎万般犹豫，就再补上一句：

"反正我正要去找他，顺路就捎过去了。如果您执意要自己送去，那我们正好同行，我也能亲眼看着您把这信和'老爷要的诗稿'一起，交到他手里。"

管事双肩一缩，咽下一口口水，不情不愿却显得心甘情愿的样子：

"既然离娘子有意为我分忧，我就不推辞了。"

当那封信缓慢游移地伸过来时，离春的目光从管事的身旁擦过，瞄到房屋转角处，一个矮小的身影正向她点头招手，当即抿唇一笑：

"多谢您的信任。我可不敢耽误了事情，这就送去，先走了！"

把两封信揣在怀里，抱好阴阳扇，转到那角落里，离春唤道："亦然！"

封亦然神情惊喜，立刻迎上来：

"从早上我就在这里等你，你可来了！"

"待在这里，虽然也能看见人进出，但你不嫌太远吗？怎么不到门口去?"

亦然脸色一阴,摇头不答,许久才蹦出一句:

"你,你不要和那人走得太近!"

"哦!你躲在这里,就是不愿与他一起?"离春垂头,眼帘半掩,"昨日我就想问,你对红羽和颜悦色,莫成也视你为友人多过主人,可见,你并非那种仗势欺人的霸道孩子。怎么独独对这赵管事,似有成见?"

"这……"亦然背过身去,"我只觉得他巧舌如簧,不是可交之人,这才提出忠告。望你千万不要被他的花言巧语给骗了。"

"想不到你小小年纪,看人的眼光倒是不俗。这些处世的道理,都是谁教你的?"

亦然听到夸奖,微微高兴起来:

"除了夫子,就是我娘经常训导。"

"能把你培养成这样,夫人她想必很是欣慰。"

"也不是的。我也贪玩,并不十分好学,有时也会让娘失望,现在想来很后悔,却也晚了。"亦然眼神又忧伤起来,"再说,你说的识人之能,也非我所有。那些话,其实是娘说的。"

"你刚才态度回避,似乎不愿坦承,现在怎么又愿意说了?"

"因为娘说那些话时,曾告诫我不要出去乱讲。她毕竟出身名门,总是不好道人是非的。我本想对你保密,可想想你有通鬼神之能,大概我想瞒也瞒不住,索性说了。再者,想再见娘一面,是我目前唯一的心愿。既然这样重要的事都托付给你,又怎能不信你呢?"

"用人不疑？好！"离春点头赞许，"你能有如此想法，离春感激！"

"你这样热心帮我，亦然才感激！"

"为这一点事情，你已经道谢过许多次了。同样的话，再一再二再三地说，可就是客套了啊。快别讲这个了，还是做些更有用的事情——为我解惑。"

"你有什么不明白的地方呢？"

"为人父母者，总想把自身的经验教训全都告诉孩子，让他引以为鉴。令堂教子的慈母心，在下可以体会。但是，她怎么会无缘无故地与你谈论起一个家仆的人品呢？总该有个诱因吧？"

"你想知道这个？说来惭愧，但我还是直言吧。"亦然脸上挂上一丝羞怯，"回想起来，从前真是无知。在娘提点之前，我一直看不出赵伯有什么不好，还认为他是个不错的人。那时只觉得，谁对我好，谁便是好人了。而他不时买些吃食玩意给我，我自然心里就向着他。有时还想，爹总说生意繁忙，没空理会我，可人家却这样惦记着……总之，当时我对他的好感快超过爹了。可能是我与娘说话时，无意中露出过这种念头，娘面沉如水地告诉我：以后赵管事给的东西，一律退回去，什么都不准要。我当然不服，急着追问理由。娘有些闪躲，只简单敷衍道'不能亏欠人情'，后来看我纠缠得紧了，就发起脾气，大声说'不准就是不准！'。我哪里见过娘这样严厉，一时吓到，看娘盯着我，又不敢哭。娘见我这样，就泄了气，伸手把我搂在怀里，轻声安慰，解释道：'你还小，很多事不懂的。娘只告诉你，他整日里藏头露尾、鬼鬼祟祟的，不是个好人。你该记得娘讲过的"孟母三迁"的故事，说的就是近朱者赤、近墨者黑的道理。和那样的人混在一起，有害无益。你若寂寞，一定要找人玩耍，不妨与莫成多多亲近。他是没什么学问，但至少能教你良善。'"

"你是个孝子，既然母亲这样说了，想必愿意遵从。但，送你东西的人，却未必会因你屡次拒绝就知难而退吧？"

"这又让你说对了。"亦然钦服地望向离春，"被母亲训诫后，他再送来什么，我都婉言谢绝。但他热情不减，反而送得更勤了。他越这样，我心里越是过意不去，只觉得人家一次一次地为我费心，我却毫不领情……"

"于是你自认为愧对他？这样长久下去，你还是会再度接受他的赠与。"

"你真是能把人看穿啊。是的，那一日，他提来一只竹篾编的小笼，里面装的是蟋蟀。我实在是不好意思再拒绝，而且说实话，也确实是喜欢，动了心，就没多加推拒，让他留下了。但他刚一走，我马上忆起母亲的话。唉，真是左右为难：就这么放着，便违逆了娘的意思；立刻送回去，却又舍不得。最后决定先拿着玩一晚上，第二天再归还。"亦然摇头，再叹气，脸上现出稚龄孩童不该有的表情，"那时，真该当机立断，送回去的。"

离春见状，心中一动：

"这是哪一天的事情？"

"我娘亲暴亡的前两日。"亦然眼神波动地抬头，"你可知我心中多么懊悔？如果不是因为收了这礼，我就不会见到鬼，晚上也

不会那样害怕。如此，我娘去世的那日夜晚，我就敢在夜里走到
她房里道歉，至少还能见到她最后一面。"

"因为留下礼物而遇见鬼？这话怎么讲？"

"那日，我将小竹笼放在桌上，一会儿便去碰触一下。只因心
里清楚定下了归还的期限，就越发知道时间不多，简直怎么看怎
么玩都嫌不够。就这样，白日很快过去，入夜了。我本来已经睡
下，谁知那只蟋蟀忽然叫起来，叫得我心里又痒了，就爬下床想
再瞧它一眼。夜里黑暗，从笼眼中怎么都瞧不见，索性打开盖子。
那蟋蟀趁这当儿，跳出来落到桌上。桌前的窗户为透风开了条缝，
它居然从那里蹦出去。我暗叫一声'坏了'，明天拿什么还给人家
啊？就追出去捉。那时，我对鬼魅的了解，只是夫子教导的'子
不语怪力乱神'，知道世上有鬼，却不知恐惧，自然也不怕黑暗。
我侧耳听着蟋蟀的叫声，循声追赶。可夏日草丛里本来就有虫鸣，
哪里一叫，我就奔过去，这样走着走着就失去了目标。本来一直
或多或少有些声音，可是忽然周围安静下来，万籁俱寂。我一时
怔住，直起身子，才发现已经到了柴房附近。刚分辨出身在何处，
我、我便看见了……"

亦然眼睛睁大，退后两步靠在墙上，肩膀瑟缩，呼吸急促。

"鬼？"

在离春无限诡谲的声调中，正在发抖的孩子缓缓点头。

"怎样装束？"

"白衣，长发披散。它背对着我，站在井边，真是一眼就看见
了。因为四下一团漆黑，只有那一块素白色，太过鲜明了。我当

时吓得浑身战栗，不知如何是好，怕惊动它忙把嘴捂住，却还是叫出声了。这一来，更是怕极了，转身就跑。软着腿跑了两步，总感觉它在后面追赶，回头去看时，却发现它并未尾随而来，那井边也空无一物。"

"只跑这么两步的工夫，就消失不见了？"

"所以，我才更坚信那是个鬼。第二日，把这事和莫成红羽他们讲，我还被娘骂了一顿。"

"原来如此。"

亦然用力摇摇头，似乎从畏怯中挣脱出来了，稍显平静地问离春道：

"对了，说得兴起险些忘记，我在这里等你，其实是……"

"是来打探气息收集得如何，招灵进行到哪个步骤了。"离春笑笑，"可说是进展神速啊。若能再得知一个问题的答案，想必收益更多。"

"是什么问题？不妨问我吧。"亦然十分急切。

"正要问你呢。可还记得昨日，你我同行时，遇到的那群抬墓碑来的人？"

"你还在为他们感到不快？"

"从来就没有不快过。我是想确认，相遇的地方，可是花园？"

"正是。"

"这家中有几个花园？"

"只有一个。"

"原来，从夫人卧房出发，走房前主路，就可到达花园。"离春喃喃自语，见亦然困惑地仰望自己，又开口道，"如果先取小路，到柴房，随后再转去花园，那又如何？"

"到，当然是能到，只不过要绕了很多路。"

离春眼睛眯起，其中冷光流转，被询问到"你打听这个有何用意"时，只是摇头不答，嘴唇无声翕动。从口型中，依稀可辨出四字：有人说谎！

〇八

打消了亦然的好奇，好言劝说他再耐心等待几日，总算让这小主顾暂时离去。

刚剩下一个人，离春立时拿出孟白写来的信，拆了封口，展开在眼前，边看边点头。仔细阅读一遍后，再放回衣里，站在原地四下看看，决定去柴房一游。

顺着主路走了会儿，目的地已映入眼中。门前的井边，跪着一人，正是莫成。

离春见他身前似有轻烟腾起，心里一惊，往旁边移动两步，看到井沿下摆了一碟糕点，还有一只小香炉，三炷香正缓缓燃烧。

莫成双手合十，嘴里低声念叨：

"夫人啊，您去阴世已好几日了，不知在那边，还过得惯吗？我知道，您一定想念老爷和小公子。让您夫妻分散，骨肉分离，莫成这心里亏欠得慌啊！那天您的尸首被大理寺的官差们抬走时，我的哭声，您地下有知，想必也听到了。管事爷还斥责我：'老爷见到夫人遗体，也只是掩面黯然而去，不曾像你这样失态。人家结发之情，尚能自控，你哪里来的那么多伤心？'可是夫人，我当时说：'早知如此，就算是工钱微薄，我不吃不喝也要攒一些下来，拿去请人来把这井里的鬼除去，那样就不会发生这样的惨事了。'这些话，可不是随口胡诌，我是真的这样想的啊！因为，夫人待我们下人好，我心里知道。"

这一番话，说得情真意切，到动情处带着哭腔，差一点就声泪俱下；激动时手攥拳头，狠擂自己的胸膛，似乎要把一颗心凿得从嘴里吐出来，以表明绝无虚言。

"所以啊，您就放心去吧。只要莫成还在封家一日，就会尽心为老爷做事。如能不被嫌弃，我还要好生照顾小公子。

"还有，井里的鬼姐姐，我知道以前对不住你。你又没做什么坏事，只是我心里实在害怕，总想把你除去。可我也没有真的伤了你，有时还拿供品来拜祭，也总算抵了过错。以前听人讲鬼怪故事，都说你们寂寞，总想找人陪伴。可是，你也不该拉夫人下去陪你啊。大概是你不幸遇到个负心人，就见不得人家恩爱吧？所以才一而再再而三地拆散他们……不过，现在说这些也没有用处了。既然夫人已经去和你做伴，你可要多多关照她，别让她给其他鬼魂欺负了。我会经常来这里上供、燃香、烧纸钱，使你们在下面活得宽松，就不要再返回阳间了。"

此时，莫成正口中念念有词，无非是一些安魂祷祝的老调。

离春听得无趣，就开始打量眼前的地形。

可以通到这里的，一条是自己行来走的大路，想来亦然那天夜里捉蟋蟀，也是顺着此路过来的；较窄的小径，连接着夫人屋侧，昨日才刚刚走过；此外还生出一枝，离春略微沉吟，已知另一端是什么地方。为了证实心中的想法，她稍稍抬起头望向半空，果然见那方向腾起袅袅炊烟，不觉莞尔。

面对的那条路上，一条人影走进视野内。离春闪身隐进房屋的暗影里，躲藏前的一瞥，已认出那是丫鬟红羽。

红羽托着一只餐盘，行至莫成身边时，站住了向井口点头致意，直起身子正要离开，突然眉毛一挑，险些把手里的东西扔到地下，双眼直愣愣往下瞪着，不知盯的是莫成还是其他。

半晌，莫成才发现有人立在身旁，大概刚刚是合着眼的。可这一睁开，反被她脸上的表情唬住。红羽猛醒，垂下眼睫，捏紧托盘，默默地迅速离去。

红羽走过离春身旁，似乎并未察觉有人，毫无异状地继续走着。离春从阴影中踱出，轻声慢步跟在后面。

只见她停在一扇门前，调整托盘，空出一只手来，叩门唤道：

"老爷，快午时了。"

等了片刻，里面毫无动静。

"我把饭菜端来了，您多少吃一点吧。"

依然没有回应。

"恕丫头我说句逾越的话，您这样消沉，岂不是让夫人不能瞑目？您要再不开门，我就直接进去了。"

似乎提及夫人，终于让封乘云有了触动，他不耐烦地斥道：

"你别进来！我什么也不想吃。"

"您是要绝食，好追随夫人而去吗？"

"你不必劝我，不吃就是不吃！"

"您不能这样作践自己的身体，我一定要看着您吃完这些。"

"好了，好了。"封乘云无奈道，"不必麻烦了。你放在门外就好，一会儿我自会去拿。"

红羽正要再加劝说，忽觉胳膊被轻拍一下。顺着臂边那柄奇特的扇子，看到离春身上，脸色一喜，急忙点头致意，高声通报：

"老爷，乱神馆离娘子来访！"

屋中沉吟半晌：

"您再次光临，是找封某有事？"

"正是。在下期盼能与老爷面谈。"

封乘云咳嗽一声：

"红羽，让客人在大厅稍候就好，怎么带到我的卧房来？"

"回老爷，不是我带来的。"

离春盯着紧闭的房门，轻笑着插嘴道：

"听这话，难道是不欢迎我这不速之客，非要赏我这碗闭门羹吃？"

"您说哪里话？"封家主人忙不迭否认，"只是封某现下衣衫不整，出迎实在失礼。若不见怪，就请进吧。门没有闩。"

离春不再讲话，推门入内。映入眼帘的一幕，饶是她见多识广，却也愣在原地：

封乘云衣襟半敞，姿态慵懒地趴在床上，头下枕着一物，不时与之耳鬓厮磨。而那件东西，到底是什么，却看不真切，只知道似乎颇为厚重。

红羽见他如癫如狂，别过脸低声抽泣。可能是听见哭声，封乘云迷茫地转过眼睛，眸子里空旷许久，才慢慢撑坐起来，一边系着衣带，一边又俯下身子，对着那物轻声细语，依稀是说"我先去招待客人了，一会儿再来陪你"。若不看他说话的对象，真好似在与爱妻附耳讲着私房话。

封乘云站起来抹平衣上褶皱，弯腰爱怜地拉过被子，仔细覆在"玉蝶"身上，然后转身走到门口，抬头望着太阳的方位：

"确是午膳时间了。红羽，你再多准备些饭菜，连我的这份也端过去。我要与客人一起用餐。"

红羽即刻领命而去。他微笑回首，招呼离春同往偏厅。她摇头不肯，出了屋子往相反方向走去。封乘云犹豫了一阵，毕竟也不方便勉强，自顾自走了。

待他远去，离春又潜回卧房，直奔床前，揭开被子，低头看去。事先虽已猜到八九分，却还是免不了一惊——封乘云温柔对待的，竟是昨日送来的那块墓碑！

拧起眉头，颤抖地伸出手去，缓缓抚摸。不知是人体温的缘故，还是被子暖和，中央"玉蝶之墓"四个凹陷红字周围的石料，已被焐得热了，触手如玉般温润。

离春长叹一声，细心把被子掖好，十分感伤地摇着头，步出房去。

离春来到偏厅，饭菜已然备妥。与封家主人寒暄几句，便入了席。她平时饭量就不大，封乘云看来也并无食欲，一顿饭吃得短促又沉闷。好在红羽机灵，两人刚一停箸，立刻把杯盘碗盏收拾起来，使二人不必再无言相对。

红羽正忙碌时，离春从怀里抽出那封代收的信来。封乘云看看尚有些狼藉的餐桌，再瞧着自家丫鬟来来去去，终于无法忍受，便将离春领到书房去图个清静。

趁着主人看信时，离春打量着书房的布置：

正中一张书案，笔墨纸砚一应俱全；后面靠墙一排矮柜，顶上堆放着许多书籍。两侧墙上稀稀疏疏悬着几幅字画。

离春正想上前细细品鉴，封乘云已看完了信，回身拉开一扇柜门，从中取出一只没有上锁的木箱，把信原样折好装起，收入箱中。看那里面，已经积攒了一沓沓信件。

"您做事，还真是有条有理。"离春随口赞扬。

"也是没办法。平日事忙，若再浑浑噩噩，后果不堪设想了。"

说话时，红羽已将偏厅拾掇妥当，急忙赶来伺候。她低着头进了门，悄悄地立在角落里，没有引起书房中二人的注目。

"离……"封乘云一窒，温和笑道，"我还是叫你馆主好了。除了玉蝶，我实在叫不惯其他人'娘子'的。"

离春回报以一丝轻笑：

"旁人对我的称呼，一向很是随意。您称心就好。"

"离馆主，有一事，在下左思右想，还是不大明了。"

"您不必客气，尽管说好了。"

"昨日我和亦然研究，他说什么，'人能活在世上，全凭气血支撑'？"

"不错。男女老幼，皆是如此。"

"那么，人若死了，必然是因气血不继，无一例外？"

"正是。"

"病死的人，也是同样道理？"

"没错。"

"这我就不懂了。明明是一种死法，为何只是枉死者会变成鬼出来吓人？怎没听说病死的人也返回阳间呢？"

"其中道理，十分简单。凡死者都会变成鬼，但鬼在阳世现身，却需要自身拥有之气的聚合。也就是说，鬼能否经常现于人前，取决于他去世前所遗留的气拼凑回原样的难易程度。缠绵病榻之人，气血已衰，再加上每日消耗一点元气，散在虚空之中，最终血枯气竭而亡。这就如同一块绸缎，慢慢将之抽成丝。再想把这一团细线拼合成原先的绸缎，可就难了。含冤而死之人，则不同于此。他们死时气血旺盛，命不该绝，却被人被己强行切断气血通路，比如闭塞气路的悬梁，或令血路干涸的外伤。还以那块绸缎为例，一开始十分完整，一朝遭人割裂，碎成几片。若想还原，倒还很容易呢。"

封乘云击掌赞道：

"听馆主一席话，茅塞顿开。"

"怎么？"离春脸上现出几分鬼魅，笑着揶揄，"您对鬼魂如何还阳，忽然这样关注，难道是求助我乱神馆不成，便想自己来招灵？"

封乘云脸一红，背过身去，并不答话。

"我自知不该多这口舌，但您现在尚不及而立之年，正是风华正茂，难道甘心就此消沉下去，也不为将来做个打算？"

"封某愚钝，不知馆主是什么意思。"挺直的眉，逐渐扭起。

"您从未想过——再走一步？"

"再走一步？"如鹦鹉学舌般重复。

"我是说，"离春斟词酌句，"另娶一房妻室？"

封乘云"砰"地一拍桌子：

"玉蝶尸骨未寒，我怎能纳妾？！"抬手直指离春，恼怒地颤抖，"若你不是亦然请来的，就凭你在这里胡言乱语，我就要人将你赶出去！"

离春似乎受了惊吓，脸色煞白，更是怕人。她退后一步，恭谨地施了一礼，正色道：

"在下一时失言，还望您见谅！"

封乘云呼吸粗重，胸膛剧烈起伏，将手按在颈上平复片刻，余怒未消地违心道：

"算了，我也不该怪你。不光是你，其余人的想法，恐怕也是如此。"

离春眼神迷离，似饱含歉意：

"实在是误解您了。但请您一定相信，我并不是无事生非、妄加揣测的人，只是不小心听到些流言，是以说错了话……"

"流言？"封乘云双眉挑起，状似不屑。

"是的。"离春语调更加痛悔，"您知道我那乱神馆，平时虽也有些达官贵人出入，但与我真正有交情的，大多还是市井小民。我的一位朋友，是酒楼的跑堂。那地方人多嘴杂，经常造些谣言出来，大家听着传着，倒也乐趣十足。"

"背后道人是非，真是小人行径。"封乘云面罩寒霜，"你不用兜圈子了，他们到底怎样说的？"

"这要从昨日讲起了。京兆府抓了一名犯人，因他人面兽心，为了独占家产竟杀死生身父亲。这样肮脏的事情，君子自然不齿，但对于酒楼中那些称不上高雅的俗人们，却不过是一件八卦，他们抓住这题目大谈特谈。认识那犯罪者的，一开始慨叹，'以前没看出他如此毒辣'，随后立刻有人反驳，'这人品质低劣，从他终日流连风月场所，便可见端倪'。于是，一名同样酷爱寻花问柳的公子哥儿，便讲述起在青楼与他偶遇时的情形。这么一来，话题可就转到了娼馆去，不多时已在探讨长安哪些名士是那边的常客。似乎有人提说，您与落花居的花魁牡丹姑娘交情匪浅……"

"所以，你便以为，这位牡丹姑娘，迟早会踏进我封家大门？"封乘云无聊地摇头，"这真是从何说起啊？不错，我确实常到那落花居去，却不是为了私情，只是一般的应酬而已。人常称我为'儒商'，但并不是每一个和我做生意的，都读过圣贤书。一位大主顾，千里迢迢跑来长安，要与我谈一笔买卖，人家就想见识见识花红柳绿的地方，我又能怎样？至于每次都要牡丹姑娘接待，也是因为她声名远播。名头越响，要价越高，越能表示我待客的盛情，场面上也越过得去。再说，那种地方不许外来女子入内，离馆主当然没有涉足过，难免有些误会。怎么说？并不是走进那扇门，就一定要找人侍寝。何况，落花居还是较为高级的场所，招待的多是文人墨客。在那里，通常只能喝酒吃菜、欣赏歌舞，里面的姑娘都是卖艺不卖身。我敢说，虽然在那里出没的时间不短，但我绝没有做出对不起玉蝶的事来。"

"我自然相信您的人品。"离春点头道，"不过，这些事情，如果传到大理寺官差的耳朵里，只怕不大好办。为了保险起见，我认为您应该自己向他们坦白。"

"这，"封乘云错愕，"他们查的是玉蝶之死，我看不出这两件事情有何关联。"

"死者是您的妻子，而您在外面又与红颜纠缠，情势对您不利啊。"

"馆主多虑了。"封乘云淡淡一笑，毫不在意，"他们还能疑我杀妻另娶不成？别说我与牡丹姑娘清白无瑕，就算真有瓜葛，只须知会玉蝶一声，封府里便可多一个二姨太了。我又何必害死她？再说，我并无意采撷几朵野花回家，只愿能与玉蝶一人长相厮守，举案齐眉。怎奈天不遂人愿……"

说着，他的眉毛又沉重地往眼睛上压下，脸颊的轮廓也显得益加脆弱。离春急忙安慰：

"您别又想起伤心事了。我就是不忍您在这样难过的时候，还要被官家人骚扰，这才好言提醒的。大理寺前些日子找乱神馆的麻烦，那位杜大人的手段，"深深叹息，用力摇头，"我可是见识过了。劝您千万不要重蹈我的覆辙啊！"

"可我听说，杜大人他是个断案奇才，不像不明事理的人。"

"正因为他太过明理了，性子才多疑啊。本想举几次我遇到的刁难为例，但前因后果牵扯太多，说了怕您听不明白，索性就以您家的事为例。他若在这里，听说您反对抓红翎回来，而这名女子又很可能就是凶徒，他便会认为您是有意包庇。"

"哎呀！这可真冤枉了！"

"他一定会厉声质问您，"离春的声音变得严峻，"'你为何坚信，红翎不是凶手？难道，在你心目中，行凶者另有其人？'"

可能是腔调太像，封乘云真像上了公堂般惶恐起来：

"不，不是。这，这可叫我怎么说？"

离春幽然一笑：

"您不必紧张。我又不是大理寺的人。"

封乘云一愣，随即笑开：

"真有官老爷这样问我，我也难以说清了。因为我明白，即使说了我的解释，他们也是不信。但若是馆主你，倒可能解我心意。"

"不妨说来听听。"

"那日早上，我来到玉蝶陈尸的井边，顿觉天地之间一片昏暗。一群官差在我眼前来来去去，却仿佛离我很远。不知不觉间，我好像走了起来，也不知要往哪个方向去，只是随便迈着步子。等我稍微清醒，发现自己已在刚才那间卧房中了。我躺上床，瞪着帐顶，却发现自己并不伤心，只是不知所措。也不知过了多久，我忽然看见了玉蝶！当时真是欣喜：谁说她仙游去了？这不是还在眼前？她慢慢走来，我伸手去迎时，却掉到了床下，方知是南柯一梦。这时，终于隐约体会到——我妻子她真的离我而去了。于是，立时从心底冲上一股愤恨，浑身颤抖，极想砸坏什么东西，甚至是自己。"封乘云两眼发直，瞪着自己手掌，状似疯狂，"到底是谁害了你？是谁害了你？红翎，是！一定是她！"

一直默立一旁的红羽，看得心惊，上前畏缩地伸手阻拦，却被一掌挥开。离春断喝一声"封、乘、云！"，这才镇回他的神志，他茫然望着身边两名女子，随后扭过脸去：

"抱歉，失态了。没吓到你们吧？"

离春毫不在意：

"我的胆子，倒没那么容易破的。倒是刚才直呼老爷名讳，失了礼数。"

"事急从权，无碍的。"封乘云自嘲笑笑，稍稍转过身子，"其实那一日，我的狂态还犹有过之呢，一心只想着怎么把红翎抓回来剥皮拆骨。就这样一直发疯，折腾到累极，才又睡去。这一次又梦见玉蝶了，却不是向我走来，而是背对着我，任我怎么叫，她也不应声，似乎在与我生气。醒来后懵懂不解，直至忆起一件旧事，才恍然大悟。"

"旧事？"离春的眼睛，黑得深湛。

"那是玉蝶还待字闺中时。她有一名贴身丫鬟，自幼父母双亡，被卖到她家为奴。由于事主忠心，又聪明伶俐，被玉蝶的父亲收为义女。就这样，主仆二人一起长大，情同姐妹。后来，在我追求玉蝶时，这丫头突然找到我，说了些在我听来很不着边际的话。我随口敷衍两句，想她就此作罢。谁知她见我不放在心上，竟翻来覆去，讲个不停。我急起来，就训斥了她。结果为了这个干妹妹，玉蝶可跟我赌了很久的气。"

"夫人还真是护短呢。"

"是啊。记起她那时的背影，与梦中见到的，竟出奇相似。想到这里，灵光一闪，觉得这两件事简直雷同！一样是贴身丫鬟，一样是身世坎坷，一样受玉蝶疼爱。以前我因为责备了那个兰儿，被玉蝶冷漠相待；而现今我疑心红翎是凶徒，夫人便以同样冷漠的姿态在我梦中现身……"

"您认为是夫人托梦，要您别冤枉了好人？"

"正是！"封乘云坚定点头，言语间透出欣慰，"我早说离馆主能懂的。"

"所以，您肯定红翎没有杀人？"

"玉蝶这样暗示，自然不会有错。红翎既然是无辜的，离开封府就必有她的道理。再说，她又没有签下卖身契，人家不愿意留在这里做事了，还找回来干什么？"

这一句话说得万念俱灰，仿佛他再无精力理会这些琐事。

"您有没有想过，夫人如果不是红翎害死的，那到底是谁下的毒手？"

"我怎么没想过？只是心中一片混乱，不知该怎样去思考，只好反复回忆那晚的情形。可我左思右想，都想不出个所以然来。"

"难道，您就不曾怀疑是家里的人做的？"

"可家里又没有别人。当时待在这府里的，除了我一家三口，不算红翎，就只剩下管事、红羽、莫成三名下人了。你说我能怀疑哪个？玉蝶生前心肠好，对底下的人一向和颜悦色；现在去了，不也还护着红翎？我是怕，胡乱怀疑了一人，当晚睡下后，她又在梦里摆背影给我看啊。"

封乘云抽搭一声，语气更加惨切：

"现在想见到她，也唯有在午夜梦回时了。我还想多看看她的脸呀。除非能在余下三名仆人中，找到一个不受玉蝶庇佑的，否则，我是不敢再妄动疑心了。"

这一段，红羽在旁边听得流下泪来，背过身去，牵着衣袖擦拭双颊。离春哈着腰，好像愈加愧疚：

"看我这人，怎么不长记性，一错再错，竟又惹您伤心了。"说着抬起头来，拙劣地想岔开话题，于是故作愕然，"等等，什么时候说起这些的？这完全挨不上边啊。"

封乘云也是一阵怔愣：

"是啊，方才还在说什么闲言、青楼，怎么不知不觉间离题万里了？"

"一句赶一句，就说到这儿了。"

两人相视苦笑。

○ 九

离春正色说:

"还是言归正传吧。今日求见,其实是想了解,您与夫人是怎样互许终身的。若您不介意,可否说与我听?"

"这和招魂有关?"

"不错,大有干系。"

封乘云沉吟片刻:

"方才听馆主的气血论,讲得头头是道,可见你对阴阳两界之事极为在行。既然你说招来玉蝶魂魄,需要我吐露当年之事,那我岂能隐瞒?"

说着眼神远眺而去,寻不着一个落点,封乘云脸上微微泛起凄迷的笑容:

"在我们成婚之前,我称玉蝶为'表妹'。我娘是她爹的亲妹子,她的姑母。幼时我曾见过她,粉妆玉琢的,煞是可爱……"

离春听得动容,眼中悄悄闪着泪光:

"表兄妹,确是容易走到一起。您刚才这几句话,倒让我想起一首诗,正与这情境吻合。"

"不知馆主说的,是哪一首?不妨吟出来我听听。"

"只是用嘴来念,未免少了味道。"

离春摇头,走到书案后,眼神在案上扫来扫去。

红羽早已擦干泪水，现在听话听音，知道她的意思是要写出来，急忙跑上前把纸铺好。待要磨墨时，离春一摆手，从那"阴阳扇"的长柄上，拔下一节竹管，往砚中倾倒，一缕墨汁徐徐流出。将竹管插回原处后，又拧下另外一节，竟然是一杆毛笔。

封乘云赞道：

"馆主的构思，倒真奇巧！这东西也带得齐全。"

"有备无患而已。"

离春持笔蘸上黑墨，在纸上书写。刚写完"郎骑"二字，封乘云便已诵出整句：

"郎骑竹马来，绕床弄青梅。"

"您也读过这诗？"

"李太白的新作《长干行》，谁人不知啊？刚开始流传时，无数人争相传抄。许多读书人，都以与他活在同一时代为荣。他真是当今最伟大的诗人，他的诗作，千秋万代之后，也必定会被人奉为经典，永世不朽。"

"您这般推崇的文人，定是不俗的。可惜我对此人了解尚少，他的诗作也读得不多，到底是才疏学浅啊，比不上您的见地。刚才引用这句，也只是觉得，'青梅竹马'四字，简直就是您与夫人当年的写照。"

封乘云抬起眼来，温柔笑道：

"我的确见过儿时的她，却并非一起长大。那一次，舅舅来看望我娘亲，顺便带了她。自那一别后，虽同在闽南，但阴错阳差，再也未曾见了，直至我长大成人。某日，母亲突然害了一场大病，险些驾鹤西归。最后虽是抢救了过来，她却心有余悸，担心什么时候双眼一闭，来不及见至亲之人最后一面。就这么，越想越是后怕，恨起平日疏于联络，对自家兄长也更添思念。于是，我便护着双亲，举家去探望舅舅。那一次，我才又见到她。"

离春轻柔一笑：

"赫然发现，昔日那小姑娘，竟已出落得亭亭玉立，貌美如花？"

封乘云眼角噙泪，默默点头。

"那时，实在惊讶，却也喜出望外。舅舅盛情邀请我们多住几日。我父母欣然同意，一家人便留下来做客。"

"所谓'窈窕淑女，君子好逑'。"离春再度写下诗句，抬眼道，"既已近水楼台，您就没有动作？"

"离馆主知道，我大唐风气开化，我既已仰慕上一名女子，继而想求她为妻，也不是什么见不得人的事。与玉蝶重逢的瞬间，便已心动；当我安顿下来后，急忙贿赂了下人，打听她脾性如何、有何喜好、闺房何在等等。得知她每日会到花园一游，就算准时间，在必经之路上守候。等到我与她熟络后，我见她对我也颇有好感，便作了一首情诗，想借此表明心迹。可惜，花园之行，她身边总有那个兰儿陪伴，两人简直形影不离。因为多一人在场，我想把诗稿递到她手里，便不容易了。那诗在我手心里攥了几日，始终送不出去，只得另想办法。我已知道，她的住处离我住的地方不算遥远，只是……唉！还是那兰儿，她对我虽说不上厌恶，但对她家小姐却是万般回护，让我怎样也找不到机会。又拖了些时候，我瞧见一名长工模样的男子，经常出入她的居所，才想起玉蝶喜爱侍弄花草，但搬运盆栽这些粗重活计，自己做不来，又不忍劳累如亲姊妹般的贴身丫鬟，只有另找人做。我一见有机可乘，立时去收买那小哥，要他为我充当信使。谁知那人颇有气节，不贪我的钱，却怜我为相思所苦，愿意无偿帮我传信。结果，他不但把我的情诗夹带了进去，还把玉蝶的回函裹了出来。从此，我们书信往来，这长工也一直不求回报地做着鸿雁。"

"只是纸上谈情吗？"

离春窥伺般眼神诡变，看得封乘云背过脸去，耳根隐约泛红，含糊应道：

"若早早约定，兼有人在园内接应，那面院墙，其实算不得高……"

一句话说得离春掩唇而笑，重又提起笔来，写完后揶揄念出：

"将仲子兮，无逾我墙，无折我树桑。"

停笔向封家主人瞄去，他只是淡淡点头，感叹"离馆主今日，倒是诗兴大发啊"。离春会心一笑，继续问道：

"夫人便这样，水到渠成地嫁给了您？"

"哪有这样容易？某一日，兰儿找到我，说：'表少爷，我知您心慕小姐。以前多加阻拦，也只因是爱护主子。其实，婢子私心里却暗暗祈祷，祝愿小姐能够得到您这样的佳婿。'听一个丫鬟和我说这些，只觉很是无谓，直到她反复提醒'若您真有诚意，尽快去向老爷提亲'，我才感到她有事瞒我。追问之下，她坦言家里一名长工，居然癞蛤蟆想吃天鹅肉，对玉蝶心存妄念。借着为小姐干活的时机，频繁凑到近处，似乎还暗中传授些东西。今日她特别留意，赶在送出之前截获，打开一看，竟是一封情书！"

"这般误会，那长工恐怕是欲哭无泪了！"

"我一听她描述，倒险些笑了出来，当然明了她所指何人。她不知那长工是为我传信，这样猜测也是有理。我深知那长工无辜，但'他是受我指使'这样的实情，到底不好说破，只好摆出毫不忧心的样子，表示我相信玉蝶绝不会恋上那人。可这样的说法，过不了兰儿那关。她在我耳边反复叮咛，一定要我不可没了防人之心。同样的话语，我听了几遍，心里本已厌烦，她偏在这时说，她看到的那情书，很是'粗俗无礼'。我知她由于坚信那是长工所写，先入为主，书信内容又涉及夜半之约，才有此错觉。但自幼旁人对我的文才只有称赞，哪里听过这种话？于是恼火起来，怒斥了她。这兰儿，大概是平日里被玉蝶娇纵太过，竟然继续出言顶撞。我因为一时怒气上涌失了理性，说出一句失当的话来：'舅父收你为义女，按道理也算是我一个表妹。但纵是如此，你到底是卑贱出身，别真把自己当了金枝玉叶。'"

封乘云似又忆起当时的情境，目眦尽裂，语气凶狠。等回过神来，见离春脸色不豫，忙笑道：

"学当时的样子给馆主看，吓到你了？真的，我就是这样说的。那兰儿听了，怔住不动，眼中缓缓淌下泪来，转身跑开了。那时，我已觉得过意不去。后来听人说，兰儿在家里，虽舅舅与玉蝶三令五申，要其他下人当她是二小姐对待，但她仍以奴仆自居，依然称呼'老爷''小姐'，从不叫'义父''姐姐'，自然也没叫过我'表哥'。那日，实在是她对玉蝶太过忠诚，关心则乱，一时说得兴起，这才失了分寸。知道了这些，心里更是愧疚。再加上玉蝶得知此事，许久不再理我……"

"哦。这便是刚才提过的那件事？"离春恍然大悟。

"不错。"封乘云点头，"我当时可是反省了多日啊。须知，我自幼所受教导，便是'万般皆下品，惟有读书高'。再加上年轻气盛，狂妄自大，总以为人分贵贱，并不把那些身份学识不及我的人瞧在眼里。这事发生之前，并不觉得这样有何不妥，但看玉蝶生气了，才真正好好去想。思及兰儿如此忠心护主，还有那为我传信的小哥，也是一身义气。忠义之士，理应受人尊敬，我这般轻鄙他们，凭的是什么？一旦这么想，真是悔不当初。后来有幸娶了玉蝶，更是受她熏陶，才真正开始和善待人了。"

"从气恼到不予理会，到甘愿被您娶进家门，这之间，定然还有一番波折。"

"这可说对了。自玉蝶着恼之后，我每日忧心，怕她从此对我心生厌恶。那段时日，我的心中岂'郁结'二字了得？一日，我闷在房里，忽然听到消息说，附近一间书塾的先生登门拜访，向府上小姐提亲。我一听便惊恐起来，怕舅舅看上那人，将表妹许配给他；也怕玉蝶一时负气，随便应承下来。急忙跑到厅里一看，这才放下心了：原来人家相中的是兰儿。"

"这下可好了。"

"是啊。那书生一表人才，气宇轩昂，不时透出几分贵气，绝非池中之物。自从我说了那些话，始终觉得愧对兰儿，却又拉不

102

下脸来向她道歉，所以，极是期望她能有个好归宿。舅舅也乐见其成，笑眯眯将兰儿叫了出来，要她自己做主。从她望着那人的神情，我便知道她也是有意的。但这名女子当真忠心耿耿，直挺挺跪了下来，道：'老爷，奴婢自幼伺候小姐，小姐也已习惯了有我陪在身边。现在我若嫁了出去，只怕其他丫鬟不能像我这般贴心。'"

"顾虑得倒也有理。"

"馆主莫忘了，我当时也在厅中。一听这话，冲口说道：'你放心去为人妇就好！不必挂念表妹。她自有我照顾！'"

"此言既出，一定语惊四座？"

"在场众人，顿时瞠目结舌，无一例外。而后舅舅哈哈大笑，将我父母请出，要我原样再说一次。那时的情形，当真窘迫！坦白了心意，我虽是欣慰，却又觉不安——未曾三媒六聘，就这么脱口而出，怕玉蝶嫌我轻率。所幸，待舅舅问及她时，她并没说绝不嫁我，只低下头不言不语，大约还在赌气。"

"这般默许，您日后的岳丈，一定晓得她暗中属意了吧？一日之内，两名爱女都有了夫家，为人父者，想必喜出望外。"

"当时我没想到他竟然高兴得合不拢嘴了，吵嚷着要我与那书生尽快将六礼行齐，择吉日让二女同时出阁。这番话一说，厅中立时溢满欢声笑语，真是一团喜气。我呆在当地，不知所措，一时不敢相信，玉蝶竟这样轻易便成了我的未婚妻子。等我确信这并非梦境，自然高声附和，希望速速娶她进门，免得陡生变故。我爹娘却担心在匆忙间失了诚意，再中意这媳妇，也坚持慎重计议。"

"于是，兰儿便先嫁了？"

封乘云点头：

"她本想一直伺候玉蝶，待她成婚，再顾及自己的事情。但岳丈却要她们同一日嫁去夫家。她恪守本分，怎么也不肯与小姐平起平坐，竟草草行过礼，急急忙忙与夫君离了闽南，云游四海去了。她走后两个月，玉蝶与我定下亲事，只待我一家返回家中，便可正式过门。"

"您终于得偿所愿了。"

"那段时日，真是无忧无虑，两家人住在一起，尽享天伦之乐。听了长辈们的闲谈，我才得知，原来岳丈和我娘这对兄妹，早盼着亲上加亲，许愿都许了多少年。只是两边都宝贝自家孩儿，怕硬是凑在一起，万一将来性子不合，整日吵吵闹闹，也是烦恼。于是，借了这次探亲的机会，把我安置在玉蝶住处附近，要我们先得彼此的欢心，他们再行撮合。结果不劳他们费心，就成了好事，真是意外之喜了。为此，三位老人家，要上佛寺还愿。这本是美事，谁料乐极生悲！"

封乘云语调一转，再生凄切，离春双眉凛起：

"怎么？竟出了祸事不成？"

"祸从天降！"封乘云无奈地摇头，放在桌上的手微微颤抖，"我陪同三位长辈，去山上明镜寺拜佛。他们见山寺清幽，精舍雅致，便动念留下来多住几日。我本想随侍左右，但岳丈想起家中除了奴仆，就只剩玉蝶一人，到底放心不下，就打发我回去了。"

"山路僻静，莫非遇了盗匪？"

"那倒没有。我下山时，下起了蒙蒙细雨，当时不以为意。谁知，到了晚间，竟变成了倾盆大雨。前些日子，已落过几场雨，山上的泥土多半早就松垮了，在那一天夜里，山崩了！"

"世事难料。"离春悲悯地摇头，似极其同情。

"在寺庙中出家的师父们，大多数都已丧生；住客也是幸免者少。爹、娘，还有岳丈，都被深埋地下。官府领着衙役不停挖掘，每寻到一具罹难人的尸首，家眷们便赶去认领。我一面安抚玉蝶，一面在家与惨祸现场间往返。过了好些日子，才殓齐三位老人的遗体，盖棺下葬。"

"一夕之间，最亲之人几乎全部离世，那时一定处境艰难。"

"玉蝶悲伤万分，终日啼哭，我强抑哀痛，料理着先人的身后事。我家不算贫寒，却也无甚家财，处理得较为容易。倒是岳丈这边，薄有资产，经营着几家商号，可惜那年运势不好，正是困顿时期。我自打出生起，便从未想过经商，思忖着把那些店铺关闭，我在家中闭门读书，日后考取功名，光耀门楣。但这决定关乎岳丈毕生心血，当然要与玉蝶商量。见到她时还未及开口，她竟先告诉我——她有孕了！"

"亦然？"

封乘云含笑点头：

"这一下，一切都要从头考虑。我以前真是一腔热血，踌躇满志，想着不多时便可以金榜题名，入朝为官，给玉蝶挣来个诰命夫人的头衔。现在却忐忑不安，每个读书人应考时，都想着此番必定高中，但真正鲤跃龙门的，又有几人？而目前的家产，几年内便会坐吃山空。万一到那时我仍是一介布衣，要如何养活他们母子二人？就算玉蝶说不怕吃苦，但她自幼生活优裕，要她跟着我过清贫日子，我也不忍。"

"为了家人，毅然弃儒从商？这决心可不易下啊！您果然了得！"

"身为一名男子，总要养家糊口啊。"

"您就从来不曾后悔？"

"若说完全没有怨言，也是说谎。在我大唐，人分三六九等，地位高低，全着落在外服颜色上。读书人可以身穿白衣，招摇过市。而商人，与屠夫同一级别，只能穿得漆黑一团。"封乘云苦笑着，望着身上衣衫，"若非现下披麻戴孝，一生都与白色无缘了。有时记起这些，也是感伤；但看到妻子，又烦恼全消了。"

"大丈夫该当如此！"

"离馆主过誉了。"封乘云推辞之后，也自觉说得差不多了，"自我与玉蝶相识，到最终结缡，也就是这样了，希望能对招魂一事有所帮助。"

"确实大有帮助。"

离春躬身道谢，抬头时又道：

"在下还要再问一句，您一家人为何不在家乡居住，反而远道迁来长安呢？"

"我经商几年间，小有成就，在一些府县增开了几家分号，为了生意到处奔波。五年前亦然已到学龄，也该安定下来让他读书，

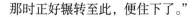

那时正好辗转至此，便住下了。"

"通常，都是一家之主东奔西跑，妇人留在老家教子，到您这里倒是与众不同。看来，您与夫人当真如胶似漆，片刻不离。"

封乘云无奈摇头：

"馆主太过敏锐了！这事我本不想说的。其实，带着玉蝶出来走动，就是为了要让她离开故地，顺便为她求医问药。父母都出门在外，总不能把亦然一个幼童留在家中，就一起带着了。"

"夫人身子不好？"

"若是身子不好，反倒令人庆幸。那次山崩之后，我虽极力安慰，苦口婆心，但玉蝶她骤然失怙，受创过深，难以弥合，竟有些狂乱了。有时，硬是要送饭到岳丈生前的房中，严重起来，还凝视着虚空处喊'爹'。于是，待她产后休养好了，我便携她离了旧居，免得她睹物思人。后来访得名医，吃下几帖汤剂，近几年已不常发作。"

"想不到还有这番隐情。我本无意窥人隐私，倒让您为难了。"

"离馆主说的哪里话？与你畅谈一番，心中开朗不少啊。"

封乘云似依然沉浸在当年与夫人相知相恋的浓情蜜意中，双眉舒展，周身阴霾尽散。离春好像了却一桩心愿般，轻轻笑着，将阴阳扇恢复原样，告辞而去。

一〇

离春手抱阴阳扇，低头走着，速度之慢，仿佛在观赏自己移步时下摆撩起的纹路。

身后忽然响起一声：

"离娘子，慢走！"

回身看去，红羽正快步赶上来。

"怎么？不留下伺候你家老爷了？"

"老爷回房去了。"红羽停在离春跟前，微微喘气，"我也正好有话要对离娘子讲。"

"在下也渴盼能与姑娘长谈。"

"那我们往花园去，找个地方坐下再说？"

"可我并不习惯在露天之下，与人推心置腹。若如昨日一般，到夫人卧房去，不知方不方便？"

"哪有什么不便的？您客气了。"

两人同行，红羽始终落后离春半步，状似跟随。离春偏过头，随意说起：

"昨日见姑娘谈吐不俗，还诧异这封家真是藏龙卧虎。后来听赵管事讲，才知你不同于一般丫鬟。"

红羽闻言，不禁有些得意，但嘴里仍羞涩地自谦道：

"我爹是个读书人，我自小跟他也学了一些东西。一年前因家境贫寒，为赡养老父，供兄弟读书，才来封府为奴的。"

"原来姑娘也是出自书香门第。"

"不敢当，只是略懂些道理罢了。"

离春轻咳一声，漫不经心地继续说着：

"据我耳闻，你帮夫人料理的，全是些舞文弄墨的文雅事儿，该算是'伴读丫鬟'了吧？可亦然却说你是'贴身丫鬟'，真把我弄糊涂了。"

红羽低头一笑，轻声解释道：

"以前，我也确是贴身丫鬟，事无巨细，都要上手。伺候了些时候，还算周到，得了夫人欢心，还夸我知书达理，之后见我做些粗蠢活计，夫人便心疼起来，替我委屈。后来收了红翎，我就只陪夫人读书写字了。这样，每日真是清闲许多。可我们家管事爷一贯精明，绝不能让人占了便宜，总想在工钱上打点折扣。夫人怜我困苦，怕亏待了我，一直坚称我是'贴身'，没有更名为'伴读'，也就这样不清不楚的，暧昧到如今了。"

"你家夫人，倒真是有善心；这赵管事，就未免操劳太过了。"

红羽听她向着自己说话，暗暗欣喜，说话时却为之辩解：

"他在这家中，已经待了两年，资格最深，难免管得宽泛些。"

"仅仅两年，便做了管事吗？"

离春皱起眉头，低低叨念着，埋头一路前行。红羽赶到她前面拦住，温和地截断：

"离娘子，到了。"

抬首一看，房门已在眼前。

进了夫人卧房，分别落座。

这一坐下，方才闲谈的轻松气息立时散去，两人间又凝滞起来。一切仿佛回到昨日，只在桌上多了一把阴阳扇。

离春还是不主动开口，只默默注视，眼神阴暗中透出几丝锐气。时隔一日，红羽依然没有长进，还是耐不住先开了口：

"离娘子，有一事说来只怕失礼，可又不吐不快。"

通常这样说话的，其实心里早有了腹案，只盼着一句"但讲无妨"，就可以脱口而出，畅所欲言了。

离春悠然一笑，偏不遂她意，径自猜测道：

"可是与你家老爷有关？"

"与方才谈话有关。"

红羽略作停顿，正要再说时，却被离春打断。后者丝毫不觉唐突，依然固执地自说自话：

"要说你家老爷，真是令人同情。"

红羽半张着口，只得顺着说道：

"他确是怪可怜的。"说着眼睫垂下，无限怜悯，"他说与夫人梦中相见时，那样子似已完全沉湎在幻境之中。眼前世事，反倒毫不挂心了。"

"或许在他看来，宁愿要虚妄的美好，也不要真实的残酷吧。"

"虚实颠倒了吗？"红羽咬着唇，悄声道，"倒让我想起一个典故——庄周梦蝶。"

"庄周梦蝶？！"

离春眸中一闪，眼瞳更是漆黑，嘴里讷讷重复几遍，竟有些痴了。许久才释然一笑，饱含深意点头道：

"姑娘说得真好！"

红羽知她若有所思，虽然自己心绪难平，也不打听，只叹道：

"也许是冥冥中自有天意吧。夫人闺名里，恰好有个'蝶'字。也正因如此，夫人最是喜欢绣蝴蝶呢。"见离春望向床帐上的蝴蝶纹样，接着说道，"不知您可曾注意过，这些蝴蝶有哪里不同凡俗呢？"

离春沉吟片刻：

"好像特别鲜艳，较其他的蝴蝶绣样漂亮得多。"

"离娘子好眼力！这可是我家夫人在闺中时自创的手法呢。"语气与有荣焉，"她绣出的蝴蝶，都是'七重翼'的——就是用七种不同颜色的彩线，仔细拼出蝶翼上的鳞片花纹，彩线的顺序层次绝不可乱。成品色彩斑斓，鲜丽无比。只可惜，这种绣法耗时太久，如作其他花样已经完成一幅绣品，这边只能刺好半边翅膀。再说，这技艺太过复杂，学起来着实艰难。我磨着夫人教过几次，还是不会。"

离春忆起昨日所见，遥指身后柜上：

"那幅样子已经描好，却未完成的绣品，是出自姑娘之手？"

"怎么会？那是夫人亲手弄的。"说着目光黯淡起来，一语双关，"谁料结局竟是如此。"

"既是夫人耗费心血所制，上面必然凝结了她的气息。我要带回去慢慢吸取，对招魂必然大有帮助。"

说着离座而起，将那绣品拿到桌边，仔细地将它捻成一卷。拖过阴阳扇，拔下一段竹节，竟是一个空筒，装好布卷，又原样插回。

红羽看得有趣，便向离春借过扇子仔细观赏。不久，自己便忍不住上手在扇柄上轻轻摸索：

"这节是笔，这节是墨。"——点着，直到末端，"不知这里装的是什么？"

话音未落，便动手去抽。离春阻止已是不及，就见一道寒光脱鞘而出。在红羽的尖叫声中，闪着冰魄光华的匕首落下，立刻在桌面蹭出一道划痕。

离春面色未改，不声不响将利刃收起。红羽惊魂未定，抚胸喘息：

"离、离娘子，你带这东西，有什么用处？"红羽惊惧地望着那生着胎记的脸，"不知何故，我总觉得你并不单纯，身份背景另有隐情。"她的声音中不自觉地流露出脏腑颤抖、诚恳得堪怜的情绪，"你和我说句实话，你真的只是乱神馆馆主吗？"

离春不为所动，眼角一挑，从容道：

"你说呢？在下还会是什么？还能是什么？"

"可是，你这人说话行事，未免太过深沉了。"

"姑娘谬赞！"离春见她猜测不出，不禁微笑，"我本不愿与人解释，但看你这样担心，还是坦诚相告了吧。扇柄装的这些东西，都是我这行必须有的。驱鬼时画些符咒，自然需要笔墨。可那些贫苦又身无分文的主顾，家里未必备有这些东西，我只好自己带在身边了。那节空管原也是装符纸的，只是想着来这里用不着，就由它空着了。"

"那这短剑又如何解释？"红羽咬住不放。

离春态度更是镇定：

"有些冤情重大的厉鬼，煞气极重，用普通符咒是镇不住了。姑娘可知，要打压它们的气焰，该当如何？"等看到对方摇头，离春才不紧不慢道出答案，"要用血咒！血从何来？就从我身上来，割破手指，以血为墨。若用了切过其他东西的刀，血便污了，法力也连带受损。必须专门打一把用来做此事。"

"那也不必锋利得切金断玉吧？"红羽心有余悸地触摸着桌上刀伤：这木材何等坚硬啊！

"所以，割的时候要特别小心，免得连手指一起削掉了。"

离春幽然一笑，好像说这话是在以取乐安慰红羽。但听者看着她的笑颜，只觉阴沉，心底发寒，丝毫不想发笑，战战兢兢敷衍道：

"离娘子这样说，倒也有理。也难怪人说您通鬼神之道，法力高深。我家夫人的事，全仰仗您了。"

"我既已受人之托，就不会轻忽以待。莫说亦然了，单是你家老爷这般痴情，我也一定会全力以赴。对了，我将夫人的绣样拿走，不会连累姑娘被怪罪吧？"

"又不是有借无还的，大约不会。不过，我家老爷确有吩咐，这卧房要勤加拂拭，一切物事维持夫人生前模样，不得变动。"红羽低下头，以掩饰嘴角轻蔑的笑纹，"只可惜，我是谨守规矩了，有人却不然。"

"你说的，可是赵管事？"

"你怎知道？"

"今日早些时候，我在他手中，看到了夫人抄写的诗稿。"

红羽脸色更是不悦：

"我正打扫房间时，他忽然闯入，急匆匆说什么老爷要看夫人的手稿，要我拿出来。我就找来送到他手里。可方才老爷见了我，并未提到此事。依我看……"

离春倾近身子，低沉道：

"依姑娘看，又如何？"

此问一出，红羽蓦然惊觉自己在说什么，立刻眨着眼望向一边，掩饰道：

"我觉得其实老爷并未开口要求。管事爷自作主张，想以此安慰主人，倒也是一片忠心。"

离春知她所言不实，也不追究，只顺势说着：

"我与你所见略同。要说这封家主子慈和，底下的人也可靠，凑成如此一门倒真难得。姑娘在这里虽是为仆，却也是获益良多，不算辱没了人才。"

观红羽脸色，似极是喜爱这话，并附和道：

"得遇这样的主人，实在是我的福气了。"

"老爷和夫人，哪个待你们更好些呢？"离春语气亲切平淡，似在闲话家常。

"自然是夫人了。"红羽脸上一热，"您想，老爷毕竟是男子，就算菩萨心肠，也不会如女子般细腻体贴。只怕天下男人皆是如此，他们不是冷淡，只是很多事情想不到罢了。就说我那兄弟，有时在家中口不择言，把爹爹气得胡子直颤，他也还是梗着脖子，不觉懊悔。但爹要真是病了，他一路跑去请大夫，跟前跟后地忙碌。那份孝心，绝不下于我，可在爹眼里，我是孝女，他却是逆子。或许不该把他与老爷相比，不过确实是这么个理。"

离春击掌赞道：

"昨日看姑娘，只是聪明；而这番话一说，已可说是灵慧了。"

"您真是过奖呢。我哪里当得起这两个字？若您有缘见过夫人，那才是真正兰心蕙质、博学多才的奇女子呢。"

"容貌美丽、性子谦和、才气过人，这样听来，你家夫人倒真是个完人了。"离春暗暗笑道，"我倒觉得因她急你家之难，于你有恩，你便怎样看她都毫无缺陷。"

"离娘子，你这可说错了。我所言绝无夸大，不过，她对我的恩情，真是比海还深了。"

"你这话倒令我联想起一事。昨日听见封老爷对大理寺差官言道，红翎若对夫人不利，是'恩将仇报'。莫非她如你一般，也是因家境窘困而被封家收留？"

"若是那样，我也不会恨之入骨了。"红羽咬牙切齿，"与她相比，我受到的照拂简直可称小恩小惠。夫人救她于危难之间，这等粉身碎骨也难报答的深情，被她轻易践踏，才更叫人齿冷。"

"我倒想知道，她曾陷于怎样的危难呢？"

"这说来话长。红翎本不是长安人，原先住在平卢。她母亲早逝，家中只有父亲和兄长，一家人以耕田为生。这丫头颇有几分姿色，即便荆钗布裙也难掩丽质，走在街上竟被一富家子弟看中，上前就要调戏。她奋力脱身，跑回家中，将此事告诉了胞兄。为人兄长的，自然火冒三丈。正巧那纨绔子弟追了上来，她胞兄便将其暴打一顿，弄得那人浑身是伤。其实，他看似凄惨，也只是擦破些皮，并未伤筋动骨。可这人霸道惯了，哪里忍得了如此受挫？回去装得万分严重，让他爹心疼得不得了，非要为他出这口气。这大户人家，也真是厉害，竟与当地节度使府有些交情，那块地域之内，还不是任其所为？官家随便寻个由头，把她父兄拉去折磨一番，扔回家中时已不成人形。老父年迈，没几日就咽了气；兄长倒是身子强壮，却也双腿断折，终生不能行走，无法再为小妹撑腰。这时，那大富之家派人，要将她抓去，幸亏一名邻人在街上看到大批凶神恶煞的家丁，急奔回来向她报信，她提前躲入家里的地窖中，这才侥幸逃离魔掌。红翎有家不能归，实在不堪欺压，只身上京来告状，想讨回公道。"忽见离春面露讥讽，"怎么？难道你竟不赞同她据理力争？"

"像'有理走遍天下'这种话，从来只能嘴上说说。占住了一个'理'字，便不知审时度势，才真是盲目。那家的后台——平卢节度使安大人，是什么人？今上宠臣，贵妃娘娘义子，兼管三大重镇，手握数十万精兵。试问，大唐官员，又有哪个动得他分毫？"

"离娘子高见！"红羽神色有些畏缩，似乎觉得这道理十分可怕，面不改色说出这道理的人更是可怕，"可红翎一个村姑，哪里理会得到这层？还是痴心妄想，只盼有一日拨云见青天。恶人一家探得她的去向，也怕万一上动天听，惹出麻烦，便一路追踪而至。红翎东躲西藏，最后还是被抓住。那少爷提出补偿，竟是纳她为妾，后见她抵死不从，恼羞成怒，便将她推入火坑。"

"由此被你家夫人救了？"

红羽点头：

"要说也是孽缘。夫人平日深居简出，数月前忽然想出门一游。我本欲陪伴，却被命令留在家中。夫人随意闲逛着，不知不觉走到了满楼红袖的地界。见一家门前，一年轻女子正与鸨母拉扯，披头散发的，模样实在可怜。夫人看不过，上前打听了情由，油然生出同情，提出为她赎身。老鸨虽被授意，不得让她干净地离开，但毕竟是见钱眼开，最终成交。"

"于是，夫人带她回家？"

"是。但老爷觉得不必增加仆役，夫人就撕了她的卖身契，让她自由去了。可她在门外长跪不起，一定要终身为奴以报答恩人。夫人心肠软，最见不得这个，就费了些口舌劝服老爷，把她留下当了丫鬟。她的本名很是粗俗，夫人叫不惯，就将她改名为'红翎'了。"

"原来如此。"离春眼神飘忽，"可在我听来，这姑娘甚是单纯，不像蛇蝎心肠之人。你怀疑她偷珍珠、害夫人，若弄错了，不是玷污人家的声名？"

红羽沉吟许久，才嗫嚅道：

"我那样说她，也不是全无根据的。还有一事，我以前没对你说起。"

"什么事情?"

"就是夫人发现珍珠失窃那日,红翎跑到院中翻找,我虽不满她大肆张扬,但人家忙得兴致勃勃,我也不好闲坐,就在一边跟着搜寻。左看右看,目光飘动间,偶然瞟到红翎侧脸,一时真把我吓住了!"

"她表情有什么不对?"

"那样子,好像非常高兴。"

"面露笑容?"

"不,也不是在笑,实在难以形容,总之十分诡异。这样说吧,脸皮似乎向外发光!"

"这可真让人心里发毛了。"

"夫人正是着急的时候,她却那副样子,我还要以为她清白如水吗?暂不提先前的搭救之恩,就说她来到府中之后,夫人待她那样和善……"

"这么一会儿工夫,这句话你说了好几次,"离春轻声试探,"难道在你看来,夫人对红翎特别偏心?"

"离娘子误会了。夫人对下人们一视同仁。"

"那,夫人待莫成如何?"离春声音更轻,几不可闻。

"他?"红羽颇费踌躇,似乎不解离春怎么会特意问到他,"夫人对他,"说着忽然一愣,频频眨眼道,"你别说,细想起来还真是有些不同。夫人待我们虽然亲善,倒也不至于模糊了主仆身份;对他的态度,却非同一般,但不像友人……是了,是了,像故人!"

"故人?"离春眯起眼睛，"这位'故人'，对夫人也很是忠心呢。昨日还和我提到什么'鬼上身'。"

红羽失了冷静，拍案而起，怒道：

"这莫成当真不知轻重！这也是可以胡乱说的吗?!"

离春神色冷厉：

"姑娘倒怪起他了！昨日你说会全力助我，我也强调要'巨细无遗'！怎么这样大的事，你却隐瞒不说？"

红羽顿时语塞，急喘了几口气，躬身赔礼，额头几乎贴到桌面：

"这确是我的过错。但离娘子你也知晓，我敬夫人如神明，绝不愿说些辱及她的话，而那次的事情，实在丢脸。"

"你指的是，'鬼上身'？可据我所知，最初如此断定的人，却也是姑娘你。"

红羽急迫道：

"那是、那是因为夫人一向温柔娴静，哪里有过这般癫狂的时候？"红羽略略停顿，身子悄然矮下来，坐回椅上，"何况，那日风波平息之后，我也觉得事出蹊跷，就在心底暗暗思索，脚下信步走着，不自觉来到了夫人曾狂性大发的院中，因一直低着头，赫然发现地上竟有异物。蹲下仔细观看，似是糕点的酥皮。我心下不解：这地面，莫成才刚打扫过，他做事向来勤恳认真，怎么把这东西剩下了？后来推想，定是这里本已清洁干净，之后酥皮才掉落的。可这又是谁掉的呢？往深处一推测，不禁毛骨悚然：

这样的糕点，莫成经常拿来供奉井中女鬼的啊！而夫人刚刚那般模样……"

"你便认为，女鬼享用了上供的糕点，魂魄上便沾了碎屑。它附在夫人身上，这些残渣自然掉落下来，是这样吗？"

"我正是这样想的。方才我从厨房端午饭给老爷送去，途中经过柴房，莫成正在井边拜祭。我一见又是那糕点，一阵心悸，险些将托盘都扔了呢。"

那时她惊慌失措，竟是为了这个？

离春暗暗忖度，红羽却在这时说道：

"但，这些应该是我多想了吧？也许不是鬼怪作祟呢。老爷不是说了，夫人以前患过失心疯，那日大概是旧病复发吧？"

"姑娘问我，我倒去问谁？"离春巧言回避，不回答她的征询，"骤然一听，只觉得你所言全是道理，两种说法都令人信服。可惜我不知，夫人失常这事，到底发生在哪一日，不然倒可以有个推断。"

"那时距今天，哎呀，这可难算了。"红羽一副困惑的表情。

"姑娘只须告诉我，是在珍珠失窃之前，还是之后？"

"经你一提点，我倒想起来了。"红羽一双美目闪着光芒，"正是珍珠失窃后的第三日！"

"距现在也过了不少时日，难怪你忘记了。不过，最终能够想起，也可称得上是记性过人了。"

说罢离春站起身子：

"蒙姑娘相助，今日又知道了这许多夫人的故事。请你转告亦然，集气的工作已全部完成，下面就该计算招灵的时刻与环境了。这活极为精密，须心无旁骛，整个过程约需耗费十日时间。这期间，如无意料之外的情况，我不会再次登门；也请你家小主人，不要上乱神馆打扰。"

红羽起身相送。离春行至门前时，回头道：

"我忽然想起，你我到这房中来，不是姑娘有话要对我说？"

这一提，红羽幡然醒悟，不禁失笑：

"离娘子，你这跑题的毛病，真该改改了。其实我想说的，也并非什么大事，只是方才在书房时，你引用的一句诗，有些不妥。"

"是那首《郑风·将仲子》？"

"你知道？"有些惊异。

"我一向很喜欢那诗。第一段'无逾我里，无折我树杞'；第二段'无逾我墙，无折我树桑'；第三段'无逾我园，无折我树檀'，真是层层递进，妙趣横生。"

"是了。虽说《毛诗序》里说这是讽刺郑庄公的作品，影射其母武姜和其弟共叔段，最终酿成政变之祸。"

"不错，现在的读书人以这般解法作为标准答案，而我所见却略有不同。我只觉得，这位期待与爱人幽会的女子，十分聪明。她生怕对方不知道她家的位置，便以诗画了地图给他，告诉他：你走到我家时，会看见许多杞树；再继续走，那被桑树围绕的，便是我家了；翻墙入内，只有我住的园子种植檀树，可别走错了地方。而全诗点睛之笔，就在那个'折'字。明说'不要折断我家的树'，其实是暗示'院墙甚高，你翻不过时可以拿树枝垫脚'。"

"哈哈哈。"红羽清脆笑道，"这样解释，不但合情合理，还更富趣味了。"

"这诗朗朗上口，意趣弘深，放在《诗经》中，也是数得出来的经典。"离春靠在门板上，惋惜地摇头，"我看姑娘为人，进退有度，作风严谨，只怕也有此想法。而在你心中，老爷与夫人太过高洁，纤尘不染。我用这首诗来比拟他们当年的往事，你自会觉得有失庄重，这才一再表示不妥的吧？"

这一句话让红羽错愕得脸色僵硬，吞吞吐吐道：

"我……不是……这个……"

离春似没听见：

"既然姑娘没事，在下真要告辞了。"

转身拉开门，往出快行几步。就在红羽踌躇间，那背影已经离得老远，根本追赶不上，只好叹口气，缓缓闭上门扉。

已知她不会再来打扰，离春陡然停下脚步，扭头回望那紧闭的房门，语气诡谲：

"这诗用得是否妥帖，封老爷都没提，你个丫头居然说三道四，还真是厉害呢！"

十 一

自家馆主连续忙碌了两日，苑儿料定她今日不会早起，直拖到日上三竿，才到她的卧房去。

转过屏风，惊见床上的人居然起身了：她拢着衣衫，斜倚在那边，长发披散了一身，眼中波光流动，若有所思地喃喃念着：

"青青子衿，悠悠我心。纵我不往，子宁不嗣音？"

苑儿立刻巧笑：

"馆主啊，你念这诗，到底是为了谁呀？"

"你这丫头，整日都想些什么？"离春白她一眼，"我是在研究案情。"

"怎么？这诗和封家的案子也有关联？"

"不但有关，还正是关键所在呢。"

"哦？"苑儿好奇心起，当即不顾主仆之分，腻到床边，"封家的事情，你都没有对我讲过，说来听听吧。"

幸好，离春对她这等行径，早已习以为常，不以为忤地把这两日的所见所闻简述一遍，最后结语：

"总之，事情就是如此了：某一日，夫人发觉珍珠失窃；次日，赵管事听到莫成与夫人在花园假山后私会；再过两日，夫人被鬼上身；平静几天后，亦然夜晚在井边见到鬼；第二日晚，夫人声称已知珍珠下落；第三日晨，夫人被人发现陈尸井边，丫鬟

红翎失踪。过了半旬，亦然来乱神馆找我，后事如何，你也知晓了。"

苑儿一边听着，一边捏着下颚缓缓点头，等离春讲完，她便兴奋道：

"馆主，我倒是有个想法。"不待回答，她已坐不住地站起来走动，"既然涉案者中有一人不见踪影，通常这种情形，都是替换身份。不知你是否怀疑过，死者到底是不是夫人？如果躺在井边的，其实是红翎呢？可是莫成亦然他们，怎么会认错？"沉吟片刻，握拳在另一掌心一砸，"嗯，定是用了人皮面具。这样一来，失踪的就变成夫人了。那晚，她让人叫红翎来，残忍谋害之后，将尸首伪装成自己的模样，然后躲藏起来。躲在何处？是了，封乘云的卧房。所以，红羽要送饭进去时，他才会再三推托，耽误了许多时候。直至不得已开门时，夫人已经隐藏好了。另外，他要大理寺不要再搜寻红翎下落，便是知道她已死了；曾吩咐夫人的房间要时时打扫，也是明了妻子并未亡故，那卧房还将再度启用。那么，夫人又为何要杀掉红翎呢？难道她被窥破了奸情，要杀之灭口？可若因奸成杀，身为丈夫的封乘云，又怎会助她避难？除非，是这夫妻二人合谋。他们与红翎，又有什么过节？几年间崛起的大富人家，对了，所发一定是不义之财。没错，一对伉俪秤不离砣，原本在四方游走，居无定所，忽然安定下来，就成了富户，加上拥有稀罕的珠宝，以及之前所说的——精通易容术，必是罪行累累的雌雄大盗！"

如此自说自话完毕，本拟得到馆主夸奖，兴冲冲回过头去，只见离春脸色青惨，气若游丝：

"以前那些案子，实在不该讲给你听。"

苑儿咬唇委屈道：

"就是受先例启发啊，明明都是很不可思议的……"

"所以你一上来，就往离奇处猜？不错，许多罪案的结果，都出乎意料，却还在情理之中，绝不是这样无凭无据，天马行空臆想来的。"

"可，案中几大疑点，我已有了解释啊。"

"剩下的可议之处，又该如何？你真道大理寺养些仵作，都是吃白饭的？连个人皮面具也看不破？"

苑儿如挨了风霜，顿时蔫下来，靠回床边：

"那么，这一桩桩诡异的事，馆主来给个说法吧。"

"若要我解，解的就绝非诡异之事。"离春摇头，"我着眼的，不过是最平凡之处。例如，在封家所见的人，都是些什么人，人品如何，心里在想些什么。"

"这我可不明白了。你知道了这些，于案情有何帮助？"

"若想查知事情真相，必然要进行合理推测；推测的依据，须得是实情才行。而与我谈天说地的人，并不一定没有虚言。虽然其中我多加诱导，但有些事情，十分明显，是他们刻意告诉我的。这些内容，便不可尽信；而我要听的，正是他们无意中透露的只言片语，这部分的话才可以全部相信，不必怀疑。"

"我懂得了。"苑儿笑着眯起眼睛，"馆主是要透析说话人的意图，挑那些不会撒谎的地方听。"

"孺子可教。"离春靠在床头，闭目养神，嘴里却不闲着，"就拿红羽为例，依你看，她有何企图？"

"听她言谈话语，似乎一直在把事情往红翎身上推。"

"不错。你以为，她为何要这样做？"

"我想，"苑儿皱眉思忖，"急于嫁祸他人，撇清自己的，只有真正的凶徒吧？"

离春缓缓摇头：

"这你可就错了。想想红羽的出身，父亲是个读书人，她身上也染了不少墨香。这样的人家，最讲风骨，最重清誉。盗窃、凶杀这样的事情，讲讲都怕污了口舌；若发生在身边，更是如芒刺在背；再牵涉其中，为此上了公堂，简直就是奇耻大辱。大理寺侦查凶案，必然会听闻珍珠失窃一事。而熟知情况的三人，一死一失踪，向公门中人说明案情这一责任，全落在红羽身上。莫忘记了，她自己也说过，平日出入夫人卧房的，只有她们一主二仆。珍珠总不会是夫人自己偷的，若再与红翎无关，谁的嫌疑最为重大呢？亦然曾提到，自夫人死后，红羽常背着人独自啼哭。真是主仆情深到如此地步？我看她啊，倒是料到了自己日后的处境，自怜薄命呢。"

"既然如此，红羽绝不是凶手了？"苑儿试探。

离春一笑：

"我何时这样说过？"

"我懂得馆主的意思了。若她是偷珍珠、杀夫人的元凶，自然会将红翎扯进来，充当替罪羔羊；可即使她清白无辜，也怕白白受了冤屈，为求自保而出此下策？"

"正是。所以第一天，她只说了些不利红翎的情况，还故作懵懂，假装刚刚开始怀疑，其实心中早就打好腹稿。而'鬼上身'一事，则藏到肚子里。因为，若有鬼怪出来搅闹，我还会如她所愿，直接疑到红翎头上吗？"

"可是，你又不是大理寺中人，即使相信她与案件无关，于她有何益处？"

"官家的人若不信她，会送她去吃牢饭，她当然害怕；我若不信她，再不幸传扬出去的话，她便要遭千夫所指。这难道不可怕？就算没有这层顾虑，她也还是会向我倾吐。通常，与凶案有牵扯的人，无论是不是凶徒，都喜欢随便揪住一人便大喊'冤枉呀！不干我事'。"

"这女子也真是，即使为了保全自己，也不该全不顾及共事的姐妹。不过，赖给一个无法反驳的人，她倒是聪明！"

"小聪明而已。对于不想说的事情，就只会隐瞒；见到扇柄中的匕首，便无法自持，将对我的怀疑和盘托出。毕竟年轻，到底生嫩些。"

"馆主不喜欢嫩的，倒偏爱老的不成？"苑儿轻声打趣。

"你这倒说对了！那赵管事，确实更对我胃口。"

"他啊！"苑儿厌恶道，"这人三番五次败坏自家主母名节，也不知是为了什么。"

"你看不出吗？"离春提过一缕长发，放在手里把玩，"假如，一名女子状告一男子轻薄于她，这被告之人，该如何为自己开脱？"

苑儿望天眨着眼睛：

"我若是那男子，必然会讲明，原告号称被轻薄的那段时间里，我根本不在场，而是在酒楼中与朋友饮宴。再找到当时和我一起的人出来作证。最好能向官老爷证实，以前与这女子多有不睦，她才会上堂诬告……"

"等等。你怎么知道这男子就是被陷害的？我说的是，若他真的做过，那要怎么辩白呢？"

"天网恢恢，疏而不漏。他要真的犯下罪行，不管怎样巧舌如簧，都无法逃避责罚。"

"真是如此吗？我倒觉得有一种方法最为有效：被审问时，全不为自己开脱，只说那女子平日里品行不良，与许多男子都有暧昧。最好再收买几个人，指名道姓地都叫上堂来，点出这几位某某某，都是她的入幕之宾。这些话语，听似与本案无关，但办案的老爷却会偏心，觉得这般不知检点的女子，还说什么被人轻薄？之后任她说破天去，也不可信了。这男子要再聪明一些，接下来就会自承罪行。官家只会认为，这更加表示他问心无愧。即使确有其事，也是那女子勾引在先，这一下被害者和加害者的地位，可就颠倒了。既然这男子并非主动犯案，加上自首，就算不能免罪，也可以减轻责任了。"

苑儿面色苍白，不敢相信人竟可以如此阴狠：

"你这法子，也未免太毒了吧？"

"远远称不上这个'毒'字呀。"离春冷漠地笑着，"说这故事，不过是想告诉你，若要一名女子求告无门，最好的方法便是把污泥浊水泼她一身。那封家管事所用的，正是这种手段。"

"人都死了，还能说出什么？"

"赵管事可不这样想。他笃信鬼神，生怕夫人的魂魄对我道些不利于他的事情。所以，他要不厌其烦地在我心中种下'夫人是坏女人'的印象，那样我还会听信她的话吗？"

"他怕的是什么？怕夫人说'赵管事便是杀了我的凶手'？"

"也许。但还有另一种可能，你想是什么？"

"你刚才举那例子，"苑儿一击掌，"他对夫人，心存非分之想？"

"不光是想，甚至已经有了行动。那时他说起红羽，谈到她的日常活计，'洗笔''磨墨''誊抄诗稿曲谱'几项，都十分正常。说到伴读丫鬟的职责，任谁都能想到这些。而他居然还提到了'剪烛花'，这般细微的地方，一般人可注意不到。所以，我猜想，他多半是亲眼见过，并记忆深刻。而掌灯之后，红羽陪伴夫人读书，都在卧房内，我断定，他曾在房外偷窥。"

苑儿听得汗毛直竖，不住抚着胳膊：

"这人怎么这样令人作呕？"

"毕竟碍于身份，不能上前动手动脚，只好暗地里搞些小动作了。除了悄悄窥探，还经常弄些稀奇古怪的小玩意，讨好亦然。想得到一名已经育有子女的妇人的青睐，从她的孩子身上下手，不失为一条妙计。男子追求拖着小孩的寡妇时，时常用到这一招。"

"可封夫人不是寡妇，是有夫之妇！想想她也真可怜，家里总有这么个人，在旁边黏糊糊的，像粘在手上甩不掉的糨糊，一定不堪其扰。"

"夫人地下有灵，也要引你为知己了！她早已明了他的用意，并露骨地表示了厌烦。据封家多数人所说，夫人宅心仁厚，待下人态度和蔼，而她对赵管事却十分反常，还曾经交代孩子不得收取他的礼物，因为'那人行事鬼祟，不是好人'。亦然问及缘由，她却不说，逼急了只以'小孩子不懂'来敷衍。不光夫人，就连红羽这聪明丫头，也有所察觉。她受命看守夫人遗物，并表明只要'有借有还'，就不算为难她。赵管事自她手中要走诗稿，若她真以为赵管事是为了抚慰老爷，又怎么会有诸多不满？其实，她觉得必是那人自己扣下来，想留个念想，不会再归还了。"

"其实，他是拿来向你证明，夫人确实春心萌动呢。但，即使他要诋毁夫人，莫成又有何辜啊？"

"既要弄出奸情，必然需要一名丈夫以外的男子。封家老爷当然不行，也不能污损了自己的名声，剩下的一个自然最是合适。再说，还有一个'妒'字在作祟呢！"

"这可有意思了。一名管事和一名长工，任谁来看，都会说前者地位更高。"

"噢？那看在女子眼里呢？莫成和这位赵爷，你喜爱哪一个？赵管事对莫成，如同红羽对红翎。前者都颇有学识，自觉为人处世已堪称典范，所以轻视那些目不识丁、不懂得礼仪的粗鲁人，甚至觉得世人都该如自己一般鄙弃他们。偏偏后者都形貌出众，行事或许谈不上风度翩翩，但也称得上是认真实在，反而更加讨人喜欢。"

"于是，这两个有些心机的人，既瞧不起他们，却又妒恨他们？"

"不错。红羽虽声称，主子待下人们都是一碗水端平的，但夫人既心地善良，必然对经历坎坷的红翎百般同情，偏疼她些也是应该的。再说，贴身丫鬟本就比伴读的亲近，红羽自然会恼她更得宠爱。而赵管事，自我感觉甚好，只认为他这样的谦谦君子，才是淑女的心头好。莫成拥有他欠缺的年轻英俊，已是怀璧其罪，又蒙他仰慕的夫人如'故人'般对待，难道还不够可恨？"

"馆主，稍等。"苑儿捏着眉心，脸部凝滞，似在思索什么，"我忽然觉得，情况好像十分微妙。若这两人不是凶手，红羽把偷盗杀人的嫌疑塞给红翎，固然是怕牵连自身；管事坚称夫人品性不端，又说莫成行凶，也确是私心作祟。但退一步讲，剔除自保的意图，他们会有这些说法，也是因为一直看不惯那两人，以为他们低贱卑俗。而你曾说过，通常人一想起处于底层的粗人，便会产生一些隐约的恐惧。会不会，在他们心里，总认为事实中的几成正如自己所猜测？"

离春忽地坐直身子，赞道：

"你能想到这一点，真是难得了。"

苑儿顾不上得意，低声叨念着：

"也就是说，这两人的说法，不可尽信，也不可不信。"

"莫忘了前提——他们不是凶手才行啊。"

"若要判断他们是否为凶手，必然要从其他人的话语中，寻找蛛丝马迹。但那些人所说，谁又知道真假？如此互相勾连，实在难办了。"

"这难办的事，你我完成了一半，四人已经解析了两个。"

"剩下的两个，先说封家老爷吧。他让人心里发凉，我可不喜欢！"

"是吗？"离春称许地笑起来，"女子皆偏爱痴情男子，怎么你倒例外？"

"只因馆主教过——子曰：过犹不及！"苑儿透出特别的精灵，"他若只显得一般伤心，单是哭红了眼睛，我倒觉得情真意切。可现在这副模样，怎么看都是别有用心装出来的，只显得虚伪做作。还有孟白探来的消息，他都流连烟花之地了，还有什么可说？居然能满口仁义道德？"

"喜欢声色场所的男子，在被人责难时，都会辩解自己并非贪恋醇酒美人，实在是有大事协商，为了国计民生、古圣先贤，必须往青楼一游。所以，这一去实属无奈，怪只怪旁人呼朋引伴，而自己作为那个'朋'那个'伴'，只好硬着头皮忍受了。我倒不明白，既然每个男人都这么不情不愿，最初倡议的那人又是谁啊？"

"馆主真是切中要害！"苑儿微笑道，"我看这封乘云，和那牡丹姑娘，多半不会毫无牵扯。而且，他这般标榜自己，非要做出'痴情郎'的嘴脸，依我看，夫人多半就是死于他手！"

离春脸色一沉：

"你太过武断了!"

苑儿眼睛回瞪,并不罢休:

"可他若不是凶手,为什么要装腔作势,弄得自己好像痛不欲生?"

"他自然有道理! 一名男子,妻子在世时纳进偏房,世人也不能说他薄幸;而正妻亡故,尤其还是暴毙,他很快另结新欢的话,就会被人指戳负心了。况且,他是个商人。他的同行有生意要做时,自然得选择和谁来做。在价格公道、办事妥帖等方面都相仿的情形下,要如何挑拣? 当然是看人! 看这人是否眼光精准,是否气魄过人,是否诚实守信,是否有情有义。如果这次的事处理不好,留下个薄情寡义的声名,流传出去,让商界中人听到了,自然会琢磨:对待发妻,尚且如此,这样的人,难道能安心与他共谋财路? 真闹到这种境地,岂不糟糕透顶? 所以,为了声誉着想,他也要伤痛得仿佛死过一次。待到事过境迁,他再迎进新人,这时旁人非但不会说三道四,还必定盛赞这女子,将他这活死人变回了活人,着实令人欣慰。"

"这么说来,不管他是否为凶徒,都会表现得一片痴心了?"

"不错。"离春凝视着自家丫头,表情渐渐和缓,嘴角也泛起笑容,"我从未觉得这封乘云没有嫌疑,也不是有意责备你。只是,不轻信表相固然很好,但也要不偏不倚才行。而你现下已对这封老爷大有成见了。"

"我?"苑儿还是不服,"我对此人的了解,全凭馆主转述,又没有亲眼见过,更谈不上什么过节,哪里会偏心?"

"除去直接的仇恨外，还有一种理由，便是迁怒！"

"我怎么会无缘无故……"说到这里，苑儿眼睛一亮，登时醒悟，"不，确实有缘有故。刚才极想骂他一句——与那井中女鬼的未婚夫婿一般，都是道貌岸然的伪君子！"苑儿知错就改，低头赔笑着，"馆主知道，我自从听了那故事，便开始思索：作为一个人，真会为了钱财而抛弃真情？被众多诗词歌赋赞颂的爱恋，竟是如此不堪一击？哪怕初起时情真意切，事过境迁后，也注定会湮灭吗？前后左右想了几个来回，却得不出一个答案，难免对那早已作古的男主角有些憎恨，想不到竟连累了活着的人。"

"哦？"离春的声调拐得饶有兴味，"那你可曾想过，为什么连累的不是别人，偏偏是封乘云？"

"这，"苑儿踌躇片刻，心中一些懵懂的细节忽然聚拢，恍然时双目几乎跳出眼眶，"对呀！对呀！只因为那女鬼传说，与现在的封家疑案太过相似了。同一口井，死时同样装束，都是穷书生与富家女，最后书生都成了商人并颇有成就。间隔这许多年，仿佛旧事重演，难道这世上的事情，真是冥冥中注定的？"

敬畏又虔诚的话语，难得在乱神馆听见，遭到的却只是嗤笑：

"这么说也不无道理。上天给了人为恶之心，才会弄出那么多事情。"

"难道，"苑儿听话听音，"你疑心有人借鉴封家的情况，故意编造了那个故事，以暗示封夫人之死，与她丈夫脱不了干系？"

"借鉴？哪有这么简单。须知，五年前封家在长安落户时，封乘云已是一名富商，旁人又怎会知道他之前是个穷书生？若井中鬼故事真是刻意捏造，这位有心人必然熟悉这一家人的身世背景，或许对封氏夫妇当年的情史也略知一二。"

苑儿喉咙动了动，仍是难掩惊奇：

"馆主向封老爷打听过去的事情，竟是为了这个？"

离春笑而不答，顾左右而言他：

"此事的关键，不在我的用意，而在你昨日打探的结果。"

"昨日啊，"苑儿笑得狡黠，"馆主走后，我先往房家走了一趟。昨日上门那人，天刚亮就在门口等待，一见去的是我，立时显露出不悦来。我急忙绷起脸，作出睥睨众生的模样，学着你的口气，说擅自汰旧换新，犯了祖先之怒，若要安抚亡灵，须得将家具器物恢复原样。'离娘子'的旗号一打出来，他们犹豫片刻，便依言照做了，人来人往忙得鸡飞狗跳。如此几个时辰，终于有了八成原貌，有些心急的，马上尝试起来，结果，起坐之间屋顶当然不见异样。我看着那许多人，站在尘土杂物间，极力称赞着'离娘子，神人也'，若不是竭力隐忍，都要捧腹大笑了。"

"你要真会笑成那样，我也不敢把事交给你办了。"

"多谢馆主信任。"苑儿腮边的酒窝再次显现，"不过，当时还真是紧张。早知道这一次，房家一定会出现不少人，只没想到，连族长都被惊动了。我本以为族长都是白鬓长须的老人家，这个族长纵然年轻，也该有四十多岁了。谁知，居然是个不及三十的俊美青年，一身贵气令人自惭形秽。最初，他站在远处，负着手看众人忙前忙后，后来见了成效，竟亲自来到我面前，微笑着交付了余下的银两，还连声说要上门致谢。"

"哎呀！"离春平时不动声色，现下却如临大敌，似乎不胜其烦。

"你放心就是，我已借口说'馆主她近日经常外出，不在馆中'，回绝掉了。"苑儿在乱神馆待了不少时日，当然知她性情，"我明白的，你从不爱见闲杂人等，平时肯出来接待上门的主顾，已是勉为其难了。"

"倒不是我怠惰。"离春身子滑低，在榻上躺了下来，"只是见过我的人越少，我在旁人心目中，就越是诡谲难测。外面将我传得如魔如煞，难听是难听了些，倒还挺管用的。"

苑儿无奈地瞧着自家悠闲的馆主：

"是啊，要让人知道你与常人无异，乱神馆恐怕只能关门了吧？"

"就是为了糊口着想，我才在人前装腔作势来着。虽也是兴趣所在，但偶尔为之尚可，长久下去就过于劳心了。"离春依着习惯，曲起食指敲打脸上的胎记，阴沉道，"苑儿啊，我教你拐弯抹角兜圈子，可不是要你用在我这儿的。"

"你误会了。我一直难忘房家，只为在那里，我想通了一些事情。"

看她得意的模样，仿佛有这新领悟撑腰，已无愧为"离娘子"的高徒了。

"哦？"

"在房家时，我深知这边责任一了，便要去封家搜集消息。但你的嘱托，我还不甚明了，便趁空闲时思索起来：想知道那鬼怪传说是何时兴起的，问封家所处那坊中的邻居，不就可以？馆主既然要到那里去，何不顺便问了，难道这举手之劳之事也懒得做吗，还是其中另有深意？"

"你思前想后，终于悟出我果然懒惰至此？"

"才不是。我忆起馆主提及那编故事的人时，态度很是谨慎敬重，大概将他作为敌手，不那么容易对付吧。想想也是，若为了此案故意弄出一篇女鬼情史，这人必定心思缜密，精于算计。既然如此，他或许已有准备，早收买了附近邻人也说不定。其实，这样的高人，哪里用得着金钱贿赂？只怕如你一般，上下嘴唇相碰，就能把人骗得团团转，让他们坚信这传说是早有的，只是自己孤陋寡闻，最近才听说罢了。所以，用直接的方法，可能会堕入他彀中呢。"

"那你又想了什么法子？"

"直路走不通，自然要绕些弯路了。我想，如果真如莫成所言，故事几年前就在流传，那这几年间迁走的邻人，也该听说过吧？已不在附近居住的人，那隐在暗处的对头，即便再有心机，也该很难想到去触及他们。"

听了这些，离春微微点头，随口提出：

"你又不是官府中人，要怎样去向人打听？"

"我换了身陈旧的衣衫，在裙摆上弄些灰尘，将发丝挑出几绺，背上个包袱，好像风尘仆仆的样子，装出口音和封家街坊们说话，声称我是从外地来长安投亲的。"

"本拟到了地方就能有个依靠，谁知寻而不获。从前得到的地址，明明就是这里啊。所以要向各位父老乡亲打听一句，这几年是否有人家迁走？又搬到了哪里去？"离春轻易看破这小伎俩，提问直击要害，"可这么一来，别人定然会问，你这亲戚姓甚名谁，你要怎么应对？"

"我本想说个人多的大姓，又怕当地万一没有。幸好灵机一动，说我要投奔的是我姨娘。她年轻时，无视家人阻止，毅然与心仪男子私奔。外祖大发雷霆，将之视为家门不幸，勒令所有人不得提起此事。我母亲偶尔收到姨娘报平安的信件，这才知道住址，但碍于父亲的命令，也不敢多有往来。这次家遭变故，才厚着脸皮投奔而至，但因之前众人对往事绝口不提，我这后辈无从得知姨爹的姓氏。"

离春一直微眯着眼偎在榻上，听了这些立时弹坐起来，眼神闪动：

"不错，不错！通常人只知道邻家主人的姓名，至于他娶的是哪家闺女，倒不会十分上心。苑儿你，真是进步神速，已学会在世人疏漏处做文章了。"

"你若再夸奖两句，我真要忘记我家本来的姓，别人问起来，我恐怕会说自己姓'离'呢。"苑儿欣喜地打趣，"好在你早先没对我这样盛赞，我与封家邻居说话时，勉强还算清醒。问及姨娘的姓名时，随口编造一个，他们当然摇头不知，只好说了几户已迁走人家的新住所，让我去找找看。我便寻了一家尚在长安的，换回平时的装扮，以乱神馆的名义上门拜访，对那家人说，'我家馆主受人之托，要除去一所宅子井中的女鬼。听闻贵府上下曾在那近旁居住，定然听说过它的来历。若不将所知的一切向人诉说，心里留下一星半点，那鬼便有感应，会误以为你们对它心存善意。万一它抵不住离娘子的法力，可能会向这边逃窜'。这些话听在耳里，他们自然不敢隐瞒，对我详细讲出那鬼故事，与你所言八九不离十。看来，纵然多有古怪，但确是许久前就开始流传的，并非应此案而生，应是毫无关系。我们多虑了！"

"唉！"屋中宁静许久，离春才长叹一声，望着苑儿的眼中，含着几许缅怀，"这才多少日子，你办事就这样妥当了。"一时欣喜，伸手过去要拉住丫鬟的手腕，即将碰触时，却又因不惯与人亲近而作罢，从榻上起身，"等你再多些历练，我哪日厌倦了，这乱神馆就交给你打理吧。"

"这么说来，馆主这次对我十分满意。"

"除了最后一句。"

"怎么？难道还有错误？"

"这故事不是特意为本案编造，却也未必与本案全然无关。"离春缓缓走到窗前，往外面眺望，"试想，身边流传着这样的故事，而某人恰好心生恶念，难道会没有丝毫影响？"

"馆主是说，有人会将既存的故事加以利用？"苑儿眼珠一转，"莫成？"

"他？他能有什么用意？"略带阴气的声音，飘忽得没有半点确定，令人难辨真伪，"暗指他家老爷谋杀亲妻？刚刚也说过了，能从女鬼的经历作此联想的，必定深知封家的旧事。"

"话可不是这样说。即使他没有如此的打算，但一味将夫人之死归结到鬼怪上头，总有那么点推卸责任的味道。"

"你又以为是他行凶，事后让女鬼顶罪？"

"若非如此，他怎会认为夫人是被鬼魅操纵而自绝的？"

离春悠然一笑：

"如果，他心底就是这样想的呢？可别把莫成与前面那三人混在一起，他没有半点学问，识得几个字已是可贵。越是这样的人，对鬼神的信奉，就越是根深蒂固。"

"一个粗人，就不会撒谎了吗？你真能对他全盘信任？这可是奇事呢。"若会轻信别人，就不是自家的馆主了，"再说，也许他装作愚昧无知，其实才高八斗呢。"

"连学识都能隐瞒的人，心机要深到何等地步！只怕可称为是一代枭雄了。"离春阴沉地笑开来，"要装傻作痴，可没你想的那样简单。天下间，唯有学问最是虚假不得。"

苑儿不以为然：

"我只知高攀不易，低就还不简便得很？"

"风雅固然难以附庸，但彬彬气质已上了身，倒也不是那么好抖落的。就如一洼浅水，怎样也成不了江河；同样，任谁也不会把江河错认成浅水的。"

"我还不太懂得，馆主说的，大概有理吧。"轻缓点着头，慢慢体味，试图理会得更深刻些。前面所说一经贯通，竟是勃然变色：

"等等，不对！这么说起来，涉案的四人，不管其是否为凶手，外表显现的都会是现下这样？"

"不错。"

离春转过身来，嘴角噙笑靠在窗边。苑儿却学不会她的宁定，双眉渐渐扭曲：

"瞧不出差别，这可不妙了！"

"谁说不妙？妙啊！可妙得很呢！"

 十 二

离春今日没有晏起，为的是要到驿站去。谁知矫枉过正，时辰太早，只好在馆中等待。见苑儿好学，也就顺口提点两句，被纠缠这么久，实在始料未及。眼看日影移动，时光流逝，纵然徒儿再怎样意犹未尽，也不愿继续耽搁，将她支去做些杂务，自己便出了馆门。

一路心无旁骛，径直往驿站去。到了地方，见当值的不是昨日向自己狂热示好的那个差役，庆幸之余上前询问，有无自己的信件。

近一个月来，离春是这里的常客，每次都是同样的问话。值班的驿工见过她几次，便记住了这事情，平时留心察看，于是立刻便能回答"没有"。

离春眉头一低，似有几分黯然。转身正要回去，却听到一声"离娘子"的呼唤。循声望去，眼色更添阴霾：

"莫成？"

眼前的英俊男子憨厚一笑。

"你来这里做什么?"

"帮我家老爷寄信。"莫成扬起手中信件,想反问一句时,才想起这偶遇实属不该,"对了,听红羽说,这些天您不是要闭关吗?怎么出来了呢?"

"这个,说来惭愧。"离春把头一低,眼神左右一划,"方才粗略掐算了时辰,自以为准确无误了,便想尝试为夫人招灵。谁知差之毫厘,谬以千里,一败涂地啊!功力损耗许多,没有走火入魔已是万幸。最要命的是,黄泉之门打开后,关闭不及,弄得乱神馆中阴风阵阵,只好躲出来见见光,汲取些阳气了。"

"难怪您看上去,精神好像很不济。为夫人真是辛苦您了,可要保重身体啊。"

说话间,莫成已将手中信件交到驿工那里。离春看着他的动作:

"以往,这种事也是你来做的吗?"

"老爷偶尔自己来,但大多时候吩咐给管事爷,然后就落到我头上了。"听他声调,好像对赵管事的额外分派毫无异议。

"怎么?你似乎很乐于做跑腿的事?"

"倒也说不上喜欢。"莫成眨着眼,笑得更是单纯,"只是我除了能卖些力气,也实在不会干别的了。老爷夫人是我命里的贵人,能为他们一家多做些事情,我也高兴。"

两人交谈着,并肩走出驿站。离春敛着眉,手指在身前穿插扭曲:

"算起来，你与主人家，还是同乡呢。听赵管事说，你一年前来封家为仆，这差事到手得很顺利呢。我猜想，你定是他们在闽南的旧识，特地投奔而来的吧？"

"哪里啊？要是早碰到这样的善心人，被他们收留，我还用得着大老远跑来长安吗？"

"这么说，你只是走了时运，恰好撞到这家门口？唉，离了故土，能在这里遇见，真是有缘。只可惜，缘分还是太浅。"

莫成自然知道她所指为何，黯然低下头去。

"不过，夫人的尸身，由你第一个见到，这就是尘缘未了，或许下辈子也会见面。"

"这是真的？"眼睛闪出亮光，忧伤一扫而空，"我还可以见到她？"

"怎么？你万分渴望与夫人来世重逢？"

"当然。知道还有报恩机会，心里就舒服多了。可是，"语气一转，又忧心起来，"由我来发现夫人尸首，似乎是极自然的事，真有缘分在其中吗？"

"听你说的，好像这理所当然？"

"我夜晚就睡在柴房，早上起来推开门，井边有什么，一眼就看到了。"

"哦？"离春眼神一厉，随即平和，"你平时也在柴房睡，还是只那日如此？"

"自从我进入封家，管事爷就这样安排了。"

"出事那晚，夜间子时到丑时，你是否听到什么？"

"该听到什么吗？"莫成反问，"我一向睡得很实，即使有响动，多半也不知道。"说罢斜眼偷觑，但觉身旁人的气息更加沁凉，犹豫片刻，话锋一转，"可是，那夜却不寻常，蒙眬中依稀有一声短促的惊叫，但我当时并没醒来。事后回忆，自己又好似在梦中，到底不敢确定。"

离春倏地停下脚步，缓缓转身，抬眼定定地望着，无限阴郁。莫成被她看得心慌，吞着口水赔笑道：

"离娘子，是我说错了什么？"

"那倒没有。"别过脸去，不自在地轻咳一声，"只是不知从何说起。你身上一直传来一股甜香，似乎是……"

"是这个呢。"莫成自怀中掏出一团纸包，"老爷一向喜爱糕点，厨房里预备下的已经没剩的了，红羽便急着叫我出来买。是不是这香味让您不喜欢？"

"不是不喜欢，我很喜欢呢。单凭味道，我便可以断定，这糕点正是我近日来寻找的那种，所以想向你打听哪里有卖。"

离春说得理所当然，莫成却听得错愕。在他看来，这离娘子虽不是神仙，倒也似鬼似狐，理应不食人间烟火，忽然听闻她喜爱这些"俗物"，心中委实难以接受，嘴里却尽责地回答：

"那店铺离此不远，但客人很多。每次糕点出笼，都会排起长队，不太容易买到。"说到这里，脑袋清楚起来，把纸包递过去，慷慨道，"不嫌弃的话，这些送给您了，也省得您亲自走一趟了。"

"这只怕不合适吧？"

"哪里？最多是再跑一趟。我身强力壮的，和旁人挤挤也不怕，您一个女子，"说着露齿一笑，"还是不要了吧。"

"你太客气了。"

两人正推让时，一辆马车停在路边，从上面走下一人。这人眼角微吊，下巴削尖，一眼望去极是阴鸷。身上的袍子绯红颜色，可不是平民百姓敢用的。按礼制规范，能穿成这样，至少是五品以上的官员。

莫成得知对方身份尊贵，看着他越走越近，不禁后退一步，肩膀微微缩起。那人在他脸上扫视两眼，又在离春手上的纸包和左颊的胎记间看了几圈，露出讥讽笑容：

"离娘子姿容'绝世'，果然可以颠倒众生啊！"

言外之意，暗指眼前这对年轻男女牵扯不清。如果站在这里的是苑儿，必然反唇一句"我颠倒众生，又怎比得上你颠倒黑白？"但离春毕竟不是别人，不气不恼上前施礼：

"草民见过何大人！"

在民间较为闻名的官吏，仅有京兆府尹一人姓何。莫成想到此处，头埋得更低，却挡不住何大人愈加靠近：

"这位小哥，生得倒是俊俏。以前在乱神馆没有见过，不知是什么来历呀。"

莫成嗫嚅道：

"回、回大人，不是的。小的是封家的仆人。"

这句话说得实在太过笼统，毕竟长安的封姓绝不止一家，但何大人不但听懂了，还像被人戳到痛处般，几乎跳了起来：

"封家？有井边女尸的那个封家？"眼睛狠狠瞪向离春，"这事我已有耳闻。什么时候死了人，可以跳过县衙府衙，直接归司法部门处理？这大理寺又越权了。"

离春眼帘低垂，不为所动：

"大理寺越权，您尽管找杜大人说去。在下乡野之人，不谙朝中之事，与我议论又有何助益？"

"离娘子既然不爱往浑水里蹚，又怎会和封家的人搅在一起？不知这次乱神馆充的是个什么角色？"

"只是为了完成一名稚龄孩童的心愿，与案情无关。"

何大人眼光上下飘动，看起来并不信任。

"又是招灵吗？阴阳之术云云，本府向来不以为然。须知这京畿之地，毕竟是由我管辖，可不许弄些玄虚来骗人啊！"

"子曰：敬鬼神而远之。"离春嘴角一挑，"圣人都如此说了，可见这鬼神还是有的。我这行当，虽是不从先贤教诲，却也称不上行骗。再说，若乱神馆真以骗术当家，那许多主顾，岂不都成了黄盖——自愿挨打吗？"

"好、好、好！"三声叹过，何大人脸色更青，"你尽管东拉西扯吧！只是牢牢记住，这案子，断断容不得你个外人插手！"

说罢，狠狠一拂衣袖，登车而去。

等去得远了，莫成望着扬起的尘烟，呆呆道：

"离娘子，这位大人，好像很威风啊。"

"他措辞严厉，只因我当初得罪过他。那些发生了凶案的人家，大多请我去慰灵，就难免与京兆府的人碰面。在凶徒的认定上，苦主们又相信附在我身上的死者的证言，多于他们活人的推断。有时意见相左，也就生出些冲突来。"

"那你和大理寺，也是这样结下梁子的吗？"

"这件事倒流传得广。"离春轻笑一声，"不错，结怨的理由大同小异。"

莫成紧皱着眉，似不能理解她意态悠闲：

"得罪了这么多有权势的人物，离娘子不觉得危险吗？"

"虱子多了，反而不咬人呢。而且，在各派系间游刃有余，不时还能看些鹬蚌相争的好戏。"离春眉头一压，鬼气立现，"你没听懂何大人的意思吗？他以乱神馆相要挟，让我不得干预此事，即使从死者亡魂处得知事实真相，也不能透露给大理寺的人知道。毕竟，你主人家这事情，他们来管，本就名不正言不顺。若再拖得日久，京兆府在皇上面前就有话说了。我看他是吃准了杜大人归乡探亲，赶不及回来料理。"

"这可怎么是好？"在百姓心中，杜清平的威信远胜刚才那位大人，"您不能动用神力，悄悄帮助大理寺吗？"

"然后让何大人借故对我乱神馆下手？"离春讪笑道，"你不是知道吗？我与那杜大人，可是宿世的冤家啊……"

这副事不关己的模样，令莫成不敢苟同，也就没再多说，略略道别后匆匆而去。

离春抬起手，想把他唤住，却又不知还有什么话可说，只得悻悻放下。手腕经过胸前时，碰到一件异物，掏出一看，正是那包糕点。这时终于忆起，方才何大人一来，莫成便撒了手，这包

东西就停在自己这边。为了拱手行礼，自己顺手揣进怀里。在往来人群中看了看莫成早已不见踪影，只好幽幽叹了一句"又是糕点吗"，将它放归原位，转身回馆去了。

十 三

乱神馆中，苑儿正对着一张棋盘聚精会神，手伸进藤篓中摸出几枚棋子，在上面提提放放。

离春见此情境，已猜到她在做什么，却明知故问：

"怎么忽然打起谱来了？"

苑儿瞥过一眼，又收回视线：

"还不是为了这案子？我也想自己弄个明白！"

"那怎么搬出这一套东西？"

离春在旁边坐下。苑儿丢开棋子，转过身来：

"我所知的破案手段，就只有两种。一种是馆主你的，透过涉案人的言谈举止，窥伺其内心。因乱神馆的生意，以及你平时的装扮，孟白将之命名为'阴阳术'。封家这案子，你也说了，不论他们心里想的是什么，都会是现下这般表现。那你通常用的法子，不就不管用了？我只好试试另一种——杜大人的手段。"

相传，现任大理寺卿有一门奇技，每逢疑难案件，便会在棋盘上排上许多棋子，再一枚一枚提去。如此周而复始，难题自然有解。由于棋子的颜色，孟白为这方法取雅号"黑白术"。

"这一招要能随随便便让你学会，他也就不是杜清平了。"离春低头看着凌乱的棋子，"你是怎样做的？"

"正想着该怎样开头，你就回来了。"苑儿挥手将棋盘清理了，"我认为，棋子应该表示一个个涉案人，之后将其逐一排除。"

离春于是失笑：

"错了错了，一定不是这种用法。其实，这法子的正主不过是用它来当个调剂，辅助他集中精神地思索案情而已，只怪那些不知情的人信口开河，传得太神了。"

"我管它正统如何，反正我这样用就是了。"

"收效呢？"

"甚微！现下终于知道，馆主为什么说，红羽和管事二人的话，不可不信。"苑儿抿着嘴唇沉吟，"只因这封家宅院之内，除了他们透露的'盗珠'和'奸情'外，再无其他引发凶案的缘由了。"

"牡丹姑娘就不算吗？"

"可封乘云说得在理。男子无须对发妻忠贞，只要供养得起，想娶几个摆在家里不行呢？也许有朝一日，律法会规定只准一夫一妻，不得纳妾。"

这一番话，离春也是赞同，不禁点头称是。

"再说，人家妻子已死，还要被官家怀疑，方才我又冤枉了他。这样一想，就觉得他煞是可怜。"

"苑儿啊，你又矫枉过正了！"

"那馆主怎么想？他那样哀痛，是真心的吗？"

离春看着那望来的眼神，就知道这丫头在试探自己，凝思片刻，审慎答道：

"他曾说梦见妻子背影，其时意态狂乱，绝非装假。这点，我敢以项上人头担保！"

"既然这样说，就更无可疑。"苑儿俏皮地一笑，"那我就按这两种动机分析了。首先是珍珠失窃。若因此事败露而杀死夫人的话，凶手必然就是盗窃之人。这真是让人为难啊。"

"怎么？"

"封乘云是一家之主，妻子的财物自然归他所有，根本无须做贼。赵管事或是贪财，或是渴望得到夫人心爱之物，但这样想来，总是似是而非。难道是莫成为生活所迫？却又不像。红羽则有颇多的下手机会，小门小户出来的女子，喜爱风雅，难免对珠宝心存贪恋。但她也只是在此事上表现得模棱两可，若说真是她偷窃的，还是不大对劲。"

"那未曾谋面的红翎如何？你将她置于何地？"

"这人我始终不愿去想。她处处透着诡异，在此事中，我也不知要把她安排在哪里，地位十分微妙。但珍珠失窃，应该不是她做的。毕竟，若不是夫人忽然要观赏珍珠，这事情本可以继续隐瞒。失主发现丢了东西，盗窃者理应惊恐担忧。而据红羽说，她当时面露喜色。这反应虽更是古怪，不知该怎样解释，却并无可疑之处。"

"说了半天，这珍珠原来是悄悄生出了脚，自己跑丢的？"

"那……"

苑儿思前想后，终是决定——这盗窃珍珠的"重任"，还是由红羽来承担！她手里拈起一颗白子，将它当作这女嫌犯，放落在棋盘上。

"然后，夫人若是死于奸杀，"说罢拾起黑子一枚摆在棋盘上，"嫌犯首推莫成。那赵管事虽不讨喜，倒也没有说错，封家众人里，定要有一个奸夫的话，非他莫属。"

"因夫人要与自己断绝来往，他气急败坏，于是犯下案件？还有呢？"

"封乘云！"又一枚黑子摆上棋盘，"如果他始终爱恋妻子，自然无法忍受她与旁人有染。就算不及表现出的情深，事关一名男子的脸面，兹事体大啊！"

"除了以上两人呢？"

"他二人之外，"苑儿眼睫一垂，"就该没有了。"

离春伸手再捡一粒黑子：

"赵管事呢？又被你抛诸脑后了？"

"他又不是人家正牌夫君，最多算个仰慕者，绿云怎么也罩不到他头上，他愤起杀人凭的是什么？"

"天下男子，"离春低咳一声，补充道，"是一些男子，无论他的形容如何猥琐，行事如何龌龊，也绝不相信竟会有女子不爱自己，而赵管事正是个中翘楚。当这类人切实碰到钉子时，总会找些借口自欺。仰慕之人若待字闺中，自己当面表白心迹遭拒，便以为是这女子太过羞怯；向意中人父母提亲碰壁，那定是长辈抱有成见，姑娘本人虽对他甚有好感，奈何不能违逆；等她嫁作人妇，他再行追求时惨遭训斥，也并非少妇自身不愿，纵然她心存向往，还有'道德'二字约束不是？可当她与丈夫以外的其他男子有了牵扯，清楚表明她不是不敢偷情，只是全不把他放在眼里，这时，他已再无言语自圆其说，难以承受也是理所当然的。"

离春手指一弹，棋子"叮"地掉落。苑儿皱着眉头，把它当赵管事本人一般嫌恶，支着手指按住拖到面前。

至此，一白三黑四名疑犯已然备妥。离春见自家丫鬟只管手托桃腮凝视，许久不再开言，便问道：

"这样盯着，可有看出什么？"

"看出此案关键，不在凶徒的心事，而在死者的品性。诸多疑点同时指示出一个实情，我却不愿相信。"

"是怎样的实情？"

"就是夫人与莫成。赵管事所言，也许有所夸大，但他曾透露夫人对外表过于在意。这点极容易向旁人确认，料他不敢撒谎。那些抄录的诗词，也确实表明此妇人在男女之事上心思起伏。那日在柴房，馆主问及此事，莫成竟跌坐在地。红羽也称主母与这下仆'亲如故人'。这许多事情，都明白表示此二人关系绝不单纯。但在我心目中，会背叛丈夫弄出私情的，都是如同狐狸精一般的女子，像夫人这样被人交口称誉的，无论如何想象不出。"苑儿遇到疑问时，从不肯独自承担责任，推卸道，"馆主真该就此事明白地问问红羽的。她到底是夫人身边亲近的人，怎么也能略知真相。"

152

"我问了，她就会说吗？"离春完全不以为然，"诗稿那事，她明知赵管事是私自取用，不也编出个忠心的理由搪塞我？这丫头深知'上梁不正下梁歪'的道理，她家主人背上臭名，自己也好不到哪里去。真要拿这事问她，明明知道有，也要坚称没有。"

"不管'是''否'，答案却是唯一的。本案中一再出现这种把戏，我实在看得烦了。"苑儿厌恶之余，心里不断权衡，打定主意承认事实，"就算我方才所说都是偏见，不守妇道的女子也可以极有人缘，但如此一来，赵管事那些诋毁般的推断，反而变得句句在理，'珍珠赠情郎'一段尤其令人赞赏。"

"你别忘记了，珍珠只有一颗，如果私相授受了，就没有所谓'失窃'一事。"

"若真是如此，红羽杀人的理由也就消失了？"

"是吗？"离春身子后靠到椅背上，眼眸阴暗而有神，"深宅大院之中，总有些常态。比如妙龄的夫人和年轻的长工，再比如正室房里的丫鬟，通常会被纳为小妾。"

苑儿瞠目道：

"馆主是说，红羽和她家老爷？"

"那日她去送饭时，态度亲切，磨破嘴皮地劝他按时用餐，甚至连去世的夫人都抬了出来，这可逾越了下人本分。红羽她又不是你，"略带无奈地瞟上苑儿一眼，"整日待在乱神馆这不论规矩的地方。那人极讲礼数的，如果不是心中怜爱，怎么会这样冒犯？与她谈话时，每次提及那位老爷，她便温柔羞怯；分明男主人待下人不如主母仁厚，经她一番诠释倒有理有据，言语间着实维护。

封乘云怎样心思，我是不知；但红羽对他，已然生了情了。"

"若说她想嫁进封家，却不甘屈居偏房，为此想要杀死女主人的话，这丫鬟的犯案可能，倒远比其他三人大。"

"你以为，这封家命案是一名女子杀死另一名女子吗？从力道上讲——如果不用些机巧的手段，总是有些不逮。'犯案者是个男人'，这怕是赵管事说的唯一一有理的一句话！"

离春这般坚定地否决，令苑儿胸中的局势大为动摇，只好低头死盯着那四枚棋子，似要看得其中一枚自己跳起来似的。

见状，离春出言引导：

"之前分析这四人心态时，你的一些话语，表明你已经注意到此案关键所在，只差把它们串连起来。我现在要你分析，这盗珠与杀人，到底是什么关系？这是一件事情还是两件事情？相同人所为，还是不同人所为？是一因一果，还是更为微妙的联系？"

这些问题，苑儿从未考虑过，只是不自觉地将它们混为一谈。现下正经提了出来，倒不知如何应对，心里原有的推断被全盘打散。

离春却还继续说着：

"至于奸情一节，如你所言，夫人的操守至关重要。死者若是水性杨花之人，涉案的三名男子就都有犯罪可能；若死者是安分守己之人，三人便同时失去作案动机。倒真有几分共同进退的味道呢。"

"那馆主以为，他们是'同死'还是'同活'呢？"

苑儿目光灼灼，望着离春的双唇，直到它随意地吐出一个

"活"字。

"即是说，莫成、赵管事、封乘云三人，均是清白无辜；红羽碍于性别，又不能犯案。"边说边将四颗黑白子收起，棋盘上一片空旷，"这样岂不是没有凶手了？"

有没有凶手，不是眼下的要紧事。时间已近正午，有没有午饭吃才是眼下的燃眉之急。

这一样交由苑儿去操劳。离春不是不通易牙之道，只是比起淑女，行事做派更像一名君子，自然需远离庖厨，她独自坐在厅中，将方才弄乱的棋子分色收好。

手伸到藤篓里，将冰凉的棋子抓得满把，再放手让它们缓缓掉落。在"哗啦啦"的脆响中，想些凶案以外的私事，不时自言自语几句。

忽然听得一声招呼：

"乱神馆馆主离娘子在吗？"

这一句说得抑扬顿挫，宛如吟唱，听在耳里无比受用。离春却无心细品，只觉得惶急，因这声音极其清晰，应该就在门外。也许是想得太过专心，竟完全没有察觉。待要闪避，说话人已跨进门来。

离春最近本不想再多接生意，但落荒而逃的事，还是做不出来，索性转身施礼道：

"在下就是。"

那人站定，躬身一揖：

"鄙姓房，名竞萧，代表房氏一族来向您致谢。为略表心意，寒舍已备下薄酒，不知馆主能否赏光？"

这就是那位年轻的族长？离春抬眼观看，只见此人十分英挺，俊眉朗目间意气风发；衣着颜色素雅，再无其他赘饰，却华贵不可逼视；举动流畅舒展，配上宽袍大袖，竟有股大开大阖的气魄。

想不到苑儿那丫头的描述，竟是如此精准啊！

离春含笑之际，房竞萧也在打量这形如鬼魅的女子：乍一触目，也是惊心，怔愣片刻，脸色便不见异状了。

厅中两人相对颔首，分宾主落座。离春接续寒暄道：

"房公子盛情，真令在下受宠若惊！邀我做客这点事情，随便支派个下人来说一声，也就是了，怎敢劳烦您亲自上门？"

这位房公子微眯起眼，狡诈一笑：

"如果打发仆人来，只怕离娘子痛快地回绝了；若是我奔波到此，或许能换来一句'却之不恭'。"

见离春皱眉，房竞萧脸上的笑容便渐渐散去邪气，变得淡然有礼了：

"说老实话，我跑这一趟，也是因为好奇心重。在下生平最爱稀奇古怪的东西，也曾游历四方探访奇闻异事。馆主是传闻中的奇人，又与我家同在长安，怎么也要过来见上一面的。"

同样这些话，换一个人来讲，离春只怕会心中不快。虽对眼前人无法生厌，出口却仍是带有一阵嘲讽：

"只希望这副尊容，没有令阁下受惊！"

"您不要妄自菲薄了。"房竞萧自知唐突，赔笑道，"饱眼福只是其一，主要的还是另一目的。离娘子考虑得如何了？"

"在下生性冷漠，不爱热闹，府上就不必破费了吧。"

"可您帮我家抚慰亡灵，平息了诡异事件，不管怎么着我也该有所表示。"

"您已经付了足够的银钱呀！再说，这生意对我而言，实在算不得什么。"

"是啊。"房竞萧眼神一飘，低声道，"如果只是新旧家具的高度差异，确实算不得什么！"

语毕，直直盯着离春看她如何反应，那张生了胎记的脸却毫无惊恐之色，只转个角度一扯嘴角：

"公子既然知道，怎么不省下那笔钱，反而要拿来建设乱神馆？"

如此平静的应对，着实令人惊讶。

"你就不怕，我去官府告你欺诈吗？"

"那您径去京兆府就好，何必来我这边走一遭？再说，我也看得分明，公子可不是那种生事的人哪。"

"若是我突发奇想，定要在这事情上纠缠，又待如何？"

"那也无妨。就算官家介入，难道就治得我的罪？你家屋顶无故降低，以此求助我乱神馆；我支出'复原摆设'一招，解决了这件事情；你送我一些财帛作为谢礼，难道这犯法了不成？如果我明知此事简单，还故弄玄虚，确有欺诈之嫌；但从头至尾，我乱神馆从无一人施展过'神力'呀！不错，在下承接的生意多与鬼神相关，但偶尔做一笔无干阴阳的买卖，也没碍着谁吧？"

"哈哈哈!"房竞萧不急反笑,"离娘子果然厉害!光这一张嘴,就足以确保乱神馆屹立不倒!"

离春见他性情奇特,心中暗暗赞赏,索性不再隐瞒:

"初时我也愿意坦诚相告,但转念一想:这样摆在眼前的事实,你家居然没人察觉;在无计可施后,直接找到我慰灵,真是迷信到了极点。我若实话实说,反而不能服众,干脆顺水推舟了。原本以为这样的推测无懈可击,今日见了公子,恐怕还要作些修正。"

"哦?从我身上,又看出了什么?"

"在下听说过您的经历——不安于室,离家出走,婚事也不依赖父母,全凭自己做主,再加上年纪尚轻,怎么想都是个离经叛道的人物。本以为公子是个新派代表,一定会作时尚的胡族装扮,想不到衣着竟是传统风格。举手投足间,自有一股洒脱的味道,把传统服饰行云流水般的魅力表露无遗。要说起人,我也见过不少了,能将这种装束穿出如此风情的,包括公子在内,也不过两个。如果您只是迫于家规才作此打扮,其实心下厌恶,那就绝无可能达到这般境界。除非这套服饰您穿在身上,感到无限的舒畅自在,这才合乎道理呢。若是这样,您就是个对往日事物爱之刻骨的念旧之人。"

闻言,房竞萧脸上的笑容渐渐淡去。离春恍如未觉,接着说道:

"这么一来,岂不是与阁下家训不谋而合?那又怎会生出龃龉,闹得自己出门远游?恐怕是您与长辈们的想法虽然同归,但究竟是殊途。公子头脑清醒，主张沿袭旧例，不是为了什么'三年不改父道'，而是因为它们经时光淬炼，底蕴沉厚，自有动人心处。而历任族长却不知用这优势说服后人，他们希望守旧，却只是一味拿鬼怪亡灵恫吓，使小辈在恐惧之余，不得不从命，可又心生不甘，反而对旧时事物憎恶起来。这样适得其反的做法，让你这真心喜爱的人十分不快，甚至认为是一种亵渎。

"不久前，公子受命归来，即将执掌家族，终于可以按自己的意愿行事。你决定首先采取放任的方法，让族人随心所欲，等他们自由够了，长期积压下的逆反心态也发泄了，自然会体会到新的东西并非十全十美，或许就发现了旧物的好处。没想到却出了这件'灵异'事。理由何其简单啊，可家里那许多人，被鬼神之念迷了心窍，居然无人看清；也许有明眼人，但怕被指责不敬英灵，也不敢吐露真情。这必然让您火冒三丈，决定用些手段——顺着他们的心意，找到乱神馆。您不信鬼神，便以为离春我会和别个神婆一样，登门去危言耸听诈取钱财，而后狂歌乱舞一番，号称祖先魂魄已经安息。但慰灵之后，屋顶该变矮还是变矮，不会有丝毫起色。这时，公子再道出事情原委，并以我行骗为例，证明神灵之说不过是唬人的鬼话，让轻易上当的众人无地自容。您就是想试试'羞愧'这帖猛药，看能不能医好他们僵死的脑筋。这计划确实不错，可惜错找了乱神馆，没能让您遂愿。惊讶之余，公子就来到这里探访，看我到底是误打误撞碰巧猜中，还是根本就是一名令您兴致盎然的奇人异士！"

房竞萧听得肃然起敬，急忙站起躬身一揖，眼光从袍袖上方射出，闪动喜悦之色：

"离娘子真是知心人！若您是个男子，只凭方才这段话，我就要缠着您义结金兰。"

离春也不再怠慢，起身还礼道：

"多谢公子抬爱！有您这一句话，我是否可以认为，您已将我视为知交？"

"自然！"

"那我也不说暗话。最近正在操劳一件重要事，实在无暇他顾。再说，繁文缛节，在下十分反感，公子想必也不爱。所以，若是赴宴，恕我推托了；不过，什么时候空闲下来，路经贵府时，也许会上门叨扰，讨一顿便饭吃，不知是否妥当？"

"如此，甚好！"

房竞萧是个广交朋友的好客之人，今日认识了离娘子，不胜欢喜，告辞时也是笑容满面。也许是忘了形，走动时衫袍竟兜在椅上，只好尴尬地往下拆解。衣服的下摆侧对着馆门，光线斜射进来，照出衣料中隐藏的暗纹。

这一幕落在离春眼里。想她平日面对外人，总是一副不喜不怒阴恻恻的神气，这时却极是动容，一把扯住房家公子袍袖，迫切问道：

"这件外衣，您是在哪里裁的？"

房竞萧一时错愕，顺口应着：

"是内人亲手缝制。"

"那衣料呢？又是在哪家绸缎庄购得？"

160

"纺织这工序，还是出自同一人之手。"

房公子接连两次提到自家娘子，不禁露出骄傲自喜的微笑。离春紧抓人家的袖子不放，心下揣度：

游历四方……娶了个身份低贱的妻子……难道天下竟有这般巧事？

"尊夫人真是巧手！这样的技艺，让同为女子的我羞愧之余，也羡慕不已。请您准许我登门学艺！"

说着不待对方回答，牵住房竞萧往外就走。行至馆门时，忽然把他撇在一边，径自走回内室。不等人反应过来，就已经回转，手里多了柄黑白双面的奇型团扇。

十　四

两人偷偷摸摸，从房家大宅后门进入，只为不惊动其他族人，免得麻烦。事儿倒是省了，却弄得好像做贼。好在离春并不介意，房竞萧甚至觉得颇为有趣。

说起这宅子，果然不俗。亭台楼阁，处处洋溢着古韵。可惜走得慌忙，来不及欣赏，七拐八拐终于来到花园僻静处——

只见一块大石，半截入土，仿佛生在地上，顶端却平整光滑，足以胜任桌子的功能；周围几块略小的，明显是后来搬来，充作座椅使用，虽没有前者自然，但与四周环绕的参天古树、茂密花丛融在一起，倒极是清幽雅致。

房竞萧见离春四下环顾，便宽慰道：

"离娘子尽管放心！此处一向清静，不会有闲杂人等聚过来看'神仙'的。"

离春略点头，挥袍袖拂去"椅子"上的尘土，撩衣摆坐下。刚把阴阳扇放上桌面，就出言催促道：

"在下对夫人实在渴慕，劳公子为我引见。"

这样迫不及待，房竞萧也有些疑心，不禁揶揄：

"若是一个男子这样说，我断断不能让他如愿。"

"我知道您宠爱夫人，却也不必像防贼似的。"离春反咬一口，笑着解释，"我最近在女红上有些疑问，正要请高手点拨。"

房公子听了，也不好再作拖延，转身踱出这角落。不多时便有低声的交谈传回来，约莫是遇到一名亲信又口舌不多的下人，要他代替去请夫人，自己就得以返回陪伴贵客。

离春独自一人，眼睛直盯着伸到桌面上的一条花枝，明知房竞萧回来，却不予理睬，使他困惑之余询问道：

"离娘子这样入迷，是在赏花吗？"

"听公子口气，难道觉得这花不值得赏？你看枝条上花团锦簇，十分繁盛富贵，我可是心仪得紧，只不知花名为何。"

"这是蔷薇的一种，极易生长，野外也多得是，算不得什么上品，所以未曾正式命名。再说，若论'繁盛'，它不比芍药；说起'富贵'，更与牡丹相去甚远。"房竞萧眼神上下飘移，把离春从头到脚扫过一遍，"看不出，离娘子品评花朵，用的竟是这样通俗的四字标准。"

"我自知在论花方面学识稍逊，因此每遇到更有眼光的人，便会诚心求教。依公子所见，这百花之中，最可爱的倒是哪一种？"全无等人作答的意思，马上断言道，"能令您情有独钟的，应是王者之香！"

"你……"

看对方惊异，离春不紧不慢地说明原委：

"适才在乱神馆，在下无意中窥见公子袍底的暗纹。普通富人穿的，都是那些贵气的花样；您这件倒稀奇，满是兰花纹路。既然是夫人特制的，想必爱花和爱人就分不开了。我猜想，您爱妻的闺名里，可是含有一个'兰'字？"

房公子眉头压低，斜睨道：

"离娘子也对我的家事有兴趣？"

"在下绝无恶意。"离春知道，他这"自媒自娶"的作为，一定让许多抱定门第观念的闲人，猎奇般探听他婚后情状。一名男子再是大度，也不能容忍旁人把自己妻子当作稀罕物品头论足。

"既然公子不爱说这个，我们就谈些公子喜欢的。"离春思索片刻，抬头道，"您走南闯北，见识广博，不像在下，自出生起，就从未踏出长安半步。能否请公子讲些异地的风俗民情，以饱耳福？"

这话题，房竞萧果然喜欢，挑眉问道：

"不知离娘子想听哪里的。"

"听说南方水土宜人，公子可曾去过？"

"我自从离了家，就是一直向南走的。一路上过河渡江，甚是凶险，但江南美景入眼时，便觉得一切风雨都有了报偿。"

"公子南下，南到了什么地方？到过闽地吗？"

房公子笑得亲切：

"您可问对了。我一到闽南，见到漫山遍野的茶叶时，忽然觉得与此地投缘，就不再四方游走，找了间屋子安顿下来。"

"到了那么远的地方，就算带了很多盘缠，也该用尽了。公子如何谋生呢？"

"这可要自夸有远见呢。之前在家时，我从不曾怠惰学业，倒不为功名，只是喜爱读书，才一直用心。除此之外，倒也别无长技。好在那边也开有书塾，且不及长安规矩严谨，能教授课程的人又不是太多，让我轻易谋得一份教书先生的差事。收入微薄，但足以糊口。"

"为人师表，公子有何心得？"

"我那些学生，不比长安的同龄孩童娇纵，更为尊师重道，十分可爱。"

"这想必与当地民风淳朴有关。"

"离娘子说得不错。那里的人，对饱学之士非常敬慕，做父母的经常教育子女要跟随老师，刻苦学习。"

"造成这种状况的原因，必是'物以稀为贵'。公子的气度眼界，在那边鹤立鸡群，多半不易找到知音，难免寂寞了。"

"馆主又切中要害呢。周围人确实善良老实，令人心情舒畅；但若真有了心事，想向他们倾吐，能理会的却是少之又少。稍稍深奥些的话题，就谈不拢了。"

"那公子闲暇时，又没有朋友可以谈心，要怎样排遣?"离春绽出笑容，眼神添了几分叵测，"据我所知，许多名士们孤独了，便会到邻近的名山大川游览一番。"

房竞萧笑道：

"在下不是什么名士，这习惯却是相似。"

"我听说有间明镜寺，似乎景色宜人。"

"您也知道?"房竞萧喜出望外，"那里可是我经常涉足的地方。明镜寺的住持，是位佛法精深的有道高僧。我不时会去找他品茶弈棋，偶尔打打机锋，真是人生一大乐事。"

离春身子一震，垂下头，手指在石面上轻划：

"这位师父称得上是一位妙人。如果我现下去闽南，不知能否得见一面?"说着眼角微挑，试探道，"别是已经圆寂了吧?"

"你怎会这样想?"房竞萧大惊之余，声音竟颤抖起来。

"整个山体崩塌，若寺中人还能健在，那真是菩萨保佑!"

此言一出，这位意态一贯悠闲的男子，也再难保持冷静，手撑桌面暴起：

"你到底知道些什么?!"

离春对于不相熟的人，一向讨厌仰视，也站起身来：

"刚巧，我近日结识了一位姓封的友人，从他那里听说了当年惨祸。而从您方才的态度看，您也知道罹难者中就有……"

"离娘子!"房竞萧断喝一声，四下观望，幸好无人。他急切上前，牵住离春衣袖，诚恳道，"在下有一事相求。方才这些，在我妻子面前，请代为隐瞒。"

"距离此事发生，已许多年了，尊夫人还不晓得吗？"

"是我刻意不让她知道的。其中原因，很是复杂，也不知你听说了多少。"这时再不想谈及夫妻私事也不行了，"罢了，我与你言明就是。内人经历坎坷，曾当过一段时间的仆人，伺候过一位年龄相仿的小姐，内人后来被家里的老爷收为义女。我任教的那间书塾，与她家相距不远，偶然结识了她，便贸然登门求娶，幸好岳丈痛快允婚，才有了这段姻缘。本来岳家计划，要这对义姐妹同时出嫁，可她死活不肯，催促我娶了人赶快离开。我在闽南也待得够久了，又生出到处旅行的念头，就带着她四方游走。"

"这些我都略有耳闻。"

"那下面要说的，离娘子想必没有听过。我在临行前，曾去明镜寺拜别住持老友。我俩交情笃厚，不忍就此断了往来，彼此约定要常通书信。我和内人上路两个月，走了几个府县后，也许是前一段时间生活得过于安稳，我居然不服水土，染上了风寒，只好找个地方暂时住下，准备休养几日。既然要滞留一阵，我就趁便写了封信，让娘子送到当地驿馆，寄了出去。过两日收到回信，大师问候了病情，也简略谈到他那边的近况，提起在他写信的当日，寺里接待了四位气度非凡的客人。他与我岳丈曾有一面之缘，认得其中一个是他；而听他称呼另外三人为'妹子''妹婿'和'外甥'，应该是姑母一家。大师还夸赞说：'这四位施主，从言谈之间，就可知性子温和宽厚，颇有慈善之心。'我听了自然高兴，又去信一封，感谢他对我这些亲戚的款待。其实，算算信件在路

166

上来回的时日，他收到时，这四位客人早已下山回家，过时久矣。这样写想来无聊，但当时偏偏心血来潮，觉得应该客气一句。正是有了这一句，使得后面的事情简单了许多。"

"此话怎讲？"

"馆主请耐心些。待这封关系重大的信寄出时，我的风寒已好了大半。内人却不放心，要我再休息些日子。我就说，等那边回了信，咱们就动身。谁知这一等，就耽搁了月余。我油然生出不祥预感，便想回去看看到底出了什么事。正要收拾东西，恰在这时，信却寄来了。打开一看，并非我故友的笔迹。信中说明，写信人是大师的徒弟。他写道，就在上一封信寄出的当晚，明镜寺所在的山崩塌了。灾难发生之后，官府的人在泥土中挖到师父，已经往生极乐。读到此处，我当即想赶回吊唁，幸亏平静心态，又多看了几行。原来，这个小和尚，正是因为替师父下山送信，回程时因大雨瓢泼，便到一家农舍中暂避，来不及在天黑前赶回山上，这才幸免于难。后来他协助官差寻找死伤者时，我那信到了。他知道我这人，就代拆了，看到了那句客套话。这小师父自己没和信中提及的四位施主照过面，便向知情人打听，得知那日前来拜佛的四人，有三人已成了一具尸体，最后一个若非惦念家里，提前下山，怕也难逃一死。他将这些消息写在信中，还劝我节哀，且不必奔忙。三位死者的尸体已有人收领，是个年轻英俊的后生。他在灾后的一片狼藉中跑前跑后，显得十分稳重可靠。听这般形容，我知道定是我那连襟，一切有他操持，我也放心了许多。"

"这样的大事，你是怎样瞒住夫人的？"

"说来也巧，平日她都陪伴在我身边，唯独那日她独自外出，信件送到时，她正好不在。我正踌躇如何说与她知道时，她回来了，双眼竟然是红的。我还以为她已从别的地方得知此事，壮胆一问，才知晓那天竟是她亲生父母的忌日！我恼她这种事居然不和我坦白，她却理直气壮地说，怕我知道了为她忧心，这才着意保密，一个人悄悄出去烧些纸哭一场，也就过去了。这下，我更是犹豫：我妻子怕我难过，甘愿独个悲伤，而我，竟要将这样残酷的消息告诉她吗？对她而言，这天已是一个伤心日，难道还要伤上加伤？她自幼命苦，在人家为奴为仆，刚嫁了我过上几天自在日子……"

"那时公子脑袋里，怕是搅成了一团糨糊。"

"不错。"房竞萧苦笑一声，"正在最混乱的时候，我妻子却说，她回来的路上，迎面碰见了驿站的人，便问我回信是否已收到了，那边出了什么事。这时再也无法拖延，我刹那间做了决定，急中生智道，是出了事，一点小事。我那和尚朋友也得了急病，卧床许多天，于是误了回信。现在刚好些，就写了许多话来埋怨我，说是我的风寒，透过信纸被带回了闽南，传染给他。这样顺口扯了几句，逗得原本还在哽咽的她破涕为笑。"

"这样可以瞒得一时，还能瞒得一世？后面好几年里，夫人从不曾与那边联系吗？"

"怎么不曾？初时，她经常想回去探望，却一直未能成行。这要多亏她顾虑太多。岳家始终把她当成女儿，她却只肯承认自己是家里的丫鬟。不是她不识抬举，只是已经坚持身份多年，无论如何不愿打乱。这种执拗，着实令她矛盾——嫁出去的女儿回娘家，理所当然；让人要走的丫鬟，却没有回头的道理。为难了许久，最终不愿露面，就想写信回去。写到末尾处，仍是相同问题——不知如何落款。往往是写了好长一封信，洋洋洒洒将近十页，最后却被揉成纸团扔了。过了些日子，思念之情终于压过这些计较，她一门心思只想回乡见故人，我也阻拦不住，以为秘密会就此败露，谁知还是没有走成。"房竞萧不自在地咳嗽着，"因为有了我们的女儿。这下又拖住了她的脚步，一拖就是两年。等孩子年龄稍长，再想起回闽南时，时日已隔得太久，不禁情怯了；重新提笔写信，要说的话太多，反而不知从何写起。如此日复一日，时间越来越久，重提旧事也越来越难。再加上我不着痕迹地制止，就这么蹉跎至今了。"

这几段长篇大论，房竞萧说得战战兢兢，一边警醒地到处看着，一边竭力缩短内容，又怕听者理解不清，愁得他眉头紧皱。现在讲话终于告一段落，他也略微松懈，上前一步，愈加凑近，将离春衣袖拉得更紧：

"我自知身为女婿，出了这等大事，非但没能及时奔丧，事后也不曾到场问候，甚至许多年里，连书信也不曾去过一封，实在有悖伦常。内人不知者不罪，一切都要怪我，但我并不后悔当年的决断。离娘子你不能理会，我岳家对她而言，是主人，亦是恩人，更是亲人。当时那种情状下，我实在怕她不能承受。但一朝隐瞒了，就骑虎难下。我心中明了，这不是长久之计，终有一日

得让她知道。她听后是恼是怨，我都无话可说。只有一样，若是从别人处突然得知此事，只怕她心里毫无防备，会加倍难过；所以，如果重提往事，也必须经由我口，寻个好时机，悉心铺垫一番，再轻缓地道出真相。这番心思，还请馆主体谅！"

房公子目光灼灼，诚恳中透着警告之色。

十 五

离春尚未回答，就听见身后响起衣裙窸窣之声，有人自蓊郁花树间闪了进来。鼻端顿时漾起一阵清香，不晓得是哪种胭脂，味道不浓不淡，想细细品味时却消失不见。似有还无，真是恰到好处。

来人见到眼前两人几乎贴在一起，手里还拉拉扯扯，便幽幽道了一声：

"夫君今日请我来，是要介绍一位'妹妹'给我认识？"

这语调低沉轻柔，无丝毫锐气，听在房竞萧耳里，却无异于晴天霹雳。电光石火的一瞬，他已将双手撤回背在身后，歪过头盯住石桌上的蔷薇枝条，好像要看得它再开出一朵花来。

离春平日多与男子接触，这种尴尬情况遇到过不止一次。每逢此时，都庆幸自己天赋异禀，只须转过身去——见面前人惊了一跳，就知道误会解开了大半。顾及那位正佯装事不关己的新朋友，再多澄清两句：

"夫人多虑了！我这样貌，与人为妻尚且勉强，做人小妾简直是痴心妄想了。"

说话间，目光上下一扫，已将这位夫人收入眼底：头绾花髻，身穿蔷金香草染就的曳地黄裙。听说这种质料因颜色鲜亮，得到过贵妃杨玉环的青睐，此后贵妇淑女就爱它爱得不可收拾。方才闻到的味道，多半也是由此散发出的。香气并不扑鼻，只因为外面多罩了一层单丝罗花笼，上用纤细如发的银线绣出大朵团花，裙幅摇曳间，荡漾出耀目的白光。

这样华丽的贵妇人装束，穿在这女子身上，却并不合衬，少了几分雍容，多了几分平和，倒显出另一种风度，看上去也不嫌突兀。看她眉宇间，没有同等地位的妇女共有的傲然，反而有一种敢于担当的坚韧；她眼睫微挑，靠近自家相公时，也是无甚娇气，那玲珑的媚态，倒和苑儿有些神似。离春在心底暗暗感叹：这出身，真作不得假啊！

房夫人站在丈夫身畔，冲离春微微颔首，嘴里问道：

"不知这位是……"

身边人抢先回答：

"乱神馆离娘子，来家里做客的。"

"就是前几日帮了大忙的那位奇人吗？"验明正身，夫人放心了许多，语气更随和起来，"瞧这小小的一块地方，不分主客都站着，可真拥挤呢。"

她一发话，手向下一划，另外两人顿时听话地落座。石桌边就只有三块石礅，转眼间全坐满了。

房夫人整理过膝上的裙褶，对一家之主埋怨道：

"一早知道你去邀人做客，怎么不带到前面去？扎在这地方，不是存心害我多疑？"

被指责之人张口结舌，不知如何辩驳。离春暗叹一口气，帮忙解围：

"这不怪公子，是我不愿惊动他人，再三要求寻个僻静角落，为的是在无人打扰下，见夫人一面。"

"我也听说了，为的是针线方面的事情？"

"不错。我想问的是，公子外衣上的……"

不等说完，房夫人已笑起来：

"你是要打听，自己如何在衣料上织出暗纹吧？许多人都问我这个呢。"

"夫人想岔了。我要讨教的不是技法，而是画法。"

"画？"显然出乎意料，"这有什么稀奇的？"

"稀奇的是，这样的图案，并非您所独有。我曾有位主顾，他家井里不太干净，请我驱鬼，由此结识，后来渐渐成为挚友。这家女主人爱好抄录诗词，有时兴致一来，便会顺手在纸张边沿画上几笔。我见过她的诗稿，那上面的一株兰花，与尊夫袍上纹路极其相似，仿佛出自一人手笔！"见夫人惊异，却仍是皱眉懵懂，离春再提点道，"说起那位夫人，真是位重情重义的好女子。平日闲谈时，经常和我提起，她在闽南时，有一个自幼一起长大的义妹，嫁了人后便失去音信，也不知过得怎样。"

房夫人听到这里，双眉轩起，若有所悟，击掌惊呼：

"是了，是了！小姐曾绘了一幅兰花赠我，当年离家时一起带了出来。那袍上的花样，就是照着那画临摹的，当然像得很呢。"房夫人喜得瞪大眼睛，一把抓住离春手指，"我就是她口中的义妹啊！！"

这位夫人的欣喜若狂，丝毫感染不了离春。她一向排斥与人产生肢体接触，这时不悦起来，还想着这对夫妻怎么是同样的毛病，脸上却没有显出分毫，依旧恳切道：

"所以啊，我此次前来，请求指教是假，代友人访友才是真啊！"

闻言，房夫人更为激动，身上朴实的气质愈加显露：

"听你刚才的意思，小姐住在长安？具体是在何处？我定要立刻登门拜见！"

这一句话还没说完，离春只觉得脸颊阵阵刺痛，转头对上房竞萧锐利的眼神。自从两个女人说起话来，在场男子已被晾在一边许久了。离春暗笑一声，知道他在担心什么，抽出手来轻拍桌面，以示安抚，同时低下头去，思索怎样作答。忽然闻到一阵甜香从胸口传来，忆起那包糕点忘记放在馆中，还带在身上，眼神一闪，心里已有了计较。

"我方才说的，都是几年前的事了。那户人家一直居无定所，在长安也只住了一段时日。现在已搬走了。不过，在这边偶尔还能遇见他们派来采买货物的下人。由此推测，大概还在京畿一带。至于具体住址，许久没有联络，我也并不清楚。"

"哦。"房夫人有些失望，却马上关心道，"等一下！你说'居无定所'？小姐她，过得不好吗？"

"怎会不好？甚好呢！"

房夫人踌躇一阵，手绞住花笼裙的丝罗，在石磴上蠕动着，试探道：

"那……小姐成亲了吗？"

离春轻松微笑：

"早嫁给她的表兄了。"

"小姐果然明智！"房夫人虔诚地惊喜，"表少爷斯文俊秀，温柔体贴，正是托付终身的良人！他们是什么时候成的好事？"

"在您嫁人之前，已说定了不是？您和房公子走后两月，两个人便定了亲，之后姑老爷一家返回家中，就正式过门了。"

"以前我曾说过，要伺候小姐出嫁，谁知竟不能做到。"房夫人蠄首微摇，不胜感慨。

"夫人若不怨在下交浅言深，我倒要说一句，这事是您处置不当。您始终不肯接受义女身份，坚守丫鬟的地位，岂不让那全心全意待您好的一家人寒心？对您这份倔强，您那义姐每次说起，都是无可奈何啊！"

"离娘子，你不懂得的。并非我不通情理，这其中原因复杂，不知从何说起。"沉默片刻，房夫人理出头绪，坦言道，"你既是小姐的朋友，我的身世，告诉你也无妨。我还在嗷嗷待哺时，就被父母托付给邻居照看，他二人为了生计，须得外出做工。结果走在官道上，一匹惊马迎面冲来……面对两具尸体，财大气粗的马主随便赔了些银钱，这事就算过去了。我叔叔婶子贪图那微薄的抚恤，以死者亲属的名义，赶去领了回来。这下于情于理，都势必要将我这尚在襁褓中的拖油瓶带回家去。他们从不把我当侄女看待，生辰八字不记得，连名字也不曾用心取。我被抱到他家时，正是兰花盛开的时节，于是被叫作'兰儿'。自会走路开始，我就要学习怎样干活；听得最多的话，就是兰儿去做这个、兰儿去做那个。八岁之前，我一直被当作用人使唤。后来他们自己的孩儿大了，想要送进学堂，却不够学费，就在我身上打主意——白白养活了这丫头这么多年，总该为家里做些贡献，不知能卖几个钱啊？陆续有几个人牙子上门看货，都因出价低廉，买卖没有谈成。这次倒真要'感谢'叔叔婶子贪心不足，想对比多家卖个好价钱，东挑西拣的，拿不定主意，这才让我碰到老爷。"

听她语气中透出几分愤世嫉俗，房竞萧在石磴上悄悄移动，向妻子那边靠近了些许。这举动看得离春心里一暖。

房夫人清清嗓子，继续说道：

"老爷早年丧妻，又无再娶之意，膝下只有一女。看掌上明珠年纪日长，渐渐懂事了，怕她没有兄弟姐妹，一个人寂寞，正想找个同龄的女孩做玩伴。他辗转知道了我家的事情，同情我的遭遇，亲自来到叔叔的破屋，丢下钱将我领走了。在老爷家，虽然我名为下人，却并无人像婶子那样对我横眉立目。小姐和颜悦色不说，还在父亲的默许下，拉着我陪她一起读书。以前做梦也不敢想自己竟能有识字的机会。"房夫人温柔微笑，"有时在想，如果我当时没被出售，又或是没福卖给主人家，这辈子恐怕凄惨万分，日子绝不是现在这般模样。对我而言，这一家人就是庙里救苦救难的菩萨。因此，我才要从头到尾当个丫鬟，迫使自己记住：人家本不必对一个下人这样好，却待我如此宽厚，作为有良知的人，应越发感念这份恩情。若是一朝认了亲，恩惠变成亲情，我怕我会忘形起来，以为一个女儿享受这些都是应当的。再说，一想起'亲人'二字，眼前浮现的就是叔叔婶子那副嘴脸，把老爷小姐与他们并列，岂不是一种侮辱？"

"夫人真是心思纤细。如此，离春明白了！"

十 六

"我这人一说起往事就没完没了，害旁人也跟着难过。"房夫人在夫君脸上扫过一圈，亏欠地说道，"反正都过去了，伤心事少提，说些高兴的吧。"思来想去，最高兴的终究是多多探听自家小姐的消息，"对了，不知姑爷博得了功名没有？他们一家漂泊不定，就是为了科举吧？"

"那倒不是。"离春心中预测着往下会受到怎样的追问，而自己又该如何应对，嘴里已照实回答，"他不忍亏待妻子，立志要让她在婆家也能养尊处优地过活，便不再继续苦读经书，转而去经商了。"

"真是可惜！表少爷是状元之材，这般决定简直是在糟蹋自己。"房夫人无限痛心，"商行自有老爷掌管，他根本不必插手，还是，"说着眼神一寒，"有什么理由，让他非这样做不可？老爷出了什么事吗？"

这一句的答案，直指明镜寺惨祸。于是，离春的脸颊几乎让房竞萧的目光刮下一条肉来。

"夫人多虑了！是他自己想得周到：老岳父现下虽说身体康健，毕竟年纪大了，有朝一日驾鹤西去，身后的店铺财物还能留给谁？没有旁个继承者，自然是由宝贝女儿接手。而小姐的财产，不就是姑爷的？如果到那时，他依然不通经商之道，无法胜任此事，老爷奋斗一生的成就岂不是要付诸东流吗？再说，他自家也不宽裕，还有老父老母要养，及早下定决心经商，可谓是相当有远见了。"

"可这样一来，那许多年的书就白读了！纵然长远想来，有一些道理，但他弃儒从商终是大事，难道就无人阻止？"

"怎么无人？他最初显露这念头时，立刻遭到三位长辈一致反对，以上道理并不足以说服他们。这时他扔出杀手锏，说出如此决断的真正原因——妻子有孕了！一名有担当的男子将为人父时，自是无权任性。比起追逐虚无缥缈的仕途，还是定下心来养妻活儿更为实在吧？这突降的喜事把三位老人家的关注都引到了孕妇身上，至于孙儿外孙的爹，也就放任自由了。"

房夫人听到"有孕"时，就急迫地想要插嘴。毕竟顾着礼貌，等离春说完，赶忙探问：

"小姐有孩子了？"

"都已成亲那许多年，还能无所出吗？其实，她为人妻后，很快传出喜讯，十个月后诞下一名男婴。这孩子现在年纪尚幼，却已十分成熟懂事。不说品性，光是样貌就惹人喜爱。"

"一定较同龄男孩清俊许多吧？"房夫人掩口而笑，"表少爷和小姐，都是百里挑一的美人，他们的子女，就算竭力往难看里长，又能丑到哪里去。"

"夫人说得不错。"

"小辈们一家三口乐和着，为人父母的，也安心了吧？"

"安心得很呢。你家老爷看女婿将生意经营得有声有色，便把商务都交下来，自己无事一身轻，待在闽南颐养天年。"

"那小姐的翁姑呢？身体怎样？"

"一切都好。"

"真的？"房夫人从中听出敷衍的味道，生出疑心来，眉头拧起，微微露出不满。

"详细说了，怕您担心，这才简而言之，绝无欺瞒之意。其实，姑老爷一向健朗，而姑太太因患有痼疾，无法根治，这数年间也曾发作过几次，好在都是有惊无险。"

"这才对嘛。"房夫人脸色一变，泛起柔和的笑容，"她那心痛的毛病，求了多少名医，没一个能够药到病除，最终只能以调理为主。要说忽然生龙活虎了，那才稀奇呢。"

"这顽症虽说祸及自身，却也是嘉惠后人，为儿子和侄女做了一回大媒。"

房夫人一怔，失笑道：

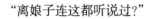

"离娘子连这都听说过?"

"不只这些,连他二人定情的经过,我都知晓呢。"

"看来,小姐和姑爷真是把您当了贴心人啊。"这一句话出口,房夫人的态度更加热络起来。

"几年前谈天时,无意中说到的,现在已模糊了。依稀记得,这对夫妻似乎儿时就曾见过一面。成人后,姑太太忽然大病一场,而后……而后怎样来着?"

离春屈起手指,敲着眉心,一副努力回忆的样子。房夫人见状,接道:

"而后,病是养好了,却把胆子吓小了,总以为自己不久于人世,说什么也要见哥哥最后一面,便和丈夫儿子一起来到老爷家,这才把日后那对夫妻的姻缘线牵到一处。"

"我听你家姑爷说了,在他眼中,你可是棒打鸳鸯的人。"

揶揄的语气,让房夫人羞怯地笑开:

"都怨小姐生得貌美,自及笄后,就引得无数媒婆前来说媒。我这当丫鬟的,可要保护周全了,哪敢有片刻松懈?当年表少爷日日在花园守候,他心仪的佳人还懵懂时,我早已看穿这份心意。平时壁垒立得久了,阻挠追求者已成了一种本能,难免习惯成自然。后来老爷允了这对小儿女的婚事,我看三位长辈的态度,才醒过味来:将表少爷的住所,安排在小姐闺房附近,长辈们不是明摆着撮合吗?这一次,我真是枉做小人了。"

"夫人不要这样说。之后您不是也曾劝告表公子,要及早把婚事定下来吗?也算为这一对的亲事出过一份力了。不过那次谈话,说者一番好意，听者却不识好人心。时至今日，他依然愧疚不已，一直想正式向您道歉，只苦于没有机会。"

"姑爷这样挂念，倒让我不好意思了。那件事我也有不对，明明见他厌烦，还是纠缠不休，把他逼急了。人在气头上，脱口说些不中听的话，也是人之常情，听过就算了，还当真吗？再说，那些话听来刺耳，倒也有几分道理。凭我的身份，干涉主人家的私事，确实算是逾越了。什么时候向小姐提亲，人家心中自有打算，轮不到我多嘴。我跟随小姐时日长了，不知不觉便以她的幸福为己任，这才出言催促，虽然我没有半点恃宠而骄的心思，但听到他的冷语指责，也着实伤心。"房夫人垂着脸，轻抚裙上的针线半晌，这才抬头笑道，"不过，小姐偏疼我，为了这事，对他许多天不理不睬。若说我不好过，他也未必好受，就算是扯平了吧。现下事过境迁，小姐一辈子都交给他了，只要他好生对待，就算再多骂我两句，我也是心甘情愿啊。"

"夫人真是宽宏大量！这般不俗的人品，配合秀美的容颜，难怪整天伴在小姐身边，也能让某人倾心！"离春斜睨房竞萧一眼，"也多亏了这位，不然哪儿来的双喜临门？"

房夫人忆起旧事，笑容不断。她那一直备受冷落的夫君，此时插进话来：

"这一段，可要由我来说。"被妻子瞪上一眼，"那时我上门求亲，刚刚坐定，话还没说两句，就见一人风风火火地冲进厅堂，听未来岳丈介绍，这人是他外甥。表公子脸色阴郁，眼望我时目露寒光，令我感到十分诧异，不知是哪里得罪了他。在他的追问下，我坦陈了来意。登门之前，我曾向人打听，所慕女子是这家的什么人，旁人只道是义女。我也无从知晓里面复杂的缘由，这会儿自然说的是要娶'府上小姐'。此言一出，只觉那人眼神越发锐利。岳丈问'我有两个女儿，不知你中意的是哪一个'，我详细描述过装扮模样，这才澄清事实。那年轻公子一听，马上热诚起来，出言赞我慧眼识人，生怕动作慢了，我就会转念去抢他的心上人似的。正当时，内人走了出来，'扑通'往地下一跪，意态坚决。还道她要说'我宁死不嫁此人'，原来只是舍不得小姐。料想不到，表公子居然抢上前道：'你放心！表妹交给我了！'"

"人家表少爷可没说得这样直白！"房夫人插话道。

"是啊，用'照顾'一词，确实含蓄许多。本来，我看他一身儒雅书生气，就臆断此人性子柔和懦弱，直到他口吐惊人之语，才看出这是一位率真人！"

房竞萧连连点头，掩不住的激赏。离春的目光在这对璧人间流转，忽然心头一阵酸楚，竟希望事情真如自己所讲的一样。但这丝心绪波动，并不能干扰她的算计：

"这段过程真是动人，再听一次依然让人感慨。现在他一家生活和乐，你们也不必惦念了。将心比心，那边若知道房公子与夫人生活富足，夫妻恩爱，想必更加欣慰。我可要等待时机，把消息传递过去。"

不出所料，房夫人果然问道：

"离娘子不是说，已和小姐失去联系了吗？"

"夫人您忘了？我还说，在长安有时能碰到他家的下人。说来凑巧，今早上街时，就偶遇了一个，还从他那里搜刮来一包糕点。"离春自怀中掏出纸包，将纸包拆开后甜香四溢，"这人虽是家中的一名粗使仆人，却颇得老爷夫人器重，大概是同样来自闽南的缘故。"

"哦？"房夫人眉头一跳，眼神飘移，"这人长得什么模样？"

"异常俊美！怎么看都不像个下人，倒像……是了！倒像个伶人。"

"品性呢？又如何？"房夫人语气更是急迫，透出隐隐的恐惧。

"勤奋肯干，罕见的忠厚老实，好像半点心机也无。尤其与他对视时，简直觉得此人是天下第一的单纯。"

这话说得房夫人膝盖一颤，双臂合抱瑟缩起来。离春假作不见：

"怎么？夫人认得他？"

"不、不认得。"说话竟打起磕巴来。

"我想夫人也没理由认识。这人是他们婚后在长安收留的，当年他落魄到上各家乞食，到夫人家门口时夫人心软，将他安顿下来，并如同'故人'一般对待。"往句中加了重音，离春看房夫人仍是低头不答，又说道，"他虽然没什么学问，却也知恩图报，对夫人万分崇敬不说，家里有杂务，也是抢先出力。今天碰到他来买糕点，这事本不该由他来做，但他被人支使了，却毫无怨言，并说这是老爷喜欢的，能让他跑腿，他高兴得很。刚巧，这类吃食也是我的心头好，说服他把已买到手的这包糕点让出来，很是费了番口舌呢。"

说完，离春就从纸包中拈起一块，就要往嘴里送。房夫人赔笑着，面部却扭曲：

"来者是客，您怎么好吃自带的食品？我这就叫人张罗茶点！"

"不必！什么也没有这个合我口味。"

眼看糕点就要沾唇，房夫人叫着"离娘子"，看似客气地伸手阻止，在碰到离春手腕时，狠狠一捏。离春吃痛，便松了手，任食物掉在地上。

房夫人长出口气：

"这，实在抱歉！"

"没事的。"

小小挫折，并不能使耽于口欲的人气馁。离春正要再拿一块时，房夫人骤然起身，手臂一挥，将整包扫落在地上。一块块糕点滚出来，全都沾上了泥土。

离春心底叫声"可惜"，站起来却是咄咄逼人：

"夫人，一次可说失手；这第二次，怕要给我个解释！"

房竞萧出来圆场，让两名女子都坐回原位，而后困惑地望着妻子，也不懂她为何如此失态。房夫人缓缓搓弄裙摆，犹豫半晌，破釜沉舟厉声道：

"你不能吃这个！这东西一旦下肚，怕你见不到今天的日落！"

"你是说，"离春大骇，"这里面……有毒？"

"我也不知有没有，但人命关天，宁可信其有。"见眼前两人都无比讶异，不能明白外面卖得好好的糕点，怎么就这般凶险了，她极为难地咬住嘴唇：

"本来不想讲出来污了口舌，但话已说到这个地步，也不好再留悬念。罢了，我就坦白一段往事，离娘子是个聪明人，听完自会明了。

"那是小姐九岁多时的事了，当时我陪伴她已近一年。一日，听说厅里来了客，我俩贪玩，便偷偷溜进客厅，躲在屏风后观瞧。来者是个约莫三十岁的男子，生得一脸奸诈相，尖嘴猴腮的，活似一只猢狲。他向老爷哭诉，自己因家境所迫，想把自家侄儿托付给一个好人家。若得善心收留，只要能养他活命，可随意差遣。那时家中正缺人手，老爷便叫他把孩子带上来看看。一名少年上得厅来，那长相着实令人惊讶：这哪里是做长工家丁的材料？分明是祸水蓝颜！

"看到这个，老爷还能不明白吗？哪儿有叔侄二人长得没半分相似的？这男子，八成是个人贩子，故意装出可怜模样，力图将货物脱手。而这少年，不定是他从哪里买来的。既无亲缘关系，跟着他岂有好下场？老爷在同情之下，看这'待卖品'还算健康，十四岁的年纪也堪使用，便花些银子买下了。

"如此，这少年便留在家里做工。他那张俊美的面容，经常遭到其他莽汉的妒忌，他也常被寻衅欺负。他受了委屈，也不声张，依然挂着憨厚的笑容，看起来极是纯良。一次被人殴打时，让小姐撞见了，她看不得老实人吃苦，替他打抱不平。为长久护他周全，想出个办法来——小姐从小喜欢侍弄花草，就向父亲请求，将他调到身边来做些搬运的差事。当时大家年纪尚幼，还不到男女有别的时候，老爷也就顺了女儿的意。

"他开始为小姐种植花草，有时我们三人也玩在一处。时光如梭，很快小姐到了嫁龄，他也年满二十岁。老爷曾要给个恩典，为他配一房妻室，找到人来说合。结果，他只是拿出平时的笑容，羞怯地回绝'我还小呢'，那阅人无数的媒婆竟以为他仅有十五岁。因为他那双眼睛看来极是洁净，仿佛是一个无知孩童。这事在下人间传开后，我们都笑他，'再过个十年，你说自己十八岁，只怕还有人相信'。那时，我以为他不愿结亲，只是生性木讷，不知他所谋者大。一个连年龄都可以欺人的人，怎会全无心计？

"后来，姑老爷一家来访。某一日，我发现他神色不对，他在劳作中悄悄接近小姐，从怀里摸出什么传递过去，我截下一看，是一封情书……"

说到这里，被离春笑着打断：

"这事我听说过。那是他代表公子传的，您怕是误会了。"

"误会?"房夫人苦笑，"我怎会误会？那人大字不识一个，杀了他也写不出那样一封长信。略加推测，便可知作者是谁了。"

"那您又为何去找表公子，说一名下人有意追求小姐？"

"因为，我拿着那书信，无奈又觉好笑：他这样实在的人，也会帮人暗度陈仓了？一眼瞪过去，却发现他正呆呆地望着小姐。我心里'咯噔'一下：那样狂恋的眼神，绝不会错认，他已对小姐日久生情了!! 想我当年为了护主，驱赶过无数尾随者，谁知千防万防，家贼难防。但他整日一副踏实呆傻的样子，干起活来极是勤恳，怎么看都是难得的忠仆，无论如何想不到他竟怀有这样的心思！不过，既然如此，他又肯帮'情敌'传书，这未免难以理解。灵机一动间，我顿悟到——随着年龄日长，他与小姐接触的时间也渐渐短了。这回，他怕是假借送信的名义，接近讨好心上人呢。如此一想，忽觉此人甚是可怖，小姐被这种人惦记，处境堪忧。我当时的想法就是想要赶紧阻止情势恶化。于是，我装作误解，来到表少爷跟前，说了那些话。其实是想提醒他：他给小姐写情诗的事，我已知晓了，既然仰慕，就尽快出手吧。见他不开窍，我便斟字酌句，将事情亦真亦假地说了。至于抨击信中文辞，是想着'请将不如激将'。表少爷急起来，或许会说'那信是我写的，用词怎会粗俗'，一旦坦承了，就得化暗为明，去和老爷提亲，这姻缘也算定了。"

"夫人真是聪明！可惜，他并不领情。"

"表少爷仁厚，不相信他的信使会骗他，也许还觉得人家怜他痴情，热心帮忙，不求回报，心里感激着呢。我一番迂回，却让他只以为是错认了写信人。"

"那后来呢？"

"次日，我去厨房端小姐要的粥，巧遇了那罪魁祸首。他看着我半晌，低声道：'昨天你和表少爷的谈话，我都听见了。他不该那样说你的！'这话刺得我心头一酸。确实，他暗恋主人，在我看来是一种冲撞，但那时觉得，这并非他的错。那样温柔的好女子，我若是男子，也会爱上的。再说，他身世与我相似，又相处过几年，我也不忍见他对无望的情事执着下去，就告诫他'你比我清楚，表少爷喜欢小姐的'，劝他知难而退。谁知，他闷闷地反驳道，'喜欢她的，又不止他一个'。我一再苦口婆心劝道，'做人该当本分，门不当户不对，再痴心也是枉然'。为了让他明白，我顺手端起桌上的一盘糕点，'这是为表少爷准备的，就算你也好这口，又能怎样？'他拖着长音，回答'我能……'，忽然眼神一闪，跳起来从盘中抢走一块，囫囵塞到嘴里，挑衅地回视我——'这样！'我第一次见他这般神情，以前那干净的笑容，于他的美貌有损。现在透出异样的聪明邪气，极是俊秀。原来他这么多年来全是伪装，恍悟后，心底一片寒凉。他方才的举动，让我联想到'染指'的典故，气急败坏道：'我说这些，也是为你着想。小姐日后嫁了表少爷，你还能怎地？'他目光坚毅：'她嫁到婆家，我就跟去那边，依旧当她的仆人；要是不能陪嫁，我逃出去，要饭也要到她家门口。她那样好心，还能不收我吗？我一直追随在她左右，就不信她始终无视我。一旦她把我放在眼里，也能生出感情来，'我还记得那时他停了下，斜了墙角一眼，又转头盯着盘子，恶毒地笑道，'到时候，表少爷爱吃多少糕点，都随他去！'"

离春不禁皱眉：

"我怎么听不明白？他看墙角，有什么用意，值得这样关注？"

房夫人眼神发直，手指僵硬：

"那几日厨房闹老鼠，角落里撒着些药铺买来的砒霜！"

离春低头看那一地残渣，大惊失色：

"方才，夫人是怕他兑现承诺？这对我，简直是救命之恩！"

"离娘子不必慌张！"

"这谈何容易！难道，您当年认清那人的豺狼性情后，竟无动于衷？"

房夫人苦笑：

"哪里？我比你现在犹有过之，整日担心小姐落入他的魔掌，又要提防表少爷遭他毒手。后来被求亲，我说怕旁人对小姐照顾不周，好像她离开不了我。其实，我哪有过这般自大的想法？还不是担心大家被那人蒙蔽。直到表少爷直抒胸臆，与小姐婚事粗定，我才略略安心。出嫁前，一再对小姐说，尽快与表公子成礼，家里的人一个也不要带过去，有故人找上门切莫收留。小姐虽不解我的真意，但听我再三嘱托，也回答记住了。为人妻后，时常想与小姐联系，却屡次耽搁。是有这样那样的事情阻挠，但我心底，也怕得知那边的消息。这实在是掩耳盗铃，宁愿相信旧日相识都过得安稳。万一证实真有变故，怕会自责一世。所以，听离娘子说她一家幸福，我本想询问家仆中有没有那样一个人，却不敢说出口。直到看到那糕点……"

看房夫人双肩颤抖，离春劝慰道：

"以夫人所见所闻，会忧虑也属正常。但静心分析起来，那人虽从闽南追到长安，但一切种种，只为博得心仪女子的青睐。两情相悦之后，为了以后的朝朝暮暮，才会下狠手扫除障碍。若她对他仍是不屑一顾，他便没道理铤而走险。"说到这里，离春语含试探，"难道您是怕，夫人真对他生情不成？"

"不！没有。"急忙否认，"小姐饱读诗书，绝非轻浮之人。"

"可据我所知，她是心肠极软的。这样的人，通常重情，若身边有一人数年如一日，对她穷追不舍，难道她当真会是铁石心肠？"

"话可不是这样说的。"房夫人正色道，"正因她以情义为重，决定嫁给表少爷，必然是爱极了他。做了恋人的妻子，已是心愿得遂；再为人母，便不光限于情爱，更是责任。按着自己的意，一路经营至今的和美日子，小姐那样聪明，怎么会亲手毁了它？"

"人心隔肚皮，不好说的。"离春眼色诡谲，"您与她是相伴过几年，但又不是人家肚子里的蛔虫。再者，两位夫人姐妹情深也好，主仆情深也罢，这说话时难免偏私些，怕是作不得准。"

房夫人一听，又是焦急又是恼怒，头颅左右摇摆，想再为小姐的名节辩解两句。可是，无论说些什么，也会被归结到袒护上，无奈间，索性往地下一跪，举手郑重赌咒：

"我封玉兰对天起誓，方才所言，如有半句标榜夸大，就让我……"

在她跪倒在地的那一刻，房竟萧坐不住了，大步插进两人中间，手臂一伸，袍袖垂下，将妻子挡在身后，不悦道：

"离娘子，我一心一意当你是朋友，你非但不坦诚，还玩起手段来。"

"哦？"离春冷笑。

"若真如你所言，你和我那姨姐有交情，以你洞悉人心的能力，还会看不出她品性如何？你心中明明已有定论，却仍对我妻子言语相逼，不知是为了哪般？！"

离春也不解释，只是默默自语，好像说什么"果然是同活"，而后抬头孤傲道：

"既然公子疑我不怀好意，再待下去也是无趣，那就告辞了，想二位也无意相送。不妨，来时路我还记得。"

离春甩袖起身，走几步出了角落，忽而扬声道：

"夫人，我忘了东西，还要劳您将桌上那柄扇子拿给我。"

房竞萧正想代劳，夫人见气氛紧张，不愿真的与离春闹僵，便自己送了出去，留丈夫在原地等待。房夫人本应立刻就回，却迟迟不归，他担心地向外探看时，见两名女子正低声说话，手里动作似在传递什么东西，而见自己妻子连连点头，脸上还闪动着跃跃欲试的喜色。他心中不解，等离春走后，才唤着"兰儿"打听，却只被那双美目温柔地略过，不曾得到回答。

🦋 十七

时间又过了两日。

这两日间，乱神馆十分清静，没有封家人上门督促，也不见京兆府过来骚扰。离春在馆中休养，甚是惬意。而与井边女尸案相关的另一处地方，却是沸腾喧闹。

大理寺门前，差官云集，戒备森严。这般气势，让百姓们不敢靠近，纷纷站在远处揣测：好大阵仗！莫非是杜大人回京了？直到丁烨押来一辆蒙盖黑布的囚车，才知道猜得不对。

囚车刚到，各位官爷的表情更是严肃，一见犯人下车，立即围成一圈，将众人的窥探阻断在外。有人议论说，这样郑重谨防逃脱，不知是怎样的悍匪！有眼尖的人，从人墙缝隙间窥见罪人身段，依稀是个女子。嘴快的于是改口：那多半是怕同伙来劫囚了！

犯人被簇拥着投入大理寺监牢。围观者见事情已了，纵然意犹未尽，也悻悻散去了。

牢房中，管理囚徒的是狱吏，其中最高级别的是狱丞。这新进的犯人有什么要特殊关照的，自然对他说。

胡狱丞听着丁烨千叮万嘱——不得走漏消息，来探监的绝不能放行，脸上唯唯，心底却不以为然：这样的重案犯，探视之人必多，还指望借此有些收益，一概拒绝岂不是断了财路？

静待丁烨走后，胡狱丞便怀着阳奉阴违的心思，坐等探监者到来。掌管牢狱多年，知道一般情形下，新囚进来后的前几日，正是访客最多的时候；等犯人在牢中待了段时间后，就渐渐无人问津了。

他料得果然不错，才不过两个时辰，第一位客人急匆匆到来了。这人头戴帷帽，帽檐黑纱落下遮住面容，一身黑衣阴气沉沉，身段颇为窈窕，应是一名女子。

狱卒们多不是什么识礼的货色，平时若碰到这样遮遮掩掩来探视的，态度便轻浮起来，刁难也不免加倍。但对这位可是不敢，她身上隐隐透出的寒气，令人望而却步。

胡狱丞打消了调戏蒙面人的想法，问明来意，打着官腔将丁烨的告诫重复一遍，露出爱莫能助的模样。这一番听似没有余地的表示，只期望对方能明白"道理"；看她自袖中摸出一块银色的亮物，果然是明白了。

打通了关节，那女子却站在原地，看着狱丞咬着银子，并不移步，被催促后反问道：

"怎么？这样就可以进去了？"

"废什么话？我说能，你还不信啊？"

对方悠然一句：

"出尔反尔，确实令人很难相信。"

"你！"

狱丞大步上前，面目狰狞，要以气势压人。那女子却缓缓撩起面纱，一分一寸，现出左边脸上的赤红胎记，直吓得面前人膝盖一软，"扑通"一声跪在地上。前后动作串连起来，倒好像他早已认出了来人身份，忙不迭扑跪到人家脚下似的。

见他双手颤抖，张着口却发不出声音，离春提示道：

"叫馆主！"

胡狱丞照样称呼一遍，压低头不敢仰视，耳边传来冷冽之声：

"大人您怎么说也是从九品的官职，对我一个平民行此大礼，未免太客气了！"

"您折煞小人了！"态度更加惶恐，"小的怎么敢让您称呼'大人'！刚才的事，请您听我解释，我如此做法，并非发自本心，也是迫于无奈……"

"难道你要告诉我，你上有八十老母，下有小儿嗷嗷待哺？莫非杜大人是个贪官，把你这下属的俸禄都贪污了不成？"

"小的绝没有这意思！小的该死！"

　　刚才只是跪拜，现在胡狱丞已磕头如捣蒜。离春冷眼旁观了
一会儿，嫌那"咚咚"声吵闹了，阻止道：

　　"行了！真把地上砸出个坑来，还要费力修补！说些正经事
吧，今日来的这名女犯，你可知她的身份？"

　　"听丁大人讲过。她名叫红翎，是封门血案的疑凶。"

　　"被捕之后，她可曾说过什么？"

　　"自从归案，她始终一言不发；丁大人尝试审问，可惜她牙关
紧咬，怎么也撬不开！"

　　"撬?!"离春眼神一闪，"用刑了？"

　　听得离春语气尖厉，胡狱丞再次额头触地：

　　"没有！杜大人平日时常训诫，遇到骨头死硬的囚犯，均暂时
收监，不得用刑。"

　　"好！"离春声调和脸色一起和缓了，"我要进去看看，和她说
上两句话。"

　　"您快请！"胡狱丞的语气显得十分殷勤。

　　"等我与她谈过，前脚离开，后脚又有人来，届时你会如何
做？"

　　"就算他捧出金山银山，我也要将其挡在门外，不让他瞧见犯
人一根头发！您尽管放心！小的已知错，以后再不敢了！"

　　"如此甚好！"离春沉声道。

　　"可……"胡狱丞为难地望着方才匆忙丢下的银两，捡了还回
去，怕再触怒了瘟神；就这么扔着不管，又不成话。正不知如何
是好，离春开口了：

"银子你留下，永远记着，这是你最后一笔不义之财！"

向监牢深处走出几步，又回身补充：

"若真是生计艰难，这管监牢的一众兄弟，难道就帮不得你？再说，五监九寺之中，数你的顶头上司脾气最佳。遇到燃眉之急，不妨向他求助！"

胡狱丞摸过去，将银子捏在手里，依然跪在地上，心里不知什么滋味，只呆望着离春背影。她停在红翎的牢房前，面前轻纱微微起伏，大约是在说话，只是距离远了些，听不清内容。但这寥寥几句，却引发了一件奇事：

红翎原本抱膝蜷缩在牢房角落，表情呆滞，毫无生气。这时却如梦初醒，连滚带爬到木栅前，把脸极力塞到缝隙间，泪流满面。一手胡乱拭着泪水，一手极力伸出，想揪住离春袍角，待到终于够不到时，伏地放声大哭，撕心裂肺地喊道：

"夫人，红翎对不起你！！夫人！夫人……"

离春正与红翎隔栏交谈时，乱神馆接待了封夫人的另一位贴身丫鬟红羽。

红羽见了苑儿，直言要寻离娘子说话。苑儿虽是头次见她，但对她的事迹已耳闻不少，未免心中不喜，冷淡地告知：

"我家馆主出去了！"

"出去？她不是说，近些日子要闭关吗？"

"这，馆主怎样决定，自有她的道理。说不定，又是为封府的事情奔走去了。怎么？你有何贵干，可说出来由我转告。"

"其实我也没什么正事，只是顺路来瞧瞧，为我家夫人招灵的事，到底进行得如何了。"

红羽用词谨慎，婉转地表示小公子已等到心焦了。来意已大致说明，苑儿也露出逐客的意思，她却仍不肯离去，说既然出来一趟，定要见了本尊，得到确切答复，才能回去的。

客人磨蹭着不走，主人也不好硬赶。两名女子就在厅里枯坐，等待离春回来。无奈，左等右等，就是不见人影。馆中二人面面相觑，虽彼此看不顺眼，却同样都有时光亟待消磨，只得被迫亲近，共同找些事情做。

前两日那张棋枰，一直摆在厅中未曾收起，苑儿眼神落在那上面，红羽心领神会，两名侍女相视点头，便对弈起来。苑儿是个生手，只略懂得规矩，可以提子时，就一路追杀，与对方打劫到底。这样自然错失了许多良机，让红羽执的黑子占到了兵家必争之地，往后就翻身乏术了。

一局终了，独叶茶也品过几盏，离春仍是没有露面。经过一番熟悉，已不似先前的生疏，两人试探着寒暄几句，就算是攀谈上了。

"离娘子闭关许多天，招灵一事应大有进展吧？姐姐十二个时辰都在馆里伺候，想必知道得极详细了。"

"说来惭愧，这我并不清楚。馆主做事向来高深，经常连我也蒙在鼓里。你们那边许久得不到音信，感到不安也是自然。不过，她既答应了，就一定做得到，还请不要怀疑。"

"离馆主的法力，我们都是深信的。吸引夫人魂魄上身，对她应只是举手之劳。大概已成功试验过几回了呢。"

"若是这样，夫人也许会借此机会申诉冤情，道出杀她之人的姓名。莫非，姑娘是想知道这个？"

"不是！受我家小公子的吩咐问的，没其他用意。"

如此这般，红羽反复旁敲侧击，隐晦地打听；苑儿却知道轻重，始终闪烁其词，答话多有回避。但这么套话套下去，到底不是办法，万一无意间将案情细节透露给这疑犯知道，可不易收场。于是苑儿拿出离春平日的教导，装作对封家夫人十分仰慕，要红羽详尽介绍一番。情理上，这可不能推辞，她只好顺从道：

"我家夫人她……"

苑儿在离春处，早已听过有关死者的一切，现在耳闻这许多溢美之词，不免意兴阑珊。苑儿耐心等着红羽说完，好像极有兴致般说道：

"遇到这样的主人，姑娘好福气！真是令人羡慕。"

"这可不必。我看你的境遇也不差啊。"

红羽笑着客套，而苑儿等的正是这一句：

"不错！我家馆主虽不似封夫人般完美，却也是才华横溢，跟着她同样大有益处。方才你说了不少，礼尚往来，我也讲讲离娘子的事情，想来你也有兴致一听。"

"这！"

"你就不要推辞了！"见红羽为难，苑儿更热情起来，"我见过的人里，还没有一个不好奇的。平时旁人千方百计向我打听，我心烦了还不爱讲呢。"苑儿一边笑着，一边在心中默默祷告：馆主啊，愿你的经历能帮助我耗到你回来。不然她再纠缠，我若一不小心说漏了嘴，你也怪不得我！

在脑中编派词句，对方缩进椅子表情抵触也视若不见，一头热地说道：

"我家馆主的姓氏，很是古怪吧。离，谁见过这样的姓？其实，她父亲本姓李，与当朝皇族系出一源，且更为正统。若不是百年前分离出去，现在的离娘子，也该是位公主或郡主。"

苑儿的本意，只是拖延时间，但话一出口，平日以离春为荣的常态自然流露，态度十分真挚：

"有传说她命格太硬，克死亲娘，这纯属谣言。馆主出世时，不过是瘄生罢了——头上脚下的难产，产妇很快便会失血过多，到最后往往是保下了孩子，却留不住大人。那时馆主之父在外缉捕一名重犯，那歹徒真个狡猾，逮他归案整整历时三年。馆主三岁时，才第一次见到生身父亲。初见时，他抚着女儿的脸，叹息道：'此女必然难嫁！'于是为她改姓为'离'，取名'春'字，含义是——你这一世，没有春天！"

红羽听得漫不经心，这时却也动容：

"为人父亲的，怎能这般苛刻？"

"不是苛刻，只是实话实说。"苑儿忽觉这一句的语气酷似离春，不禁一笑，"别个女子，长大后只须将自己托付出去，若是选对了人，便可一生衣食无忧。而馆主样貌特异，无人可以依靠，只得自生自灭。旁人都说，她造了乱神馆才气死亲爹，真是讹传。当年，老人家躺在病榻上，听馆主说乱神馆建起，点头道：'你能自食其力，我死也瞑目了。'之后才放心西去。"

"这样不失为一种活法，但终非正路啊。"红羽不敢苟同，"俗语说：男大当婚，女大当嫁，确有其道理。人生一世，别人都经历过的，自己如要置身事外，总是缺憾。孤独终老，未免令人同情。"

"这样说法，简直侮辱了我家馆主！"她是何等样人，轮得到你这俗人怜悯！"终身不嫁，固是不得已，却也是心甘情愿。她生性孤绝，又见惯世态炎凉，总说世上最不可靠的，唯一'情'字——风花雪月四样物事，确是天下间的至美，然而风过无声，雪化无痕，花易谢，月难圆，到那时情何以堪？与其用一生去下注，倒不如一开始就不要赌。"

"离娘子的高见，不是我辈所能理会的。"红羽赔笑着，心中并不认同，"我觉得，到底还是找个好人家嫁了，比较妥当。就像我家夫人，虽遭此横祸，但生前有丈夫疼爱，幼子孝顺，何其美满！光是一个商家女，得嫁儒生为妻，已是令人羡慕的好运道了！当然，这样的福气也不是谁都赶得上，应是她平日积善，种因得果吧。"

"这么说来，姑娘是把封夫人当作毕生目标了？可我却将我家馆主的言行奉为圭臬。"苑儿与人见解不合时，便愈加眼神灵动，口齿清晰，斗志昂扬得仿佛兵士在捍卫疆土，"一年前我家遭逢惨事，得她相助，就此结缘，也算因祸得福。但我敬重她的观点，并非全为恩情，而是骨子里赞同。我这一生，也希望如馆主般，过得坦然自在，不亏不欠。旁人只道，我是乱神馆的丫鬟，却不

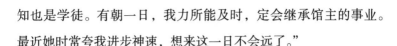

知也是学徒。有朝一日，我力所能及时，定会继承馆主的事业。最近她时常夸我进步神速，想来这一日不会远了。"

红羽似见不得这种图谋，皱眉不悦道：

"离娘子尚未隐退，做徒弟的就有这般想法，恐怕不妥吧？"

"怕什么呀！馆务由我代劳，也是为她分忧。今时不同往日，现在乱神馆已不是她心中的至爱。外人瞧不出差别，我这与她朝夕相处的人，可看得真切：近几个月，她性情大变，柔和了许多，不复当初的冷厉偏激。这样虽是令人欣慰，却哪里还是长安传奇的'离娘子'啊！"

正说得尽兴，门外忽然传来一个声音：

"你这丫头，又在乱说什么？"

若是平日，苑儿定是脖子一梗，继续"奴大欺主"；今天却惊喜地扑出门去：

"馆主！你可回来了！！"

红羽见状，紧随其后。苑儿一阵心烦，拉着离春急急回转，走出几步悄声道"放心，我什么也没说"。为掩饰这动作，故意来到棋盘跟前，高声道：

"我可盼你很久了！来，帮着看看这盘棋！"

"你学棋才几日，也敢跟人家下？你执白吗？真是惨败！"

"弄到如此境地，也是偶然。"苑儿半真半假地不服，点着一子抱怨道，"本来还是平分秋色的，都是她占到这里，情势才急转直下。馆主替我想想办法，当时应怎样扭转败局。"

"这倒不难！"离春托着衣袖，一颗白子敲在上面，将原先的黑子替换下来，"这地方既然重要，由你来占不就好了？"离春转头，装作刚刚看到红羽，"姑娘来了！苑儿丫头不懂事，偏在闲话上纠缠，怠慢了客人，还请不要见怪！"

离春冷漠的眼睛望过去，红羽哪敢见怪？嗫嚅着探问正事，离春郑重说道：

"招灵已是万事俱备，经我掐算，打开阴阳通道的最佳时机，正是三日之后的午时。若错过了，怕以后再无机会。请回去准备屏风一面，将夫人房中的桌子围起，桌上摆烛台一支；以黑布作帘，蒙住门窗；在房间四角放置四盏纱灯。物事繁多，姑娘可要尽快啊。"

"我记得了。"

"另有一样，招灵之时，封家众人务必滞留府内，但不得到场观看。"

"这是为了什么？"红羽不解地颦起眉头，"大家都思念夫人，直盼着到时候魂魄上身，也好再睹芳容……"

"姑娘有所不知。死者亡故时日过短，煞气太重，活人的肉身无法承受。这才选在正午时分，阳光最盛之时，这样可以抵消一二；宅子里有三名男子压阵，也是如此用途。不过，他们若亲临现场，阳气冲击，怕会惊得魂魄不敢前来附身，岂不是让我白费功夫？"

"原来如此！这之间的消长，倒真是微妙啊。但这么一来，小公子也不能亲眼见到，那不是……"

"亦然还是孩童，不碍事的。至于姑娘你，女体属阴，也无妨。旁观的有你二人，足矣。"

听离春说完，红羽神色变了几变，最终定格在喜笑颜开上，又寻些话题多说了两句，自觉显不出"一得到消息就迫不及待地离开"的情绪时，才提出告辞。

"且慢！"

一只脚刚跨到门外，便被离春喝住，阴冷寒气自背后直逼过来：

"几日前，在下曾尝试招来夫人魂魄，它说有东西要带给亦然，还请代为转告。"

"对小公子而言，真是额外的喜讯。"

"另外，还有句话，是对姑娘你说的。"

"专门为我？劳夫人惦记。"说话间，眸子在眼底滚动。

"它要我告诉你，做人该当本分，可不要觑个空隙就蠢蠢欲动，做出傻事来！"

红羽另一脚正抬起，闻言绊在门槛上，整个人险些跌扑在地。

十 八

三日之后，离春再次站在封宅前，抬头打量门楣，想着今天是最后一次踏足此地，一切麻烦事，终于到了该了结的时候。

"离、离娘子？"

看时辰将近，红羽出门迎候，端详了许久才敢出口招呼。只因离春今日一反常态，着了身素白衣袍，束发的系带也改了白绸，乍见时竟飘飘然透着一股仙气。离春听得呼唤，侧脸一望，眸中冷芒四射，那丝清雅立时飘散，反而更见惊悚。

"这是招灵的装束吗？倒也别致。"

离春径直往夫人卧房走，脚步匆匆；红羽跟在旁边，语无伦次地寒暄。行至门前时，两人同时顿住脚步。只见亦然等在那里，直勾勾望着离春，眼中含着期盼。彼此无需言语，仅仅相对颔首。

门"吱呀"一声开启，众人撩起黑色布帘进入房内。因采光处全被遮蔽，屋内一时昏暗得令人悚惧。

"您吩咐的东西，已全部备妥了……"

红羽语音抖颤，但所言不虚。离春大略看看，又沿着屏风踱过一圈，随后走近角落，燃起四盏纱灯。此举耗时颇久，等四盏灯亮起，屋中金光弥散，呼吸间似乎也温暖了些。

离春蹲在地上，起身时堆在膝上的衣褶平顺地滑下。纱灯自她下颚处向上映照，一张脸半明半暗，烛火跃动间光芒消长。左颊那块胎记，红得几乎渗出血来。离春嘴角的一丝笑痕，在此时也更显妖魅。

她轻飘飘滑到另两人面前，缓声吩咐他们倚靠墙壁站立，握住对方手掌，无论将来发生什么事情，都不可松开，脚下更是不能移动。

"否则，要是出了什么意外，怕是连我也解决不了。"

讲明利害，离春闪身进了屏风，燃起桌上的蜡烛，黑影立时映出来。那影子仰头呆立片刻，便动作起来。

通常招魂时，作法巫婆总要歌舞一番。这红羽早有耳闻，但仍觉蹊跷。离春实在与众不同，嘴里没有念念有词，只是悄无声息地移动着；舞步也不像同行那般癫狂抽搐，反而与胡族旋舞有些相似，又含着几分不同——姿态出奇流畅优美，举动间却妖气纵横。

身影绕着圆桌转动，黑色人形在屏风上忽隐忽现。她越转越快，光影闪动交错间身影愈加狂乱，看得旁观者眩晕时，离春戛然而止，身子扑上桌面，一时间气氛凝滞。恰在这时，"嗤嗤嗤嗤"接连四响，四角纱灯依次熄灭。

房门密闭，又不曾开窗，没有一丝风动，怎么会……亦然急迫地盯着，红羽却感觉身边阴气阵阵，手心已经见汗。

许久，只见暗影缓缓起身，轮廓比先前更是深邃，连在桌上滑动的发丝都清晰可见。那影子立在原地，左顾右盼地茫然一阵，终于走出屏风，再去点燃那四盏灯。

红羽两人心中若有所悟，定定地望着它。等屋中再次亮起，仔细审视纱灯边的人儿，虽然面貌穿着全无二致，却与之前似哪里不同，仿佛那不是离娘子。

这身体平时一举一动，总是冷峻超脱，现下却婉约雅致，行止端庄，眉梢眼角的温存，更是离春所不能。她漫步到两人跟前，轻柔一笑，刹那间，玉蝶惯常的表情从那五官中掉了出来。

"娘?!"

"夫人?!"

试探的语音中饱含惊喜，封亦然颤抖地伸出手去。"玉蝶"素手按在亦然肩头，转脸先对红羽道：

"听离娘子讲，我去的这几日，都是你跟在亦儿身边照料，真是辛苦了！"

红羽原本将信将疑，此言一出，立时信了八成：离春一口浓浓的长安调，而此人的话语里，却带着淡淡的闽南腔。夫人在此地居住几年，乡音改了不少，唯有一些特殊词汇始终无法随俗，尤其是句中这个"跟"字，一直发成"宫"音。

离春的声音用气发出，略见空灵，夹带着"咝咝"的杂质，无法细品，但若是装神弄鬼，离春也不可能得知小公子的昵称！

趁丫鬟正辨认时，"玉蝶"自袖中摸出阴阳扇上的一节竹管，掏出里面的织物：

"这幅绣作，我将它补全了，正好拿给亦儿，也算派些用场。"

亦然依旧发怔，不知上手去接；红羽见了，一时竟忘了尊卑，劈手扯过，指尖拨弄着上面的绣线。她记得很清楚，原先这绣品并未完成，中央那蝴蝶，只绣好了半边翅膀。而现下却已翩翩飞舞，且色彩斑斓，双翅全无差异！这七重翼的绣法，自己多日都不曾学会，应该不可能是仿作。而且除了夫人，再没有旁人会了吧？

这一下，红羽完全确定眼前这人就是夫人。至于那诡谲的声调，也自在心中作了解释——大概是魂魄和肉身刚刚结合，还难以适应吧。

一旦十足相信，立时放开手，脱口问出那最为要紧的事情：

"夫人，到底是谁？您是怎么……"

红羽语塞，毕竟谁也不曾对着一个活人，探究他是怎样死的。

"你不必费心。""玉蝶"往亦然方向使个眼色，似乎不愿当着他的面讲这个，"此事我已托付离娘子了，半个时辰后，自会为各位解说分明。你现下就出去，通知家里人到时在厅堂聚集。"

红羽迟疑了下，明白夫人要与小公子独处，正要领命去时，"玉蝶"又道：

"还有，离娘子曾约定免去招灵费用，但断案一事，却是附加上的，可不能亏待了人家。去叫赵管事时，顺便让账房封三十两银子作为酬谢。另外，她对我这七重翼的绣法十分赞赏，想留个纪念，就将床帐上的蝴蝶纹样割下一方，连同银子一起送到厅中。"

夫人语气严正，红羽不敢怠慢，四处找起剪子，终于想起阴阳扇内藏的利刃，抽在手中在帐上开个天窗，而后一步一回首地出房去了。

"玉蝶"静立片刻，绕过亦然，径直坐到妆台前。那男孩手里揪着赠礼，悄悄蹭到"娘亲"跟前。

"不知怎样用吗？"

"看形状，是个锦囊啊。"

面容困惑，前后翻弄，眼里衡量尺寸，忽然福至心灵，将那玉牌摘下装入其中，竟是严丝合缝。"玉蝶"顺势接过，将锦囊系回亦然腰间，轻轻拍抚：

"别再随便给人了。"

亦然低头望着，泪水砸上"玉蝶"的手背，地面也溅出一滴水渍。同时身子渐矮，跪倒在地，抱住娘亲双腿：

"娘，我……"

"不必说，我都知道。"抚摸着枕在膝上的头，"什么也不必说。"

本想叮嘱这可怜的孩子，日后与唯一亲人相依为命，记得要更加懂事。而这，似乎也不必说。

"母子"二人如此相依相偎，直到蜡烛突地爆出个灯花，亦然方才惊醒：

"娘，您只能在阳世逗留半个时辰吧？"

"亦儿聪明。"

"这么短暂，可不能等闲过了，总要做点事情才不枉啊。"亦然毕竟是个孩童，不懂得时光即使静静流去也无妨，只四处寻觅着，看到铜镜时灵机一动，"娘，我给您梳头吧。"

"玉蝶"并不搭话，只凭他解去自己头上的白绸，青丝扑簌簌散了一肩。亦然执起发梳，由上而下慢慢梳理，语带哽咽：

"爹一直说，娘是世上最美丽的女子……"

"玉蝶"抬起修长的手掌，罩住左脸胎记，镜中人微露苦笑：

"娘现在借的是旁人的肉身，这样也美吗？"

"是啊，很美呢。"

离春怀抱着阴阳扇，步出夫人卧房后，又恢复成那个淡漠冷然的离娘子，只是脸上多了些烦恼不耐。

梳头一事，事发突然，离春之前全没有料到。眼下弄得一头乱发，胡乱配些首饰，看起来可笑得紧。别看她平素不注重打扮，但每了却一桩事情时，却务必要以最完好的形貌现身，以表示对刁难她多日的凶手的敬重。这习惯已坚持数年，几乎成了一种风范，难道竟要在今日被打破？

虽然着急，但在离春眼里，整理妆容始终是件闺阁私密事，不愿曝露于屋外的青天白日下，须得寻个背人处……是了！赵管事曾提过的那处假山，应算个好地方。

低头快行，走到近前时，一人恰好从山体遮挡的前路转出。两人险些撞在一处，各自惊退后四目对视。等认清彼此，一抹笑意悄悄爬上那名男子眉梢。

"又拿你那半吊子的胡舞骗人了？"

这人说起话来，如同深山密林间流淌的溪泉，虽则有声，入耳却是幽静；细品之下，清韵中无限奇趣。

离春偏过头去，似笑非笑：

"舞技倒也不敢自夸，但仿音仿形的手段，无人能出我右。"

"这形，仿得也真别致！"

男子忍俊不禁，抬手触她鬓边。离春拧眉躲避：

"别，会掉！"

"掉"字刚刚出口，头上松垮的钗环便叮叮咚咚落了一地。她无奈地叹口气，信手将长发一拨，矮下身来捡拾：

"我这'娘亲'落了一句话——我该告诉他在成婚前，务必学会给女子梳头。"

闯祸的自然要帮忙，那人在对面蹲下，呈促膝之势，捡了丢进离春袍子的弯折里，不时撞出几声脆响。两人脉脉无语，似专注于此，只是当她探身，一缕发丝滑下肩头时，他立刻轻柔地将它顺回耳后。

"中心空旷，躲藏两人绰绰有余，又隐蔽宁静，不愧是幽会的胜地呀。"他回首望着假山，忽然吐出一句，等到离春抬头，下面的话更是不接前言，"这般简单的小案子，离娘子要看破真相，恐怕用不了一天吧？"

"第一日大致掌握凶手的信息，第二日确认无误。但一些旁枝末节的信息证据，会出现得如此之快，倒真是凑巧了。"

"那要何时把诸位嫌疑人集合起来，一块说个明白？"

"我正要过去。"

"等一下，"男子自怀中掏出一只白瓷小碟，"你忘了这个。"

"你！"离春撇过头去，"又执着于这些无聊事，真是不知轻重缓急。"

"怎么说是无聊呢？"他眉头微皱，似十分困惑，"虽然与案情无关，但你公开结论时，不是一向坚持以最好的面貌示人吗？"

"可我之前没这习惯。"

"现下与从前，又怎么能相同呢？别忘记那一次你答应过什么……"

"好了，要怎样都随你吧。"

红羽遵从"夫人"的命令，将众人聚集在厅中。半个时辰已过，却不见离娘子到来，心急之下想要返回催促。经过花园时，不只寻到了离春，还多找出一名素未谋面的年轻男子。

花丛间，假山下，这人坐在一块山石上，离春伏在他膝头，任他在她颊上勾画着什么。一个微扬着脸，一个略低着头，就这么默默相对，自然散发出一种不可搅扰的宁谧气氛。

红羽走近两步，看清那男子的样貌时，简直不敢相信：她本以为，自家老爷与莫成，已是世间少有的美男子，谁知和眼前人一比，竟显得卑污起来——

那男子大袖低垂，长衫曳地，加上其悠然的姿态，已显得泱泱大度；袍底纯白，甚至微微发亮，上面织有绿色藤蔓纹样，自下摆处拔地而起，回旋盘绕间开枝散叶，温柔地缠了满身。

顺着花纹走势，看到那男子脸上，更觉不可思议。分明是同一副容颜，刚见时清冷孤高，缥缈得难以琢磨；眼角稍见柔和，立刻平易近人，诱着你的腿脚不由自主上前；若是唇边再牵出一道笑痕，更是显得乱花渐欲迷人眼。

红羽抬手掩住微张的嘴，茫然环顾园内的繁花：这离娘子当真是法力无边，竟能唤来花中的仙人吗?!

十 九

封乘云在厅中端坐，眼里残留着些忧伤，十指交扣摩挲；赵

209

管事如往常般立在主人身后，垂着脸，喉咙处频频滚动；莫成在下首站得笔直，神情焦虑，不时粗重地长出口气。

凝滞的气氛在离春踏入的那一刻被打破。厅中众人望去时，都是一阵惊愕：原先已瞧惯她一身黑衫的阴沉模样，今日亮眼的白衣，便足以令人不适。变化更大的，还是颊上那块醒目的胎记——依着本来的形状，用朱砂将之描绘成一片殷红枫叶，原先不规整的枝杈变成了叶片的尖角，叶柄拖出来弯在嘴边。些微改动，就将无法遮掩的缺陷转化为鲜艳的异型装饰，构思堪称奇巧。最为显著的丑陋一旦消亡，五官之精致立时外露。她眉目本就细长，配合挺直的鼻梁、尖削的下颚，竟透出几分锋锐的美感。

离春处在数道目光的交织下，比之前更镇定，也不屑为在场的各位解释改变的因由，脸色冷然地走到桌边，那里摆放着为她准备的一包纹银。她眉间带着些许讥诮，只扫过一眼，并不当场点数，反而将一旁割下的蝴蝶床帐拎起，好像此物才最是令她满意。按在桌上细细触摸一阵，小心地捻成一卷，顺进阴阳扇柄的空筒里，而后又将其余一段段竹节拆散，纷乱地滚满桌面，折腾过后重新装回。

这行径看似无稽，厅中人不解，自然盯视着，目不转睛；离春手下动作也刻意放缓，生怕人瞧不清楚似的。红羽在她之后进来，因比旁人早受了"丑妇变红颜"的震惊，也抢先清醒，看得更为真切：怎么那扇柄好像比原来短了？许是错觉吧。

离春一番"表演"后，终于得意地停手，对面前的几人望过一圈：

"今日在下要说的，恐怕一时半刻完不了。各位都这么站着，未免太劳累了。大家能否暂时忘了尊卑，坐下来听我讲解分明？"

能对这问题作答的，只有一人。三名下人盯着主子，封乘云一挥手，莫成便直挺挺坐下，赵管事和红羽斜着身子将腿侧搭在椅上。

"多谢老爷。"离春立在厅正中，轩昂道，"现下我要说什么，想必红羽已知会过各位了。不错，按道理说，离春并非公门中人，管不着这事。只要招引亡魂，让小公子见过娘亲，乱神馆就了了责任。谁承想中途受夫人委托，要在下澄清凶案，总算师出有名，僭越之处还望见谅！"

说罢离春扫过众人，大家都静静坐着，没有谁接话。离春很是如意，她在发表长篇大论时极厌恶有人打搅。

"这里有个难题，就是我能与死者魂魄对话，听她讲述案情，凶手是谁、如何作案自然胸中有数。但若这么指定了某人，控诉这人如此这般杀了夫人，只怕难以服众。所以，势必要说出些无法力的人也能听懂的道理来，这倒是费神了。

"当日初到封家，在下本来对凶杀毫无兴趣，却在收集亡者气息时，听到关于此案的三种说法。

"第一种！贞观年间，某女子因情伤而投井自尽。这鬼魂自身不幸，便妒忌人家夫妻恩爱，非要拆散他们不可。先是试着上身，让夫人狂性大发；成功后故伎重施，操控她打扮成与自己相似的模样，在井前自绝。

"这么解释，乱神馆倒是喜欢，官家只怕要犯难了。京兆府要怎么逮捕凶手？大理寺又要如何定罪量刑？不错，世间自有鬼怪作祟的事，但若我说，此案与它们无涉，各位应不会有什么异议吧？

"第二种！红翎贪图财宝，盗走珍珠。夫人发现珍珠失窃，她便贼喊捉贼地大肆寻找，其时神色诡异。凶案发生当晚，夫人差红羽将她叫来，命她次日归还失物。红翎知道事情败露，索性等到夫人睡着后，痛下杀手。受害者惊醒后，夺门而逃。红翎追逐夫人至井边后，将夫人溺死，最后慌忙逃窜。

"这也许与官家的设想不谋而合，可惜一样不对。"离春望定红羽，"若是如此，在卧房中便应有一场缠斗，现场必然一片狼藉，夫人睡过的被褥也该摊在床上。而姑娘清晨看到的，却十分干净，被褥也是叠好的。难道是凶手整理过？可她既然决定出走，第二日尸体被发现后，又查出少了个丫鬟，她自然会惹上嫌疑，遭到官府通缉，收拾得再整齐又如何？非但看不出益处，在封宅耽搁得久了，还要多承担被人抓住的风险，如此费心布置岂不是多此一举？红翎总不是个呆傻的人吧。

"剩下的第三种！陈词之前，还请将被提及的二位莫要愤怒。这并非在下编造，只是转述而已。话说，老爷忙于商务，夫人不甘寂寞，与长工勾搭成奸……"

"什么人这么大胆，竟敢蓄意诽谤！"

"冤枉啊！我与主母，从来不曾，也不能！"

亏得离春早有提醒，此时一个人抠紧桌沿浑身颤抖，另一个人则是惶恐不已急红了脸，激昂的只是声音，倒没有更为过火的冲撞。

　　"将谣言如实讲出，正是为了反驳，请大家耐心听我说完。据传，死者与情郎数次幽会，其间一时兴起以珍珠相赠。后来，发觉丈夫可能会从此处看出端倪，恐惧之下便串通贴身丫鬟演了一场失窃的戏，以拖延些时候容她索还。次日两人相会于假山深处，还未说妥就被人撞破。下次见面之时，夫人支开红羽，按惯例叫来红翎把守，夫人与莫成在柴房中重修旧好后，便向莫成讨要珍珠。莫成难舍宝物，就近将夫人溺死井边。而望风者唯恐遭人灭口，远远地逃命去了。

　　"这种猜测的创造者，在男女之事上，被称为行家也是当之无愧。"离春睨着赵管事，"他曾言道，钗环首饰、锦帕香囊、珍珠玉佩，最适合拿去送人，并由此推断那失踪珍宝的下落。可惜，在下却不以为然。不错，刚刚提到的那些物事，确实是常用的定情信物，但也是男女有别。男子赠佳人，多用珍珠玉佩；女子赠情郎，却青睐锦帕香囊。她们所图的，是'见物如见人'，自然偏爱那些凝聚情意的手工制品。即使偶尔送出价值不菲的钗环首饰，例如当面拔下腕间一只玉镯，所看重的也不是那上等的成色，而是附着其上的一丝温度。似夫人这等有才情的女子，在这些事上，恐怕心思尤其细腻。即使知道莫成不懂风雅，但若奉上一幅绣作，或者在他贴身衣物上织些隐秘花样，岂非更是心血造就，寓意绵长？

　　"如果不曾赠珠，是否就没了杀人动机？这却要取决于奸情的有无。诸多细节显示，夫人确实在情事上心绪浮动，莫成的行为也有颇多可疑之处。是不是即使你与珍宝无干，但单指暗度陈仓一事，却也没有冤枉了你们？"

"自然是冤枉的！"

莫成的身子已然僵直，只能大声叫嚷，看那焦急的模样，像是立刻想要跳进黄河洗一个清白。离春轻扯嘴角，踱到近前，对莫成附耳说了两句。只见他原本苍白的面色渐渐红润，眼睛也迸射出光芒，一跃而起，手掌掐紧离春双肩：

"您说的是真的？"

离春忍痛点头。莫成张开嘴巴，仿佛是忘记了怎样展露笑颜，凝滞片刻，忽然松开了手，力道之大，将离娘子推得倒退两步。他也无心致歉，喜出望外地奔出厅去。

众人皱眉不解，赵管事先坐不住了，蹿起指责道：

"你怎能放跑这奸夫？"

这句话一出口，等于招认了自己就是那毁人名誉者，马上遭到另两人的怒目而视，离春也无意再替他隐瞒：

"你又在含血喷人了！"

"可离娘子方才也说……"

"我只是承认，若夫人和莫成有私情，他们身上的一切疑惑都可解释，倒是方便了。但，即使再怎样顺理成章，我也敢断言——绝无此事！

"我可以这样铁口论定，真要多谢红羽姑娘。她聪明乖觉，侍主忠诚，身为丫鬟极是称职。若夫人真与其他男子有不轨之事，绝逃不过她的火眼金睛；只要察觉到半分暧昧，她便会刻意替主子隐瞒。如果夫人生前与莫成有特殊关系，在我探问她死者生前待莫成如何时，她定然会板起脸来说：'夫人对他，一如寻常奴仆，丝毫不见特殊。'可那时她却坦承道：'夫人待莫成不同一般，亲如故人。'以她的性子，敢于直言，必是笃定无碍了。在这两人间，她看不出丁点超越主仆的情愫，心里也从未将他们牵扯到一起。

"这结果固然令人欣喜，但随之而来的，却是连串的问题。比如，当我问及柴房幽会的感觉时，莫成面红如血，坐倒在地。这样的反应，实在让人很难释怀。另有一旁证，凶案发生前一日，小公子半夜出房，在井边见到了鬼。是不是有人依照已有的传说，刻意制造恐怖的氛围，以便之后混淆视听？可这事的起因，是封亦然追逐逃窜的蟋蟀，这应是不能事先安排的。亦然无意间看到的，不是什么井中冤魂，只是个披散长发、身穿白色里衣的女子。这副打扮，倒真是媚艳，多半是与情哥哥厮磨过后，正借井水梳洗。这时候被人撞见，所受惊吓只怕比那自认遇鬼者更多，这才会急急忙忙避进了柴房。亦然逃离两步，回首看时，自然不见踪影，也就更增加了几分神出鬼没之感。

"上述这一切，都在表明柴房幽会确有其事。莫成自到封家以来，便以柴房为家，那么莫成自然是这一对情侣中的那个男子。而另一名女子，既然不是夫人，那又是谁呢？

"这一点，早在我与莫成初次见面时，他就已经不打自招了。在详述'鬼上身'一段时，他曾说到'夫人'癫狂躁动，虽是情势紧迫，莫成依然谨守男女之别，不敢造次。可之前红翎上前劝

215

阻，被挥倒在地，他却毫不犹豫地伸手搀扶，还仔细到瞧见了她掌上划破的伤口。这极明显了吧？这位长工平日里拄着斧头怀春时，心中所念的，是那'荆钗布裙也难掩丽质'的丫鬟呀！

"莫成为人颇为体贴，不忍眼看女子劳累。当日还不知我是谁，就主动帮我汲水。以红翎的身份，平日里难免做些粗活，或许他们就是如此接近生情的。这么想来，真是无比温存，也算是到井边一游的意外收获。可惜当初去那里，却不是为了这一对。"

离春略作停顿，眼眸眯起，预示下面讲的，是极关键的所在：

"不知各位可有察觉？之前关于凶案的几种推测，都有一个断点——均在说到凶徒追逐死者至井边时，戛然而止，剩下的用'溺死'二字潦草带过。可是，有谁想过，夫人到底是如何溺死的？若少了犯案经过，再怎样合理的前因后果也只是动机。所谓'动机'，不过是故事，随口就能编出十个八个，只是空谈罢了。

"夫人究竟是怎么香消玉殒的，只怕没人愿意细想。这为难事我也不想做，并非是我在怜香惜玉，而是溺毙这死法过于简单——只要有水就可以。如此推测，于是并不觉得'井边溺死'的说法有何不妥。设想过程，大概是井里水量充沛，漫至井口后，凶徒把夫人的面孔压进去，一了百了！直至见到那井，才知道这'想当然'何等轻率！

"将水桶放下去，辘轳转了几圈才碰到水面，这样要如何犯案?！或者，死者是在桶中溺死的？可是，各位都汲过水吧？平时桶子空在井沿，或沉在井中，到要用水时才吊上来，实在难以想象井边会陈放着满满一桶水。难道是凶徒将夫人诱来犯案现场，临阵磨枪开始打水，其间夫人就呆立一旁，等人准备好了将她溺死？即使是提前安排停当，再将受害人请来，也是不济。想那木桶，上有提梁，欲从桶沿的空隙间塞进一颗脑袋，还真要些技巧。再说当时天黑，视物不清，必须如此精准，倒是刁难凶手了。所以容器如果不是桶，有无可能是凶手备下了其他易于下手的容器？作此匪夷所思的预谋，真不知凶手是怎么想的！这些推断听来荒谬，但若要全盘否定——那么溺死夫人的水，又从何而来？

"这条线索用到尽头，无法再向前摸索，不妨换个角度思考。最初听到发现尸体这一段时，就觉得十分诡异，但又说不出哪里不对，直到我走至井边。莫成在背后突然出现，着实把我吓了一跳，一时间只觉得惊惧。事后尝试分析自己当时为何心中担忧，若乍现的是凶徒，而他又察觉到我发现了一些疑点，为绝后患，应会再下毒手，把我推到井里灭口！正是这个'推'字，再加上女鬼故事的提点，令在下豁然开朗。

"那日清晨，小公子要到厨房端早膳孝敬娘亲，听见莫成喊叫'夫人，您怎么睡在这里？'才跑过去见到惨景。这表示他当时距离尸首尚远，应是看不到说话人，而对方也该没发现亦然的到来。既然长工不知当场除他以外还有别人，自然不会演戏，那句惊诧之言应不是做戏。如此，不但减低了他犯案的可能，更透露了一件至关重要的事情：尸体从一开始，便是躺在井边的！

"问题在于，这寻常吗？想那早年的'女鬼'，可是'投井'自尽的啊！通常，与井有关的溺死案件，可不是陈尸'井边'，而是葬身'井中'！如果凶手真是在水井附近行事，与其进行繁复可笑的谋划，再按住夫人制止其挣动直到得手……有这等体力，为何不将她的上身压至井口，另一只手在她膝盖处一掀，把人顺到井底？这样岂不省时省力得多？可这恶徒却看着便宜不去实行，他若不是个傻子，便只剩一种解释：动手的地点，根本不在曝尸现场！"

厅中三人隐隐发出"呜"声，呼吸越发急促，更盯住离春不放。

"移尸最重要的两大功用：一是洗脱罪嫌，二是嫁祸他人。目前案情不明，无法定论。那就让你我尝试依照常理推测，那晚究竟发生了什么。

"凶案发生在子丑之间，而子时夫人尚且健在。在红羽姑娘陪伴之下，夫人挑灯夜读，到了那个时候，经伴读丫鬟提醒，发觉时辰已晚，于是放下书卷，打发旁边伺候的人回去休息。红羽临出门时，回头一望，见夫人'把蜡烛移到妆台前，打开妆匣，借着光看着里面的钗环首饰'。红羽以为夫人是在思念丢失的珍宝，就好言相劝，夫人说道珍珠明日就能寻回，然后说了一句，'对了，你帮我把红翎叫过来'。乍听此话，似乎表示她与盗珠事件有关；但也正是这句，证明这二者间并无牵连。请在座的各位仔细揣摩夫人的措辞，'对了'……通常这两字用于猛然想起，或宣示着之前的谈话告一段落。夫人既然这样用，就说明在她心中，红翎与盗珠，完全是两码事。"

"可是，"红羽蹙起眉头，似不满离春这咬文嚼字的推测，"若不是为了讨还珍珠，怎么在那种时候叫她前来？"

"这就要问你自己了。其实，在下一直以为，卧房这段对话，姑娘身上的疑点，远远大于夫人。与其猜测死者当时的心意，不如设想你的心境。"

"离娘子，我确实没有说谎！"

"姑娘误会了，并非你存心误导，而是以你的本性，必然那般去想，会错了意也察觉不到。"离春飘然一笑，"在下开设乱神馆，熟知生死之事，对于侦办凶案，也自有一番见解。官府中人总偏爱坐在椅上盯死尸体，等待灵机闪现，然后根据自己的灵感推断凶手，有这闲暇时间，还不如多多了解涉案众活人的性情，再设身处地着想：以他们的性子，在某些关键时刻，会有怎样的反应？会做怎样的应对？

"我因为长久抱持这观点，也练出些相人之术。我对姑娘的最深印象，便是极度贴心，总能体会主子的需求，在她尚未言明时就已提前做足。说得难听些，叫作酷爱'揣测上意'，于是，当你回首望见夫人秉烛对着妆匣时，自然推断她正因为失窃伤怀，想凭吊匣中的空白，才特意取灯来照。但，这只是姑娘的一家之言。如果，事实并非如你所想呢？若否定夫人忆起珍珠，就只剩下一连串的动作，移动烛火、走近妆台、打开妆匣，是要做什么？会不会是卸妆呢？已经子时了，夫人听从姑娘的劝告，梳洗之后要上床歇息了。而伺候夫人梳洗的丫鬟是谁？红翎！要你去唤她来，难道有错？"

"既然您知道我这性子，也该猜着平时根本无需夫人吩咐，我都会主动叫红翎替班。那日意外得到叮嘱，才更觉反常啊！"

"这问题的答案，也在姑娘自己身上。想你那时，在夫人身边支应了几个时辰，应是腰酸背疼，终于无需再继续劳累，你怎不尽快回下人房？走到门口时回头，固然是伶俐地观察夫人还有无需要，却也是为了在卧房滞留得久些！因为你害怕！你不愿走到黑暗之中！那一日，红羽你刚从小公子口中，听说了夜半井边遇鬼的故事吧？为此，甚至一夜无眠！即使是早些时候的白天，也是战战兢兢，严重到了需要劳烦夫人过问的程度。可见，姑娘是极怕鬼的！青天白日尚且如此，天黑下来恐惧应是只增不减。夫人要你回房，可门外夜风吹拂，树影乱晃，你战栗不已，想着找点事做，就可以不必立刻就离开房间。若不是姑娘提起珍珠，根本不会有那段对话！听在你耳里，夫人的词句似乎意有所指；然而看在夫人眼里，失常的反倒是姑娘你！她怕你精神紧张，忘了日常的交接，才特意吩咐的。"

红羽将这番推论在嘴里咂了几回，赞同之后紧跟着困惑道：

"不错。现在想来，当时心中确实不安。可之后见到红翎，她神色慌张，看似正要出房，又说不清去处，难道也是我因为过于敏感产生的胡思乱想？"

"那倒不是。想想，以为宅内有鬼的，不敢轻松；被当成鬼的，难道就好受吗？昨日幽会被小公子撞见，一日内传得尽人皆知，这时她自然胆怯。种种迹象表明，这幽会发生已不止一日，甚至已成了习惯，两人更亲密到恨不得朝朝暮暮。可白天相处怕是不多，显然红翎尚未抓到机会对莫成讲明闹鬼的真相，他今时今日仍认为那是自杀女子的冤魂。若自己贸然不去，情郎不知原因，只怕等得心焦；若照常前往，心里又实在不安。在这般矛盾心理下，神色自然有异。她与红羽姑娘碰面时正要出门，怕是终于决定要去。要去何处，当然是不能对你说的。"

离春不再征求红羽的见解，语气坚定地说道：

"这就是那晚最合乎道理的发展。而照此推测下去，凶案最大的几处疑点，就都有了解释。最大的疑点是，方才说的，溺死夫人的水；更要紧的还是尸身装束，白色里衣、披头散发，即使不谙侦破要诀的外行人，也能瞧出不对，并设想了各种场景理由试图进行解释——是睡梦中逃出卧房，还是刚刚幽会完毕，抑或是'鬼上身'。头一种最为可信，只是死者并未逃出；配合移尸的说法，第一现场应该就在卧房中！

"红翎听了红羽的传话，赶到卧房伺候。夫人坐在妆台前，钗环首饰已尽数摘下，摆进妆匣，一头乌丝垂在身后——披头散发！红翎按照平时的习惯，协助夫人脱了外袍，露出——白色里衣，然后去打一盆水来以备梳洗！这样，连溺死人必需的水，也已经准备妥当了，此时万事俱备，只欠凶手！

"红翎打水归来，放下铜盆时，恰好一人踏进卧房。一见来人，夫人就绽出笑容，挥手打发丫鬟离开，然后牵着此人袍袖，拉他到床边坐下，柔声道：'你先等着，我梳洗过就来服侍你，夫君！'"

二十

　　刚刚说过尚缺凶手，紧接着登场的人物，显然就是补这空来的。最后两字一出，赵管事和红羽纷纷惊讶地看着自己的主子。事关己身的封乘云，反而镇定得多，只淡淡苦笑：

　　"照这样说，玉蝶倒是我杀的了？"

　　说到一半时，已带了哭腔。

　　"恩爱夫妻？"离春的语气里，也掺了些冷峻之外的某样东西，"真是如此恩爱吗？当我第一次跨进夫人卧房时，我就知道不是。那屋子里女气太重，无阳刚之气调和。琴台、妆台、半截的绣样、满是蝴蝶的床帐，全是夫人的用品喜好，并无半分老爷的气息。这不像一对夫妻的卧房，倒似一个未嫁女子的闺房。之后红羽回顾起凶杀之夜，说到'当日夫人读书至子时'，又无意间透露'与平时没什么两样'。可见，夫人独守空闺已成了习惯。只是，哪有恩爱夫妻长期不同房的道理？

　　"那时，我便知道，众人口中相濡以沫的一对璧人，实际上并非那般令人欣羡。不论旁人怎样交口称誉，夫妻之情，毕竟冷暖自知。再如何迟钝的女子，遭到丈夫冷落时，也总能察觉，何况是夫人这等有才情的女子？别有用心之人，曾批判她不识大体，总想着夫君丢下外面的正事回家陪伴自己。我不受那'夫人不贤'的暗示，倒掌握了一个事实：老爷经常忙于商务。说得刻薄些，是耽于商界应酬，在醇酒美人间流连忘返。

"任何一名女子，在忽然发觉失去丈夫的欢心时，都会先进行一番努力：着意打扮，希望将那双离去的眼眸重新拉回自己身上。夫人依样而行，却与同病相怜的姐妹们一样，徒劳无功。在这段力图挽回的等待时光，夫人自伤之余，心境落于笔端，抄录下许多有关相思的诗词。一切种种，险些成了她不贞的证据。她确定是为了一名男子而心潮起伏，但这男子不是她难耐寂寞找来的情夫，而是她名正言顺的结发夫君。

"夫人为了一家和乐，即使心中悲痛，也不曾表露在脸上，甚至刻意替丈夫隐瞒。我猜测她时常在人前表现出幸福甜美的表象来，才哄得那许多人认定他们夫妻情重。这般掩饰显然下过不少功夫，但无奈只能欺人，无法自欺。一再装聋作哑，也总有忍无可忍的一日。

"听说，几个月前，夫人一反常态，忽然要出门一游，并拒绝丫鬟陪伴，随意逛到了青楼去。这着实令人费解，若说一名男子低头走路，等抬首时竟发现置身花街柳巷中，我倒是还能勉强相信这理由——或借口。而一个女子，即使是信步，远远听见歌舞喧闹，就该知道回避，在那边逗留实在不可思议。红羽姑娘讲到夫人不要她跟随时，用了'命令'二字。这位讲述者对主子的言行态度极为在意，可见一向和善的夫人当时显露出难得的强硬。想来她出门时就已目的明确，或并未打定主意，却对将要进行的事情有所预感，闲步时任凭心中念想牵引，果然到了意料中的去处。

"良家妇女，直奔青楼而去，通常只有一件事——寻夫！夫人到了地方，却不敢闯上去大闹一场。她心中明了，现在这么心照不宣着，还能维持和睦的假象，或许还留有渺茫的修好希望；万一撕破了脸，就再也无法回头。如此踌躇，带着些微的懦弱，与更多的深情。但难得鼓起勇气走这一遭，难道不明不白地折返吗？总要做些什么才行吧。这时的夫人，就仿佛是即将走夜路的红羽，明知当机立断就能免除左右为难的折磨，却不敢直面，不自觉地逃避着，想找点旁的事情以便拖延。她找到了——她见到一名可怜的女子正遭迫害，于是急忙上前拯救。这给了她一个退缩的因由：并非临阵脱逃，只是救人事大，不得已才耽搁的。就这样，夫人带红翎回家，对丈夫出轨一事再次姑息。

"这么不清不楚地挨到了数日前，谋杀的理由乍然呈现，原本平凡的日子渐露凶光，为惨剧拉开了帷幕。那一连串诡奇的事件，每个人心中都有不同的说法，唯有为凶案赔上一条命的人，她的见解，在下无缘听到。这一切在死者眼里，又是怎样的光景？

"某日，夫人心血来潮，要将妆匣中珍藏的珍珠取出观赏。有人揣测这突发之事另有深意，理由是珍珠终归是自己的东西，没事看它做什么？说这等话的人，真是太不了解女子了。收藏的心爱之物，不时翻出赏玩，看在眼底，受用在心头，这时才能真正感受到拥有。女子的心态皆是如此，那种握入手心后即可随便丢弃，或锁在柜里后便不再挂怀的，倒是男子的习性呢。

"此事结果如何，众所周知：夫人什么也没有看到，珍珠不知去向。当时，红翎的表现颇为异常，似乎十分……高兴。依我看，这词不妥，倒该换一个——激昂，她情绪激昂。不是幸灾乐祸，而是跃跃欲试。夫人可以说救了这女子一生，她知恩图报，留下为奴为仆。但仅仅照料恩人生活起居，尚觉不足以还情。虽然失窃不是好事，但夫人丢了东西怎样焦急，失而复得之后就会同等欣喜。红翎想象着当自己找到珍珠，捧到主母面前，那张脸上将会露出如何烂漫的笑容，对夫人的恩情岂不又多报答了几分？她将这件大事看作一个效力的机会，于是自己大张旗鼓地开始寻找，不曾考虑张扬的后果，心无旁骛地只想找到。

"珍珠最终寻而不获，这段公案必须得有个解释。嫌疑重大，极方便下手的，自然是可以随意出入卧房的人，而这只有夫人、红翎、红羽三个，是吗？错了！大家忽略了那进入房间最自由的人物——老爷！刚才说过，女子赠送信物，多为托物传情；男子即便含情，也必然看重赠礼的实际价值。稀世珍宝，奉与青楼红颜，能够大大撼动美人心，脸面上也增光添彩！失窃的珍珠，怕是被老爷拿到牡丹姑娘的香闺去了吧？

"夫人一向信任伺候的下仆，所以并不怀疑两名丫鬟，略一思索，便隐约察觉了真相，但不知怎样证实。从之前诸多隐忍可以看出，她并不愿为捕风捉影的事情与夫君吵闹。

"次日，赵管事收信归来，经过假山时，听见其中一男一女在说话。那男子闽南口音浓重，必是莫成无疑，质问夜半为何爽约；那女子提及'珍珠'，声音模糊，还分辨不清时，里面便发觉外头有人。赵管事急忙避开，却被身后的夫人叫住。回头一望，她正站在假山边，由此生出了莫成与夫人私通的误解。

"说良心话，误解得倒也有理。错只错在，赵管事不曾好好听夫人的话音。'当下人的，都清闲得可以四处乱逛了吗？'夫人如是说。稍加揣摩便可知，这一句詈骂的不止管事一个，而是一棒打死所有'当下人的'，其中至少还牵涉了另一名仆从。谁最有可能呢？我记得，这一段事情发生在花园，而平日陪伴夫人在此散步的是谁？红翎！若指的是她，又是怎么个因缘？最要紧的一点，听者自始至终也不曾听清那女子的口音。几下综合，不妨如此假设：

"那日，夫人在花园里闲步散心，红翎照例随侍左右。跟在主子身后时，余光瞥见莫成在假山边对她招手。或许是偶遇，或许是有意的守候，总之这丫鬟怜他痴心，又怕被主人发现，想着去去就来，趁隙溜到假山中与他闲话。情郎问'昨晚怎叫我空等？'，美人答'恩人刚失了珍珠，极抑郁的。我放心不下，晚来留下陪伴，以备差遣'。两人对话，一定不止这一个回合，之前只怕还说过些什么，又或者没说什么——热恋中的情人，见面未开言，总要先亲昵一番，执手相看脉脉无语。纵然明知紧迫，时光也点滴消磨过去，这才让夫人发现了红翎的失踪。夫人不见了忠心的丫鬟，心里想着'这丫头逛到哪儿去了？'，于是便沿路折回寻找。

"这时，赵管事正在假山外旁听。在下认为，凭赵管事平日举动的轻盈飘忽，实在很难被察觉。里面的那句'有人来了'，是发现夫人走近。而山体庞大，赵管事又位于转角处，并不能看到另一边的夫人，便以为暴露的是自己，急忙转身遁走。夫人转过弯来，正瞧见一个潜逃的背影。由于平时受这位的过度'关怀'，她自然按惯例认定——此人刚才藏在假山后偷偷窥视，见自己走来才慌忙躲闪。胸中一直压抑的火气骤然腾起，喝问赵管事在这里做什么，并吐出后面'四处乱逛'的迁怒之语。

"这事算是莫成红翎恋情的旁证，对全局发展也是个推动。当时夫人问赵管事在干什么，不知赵管事当时是怎样回答的。他一定不是实说'驿站送信来，我替老爷带去'，这理由十分正当，令人无从责备起，以夫人的脾性，只会催促'那还不快去?'，而不会有怒气勃发的'下人''乱逛'等尖刻言辞。我揣测赵管事的心思，自己在偷听本就忐忑，被发现后则更受惊吓，等夫人现身，又误会她是被人撞破幽会后恼羞成怒，心中自然不服：你做下这等不知羞耻的事，还有脸趾高气扬吗？赵管事正鄙弃夫人时又被质问，心中一定不服，大约会似笑非笑地说道'我在这边散步呢'。这与后面的衔接，是否更顺畅些?

"可在夫人看来，这何等诡异！一个下人，明明手里拿着信，可以对自己的行为，做出最合理的开脱，却偏说在散步。她一定认为，如此反常是要掩饰这封信！若说贴身丫鬟最了解女主人的隐私，同样道理，家中总管定是老爷最贴心的人。夫人觉得赵管事是在为她夫君打掩护，这信中必有玄机！也许那是牡丹姑娘寄来的情书，或者根本是普通的商务信件，但夫人已经咬定必是前者了。

"再过几日，'鬼上身'一事发生。经莫成叙述，那日他在井边与夫人打过招呼，然后去院中打扫。不久，夫人神情飘忽地走来，红翎很快寻至。两名下人见她反常，叫来赵管事和红羽商量。

四个人将之团团围住，她忽然跳起挣扎，被众人阻拦。脱离控制时，恰好老爷从外面回来。

　　"莫成如是说，但当真如此吗？在下以为顺序有误。当时，各位已经断定主母状态异常，所以才会对她密切关注，在场每双眼睛都盯在夫人身上，这时老爷踏进家门也没人发现。身在包围圈中的夫人，却透过人群缝隙看到了夫君，这才开始奔走，直冲他而去。旁边人恐她伤及自身，在四周严密保护。心意被违逆，夫人于是狂躁起来，最终突出重围，抓住丈夫打骂撕咬，方才遂了心愿。

　　"所谓'鬼上身'，不过是一次较为激烈的夫妻吵闹。但夫人不是一味忍让，从不失态的吗？到底出了何等大事，将她刺痛至此？个中原因，且听我逐步分析。

　　"一条线索是，躁动开始前，红翎找到夫人时，疑惑道：'花园寻了一圈，都不见您。怎么散步散到这里来？'由此推测，之前夫人曾对红翎声称，要去花园散步，却没有照例让丫鬟跟随，为什么？两人分开后，夫人却抄卧房后的小路走，这才遇见莫成。在下曾向亦然确认，若要到花园去，从卧房走大路可直达，根本不必经过柴房，绕这么远又是为了什么？

　　"造成如此矛盾，必然是有人撒谎。是讲述者莫成？还是道破夫人行程的红翎？还是夫人自己？前两人实在看不出必要，我还是偏向最后这个。

　　"试想夫人的心情，自己丢了至爱的宝物，疑心是丈夫拿给了外面的相好，却抓不到证据，内心饱受煎熬。恰在这时，出了假山那事。一封来历不明的信件，给她指了条明路：或许从夫君的通信中，可以窥得端倪。也亏得这事提醒，不然以夫人的涵养，根本想不到检阅私人物件的途径。

"夫人酝酿过后，决定采取行动，想要偷偷潜入书房，一探究竟。这可不能前呼后拥的，只能谎称想要独自散步，将红翎支开。那么，要去家中哪个地方，必须要经过井边？当然是厨房！夫人去厨房做什么？去端一盘点心！证据便是，后来夫人发疯，红羽曾留意到莫成刚刚打理干净的地面上，残留着糕饼的残渣！那便是沾在夫人身上，挣扎时掉落的。

"夫人此举，经过了深思熟虑。书房她显然并不常去，又是夫君办公的地方，贸然前往，也许届时夫君会突然归来，更有可能会撞上赵管事而被刁难。应对之法就是寻个由头，遇到纠缠时便说：'想着夫君也快回来了，事先备下茶点送过来。'这是作为一个贤妻的分内事，估计之前尝试挽回丈夫真心时，类似的事也没少做，丝毫不见突兀！

"这次时运颇佳，没有任何突发的阻碍，她顺利进了书房，找到了那只用来盛信又不曾上锁的木箱，结果还真的看到了什么！在下不知具体内容，应是证实了夫人的猜测，例如一张泛着脂粉香气的信纸上，写着'君所赠之明珠'云云？

"这可怜的女子，始终期望一切不过是自己多疑；眼下真凭实据摆在眼前，将最后一丝幻想也打得粉碎。也许在大惊之下，碰翻了手边的糕点，才会在衣裾间留下那许多碎渣。当然，这纯属臆想。但夫人心碎神伤倒是事实，她无法继续视若不见，情绪已到了爆发的边缘。于是，夫人失魂落魄地游荡到院中，等见到罪魁祸首时，双眼发红扑上前去，什么也顾不得了。也许她曾脱口骂出'负心人'之类透露真相的言辞，但我无从得知。混乱之中，旁观者又先入为主，一定当那是疯言疯语，不予采信。又或者，她什么也不曾说，在伤心泣血之际，依然记得维护丈夫的尊严。

"为人夫的，不愿在人前纠缠，才将她抱回卧房详谈。平时越是随和的人，被逼到绝境才越是怒气难消。许久，事情方才平息。过后，夫人主动公布原因，称自己是'鬼上身'，看来此次谈话卓有成效。可以想见，老爷定是低头认错，并做出了许多承诺，例如日后不再涉足落花居，不再与牡丹姑娘会面等等。夫人见丈夫迷途知返，也有意既往不咎，但另外提出一项：必须要将那颗珍珠取回！在她心里，这不单是自己钟爱的宝贝，而是两名女子同时喜欢的一样东西，如果对方从自己手中抢走了这件宝贝，这种寓意令人难以忍受。

"当时说好的归还时间，就在发生凶案的第二天。那晚，丈夫来到卧房时，夫人以为他已如约同那边做了了断，一切都办妥了。然而，他却不是来践约的，而是意图拖延，请妻子再宽限几日。别的事都容易，只是讨还送出去的东西，实在难以启齿。要是做买卖，还能有退有换，但送出去的礼品，却没有空口索回的道理。对一名在乎脸面的男子而言，宁愿被剥一层皮也不愿去开这个口。从许诺之日，直到那时，他胸中反复冲突激荡，也寻不到一条出路。久而久之，便认为是妻子将自己逼迫到这窘境，不免恨起她来。事到临头，已是极其压抑，再添一点小火，就要燎原了。

"他被安置在床边坐着，夫人自去洗脸。毁约同样不是好张口的事情，他咬唇正踌躇时，俯下身洗脸的妻子，忆起不久前红羽的疑问，随口问道：'珍珠你拿回来了吧？'一句话正中要害！

"已忍到极限的丈夫，几天来所受的委屈涌上喉头，暴怒地盯视着夫人。当日在书房，某人提起梦到爱妻背对自己时，激动得未免过度，却又如此情真意切。我便想：真是因为幻梦而惶恐至此？又或是，某个特殊的情境，造成他对'背影'耿耿于怀？不错，正是这时的背影！动手前一刻的背影！

"他对着面前的妻子，胸膛剧烈起伏，忽然血气上涌，眼前一花，扑过去抓住夫人头颅，将她的口鼻按到水中。受害者猝不及防，呼吸不畅，用力挣扎，手脚抓扒。一连串气泡自水底冒上来，'咕噜噜'地作响。若此时收手，原不至于酿成恶果，可恨他已红了眼睛，不肯作罢，直到手下的身子逐渐瘫软，气息全无，才终于意识到铸成了大错。"

廿一

这番话措辞阴毒，说得厅里鬼气四溢。两名仆人满面惊悚，仿佛刚刚目睹了一场凶案。封乘云微微皱起眉头，扶住桌沿似要站起，却没有动作：

"你是说，我杀了玉蝶，仅仅为了一颗珍珠？她是我妻子，连人都是我的，更别提那些身外之物。这家中任何物件，我都可以随意拿去送人，谁也管不着。所谓被逼与牡丹分手以致走投无路，更是无稽之谈。即使玉蝶对我的移情别恋有诸多不满，我又何必迁就她？别说只是在外面有个红颜知己，就算要娶进门来，为人妻的，也不能说半个'不'字。若是坚决不允，便是不贤，便是善妒，便能用'七出'之条，将她休回娘家去。"

这一段，若拍案而起，慷慨陈词，倒能有十分的气势。但说话人像是提不起精神，瞳眸空洞，轻声慢语的，反而透出些凄清来。仿佛这套说辞，是早已备好的，到了临出口时，却没了心境，但又非说不可，只好虚应般随口言之了。

"娘家？说得好！正是这个'娘家'！请问，夫人闺名谓何？"

"闺名？"封乘云脸色微白，一滴汗水滑下，"玉蝶啊。"

"这正是不妥的地方！家中妻室，是一名男子的私有，悉心收藏于闺阁，不叫外人窥见，才是常理。我识得一位房公子，与他谈天时，无意中探问他妻子的姓名，人家当场翻脸，恨不得立时生出獠牙来，一口把我咬死。这才是恋妻成狂的正常反应！而你，主动提到夫人闺名的次数，未免太多了！到底是对死者念念不忘，委实无法自制，还是别有图谋？比如，刻意将夫人的名字摆在众人面前，让人自以为了解，便不再去深究？

"除了将'玉蝶'二字挂在嘴边，还有诸般做作，都显现出你对妻子的爱慕迷恋。最惹人注目的，要数那墓碑。你把它当作活人一般关照，看在旁人眼里，只会心生怜悯：好一个痴情男子！竟将死气沉沉的石头，视为爱妻的替身！然而，事实果真如此吗？

"夫人亡故之后，你连续几日不曾露面，第一次出去见人，就是为了迎接那墓碑！东西刚一送到，你便吩咐快快抬进去。接着口吐惊人之语，把在场众人的眼光都吸引到自己身上，让人没心思留意那墓碑。即使想看，你带路时站在近旁，抚摸时大袖遮挡，人随碑走，将大家的视线封了个严实。放置地点也有讲究——不能卸在庭院，因为那里人来人往；必须请进卧房，因为无人可以擅闯。红羽送饭，你要她搁在门外，不得入内；再加上一个我，迫于人情世故，只好开门放行。而那时，你整个人趴在墓碑上！起身后站在床沿，以身形遮掩，之后更是拉过锦被覆盖。一系列的动作，只有一个结果：除你之外的人，无缘目睹墓碑上的刻字！

"但是，尽管你费尽心机，我还是看到了，四个字：'玉蝶之墓'！若是在乱葬岗瞧见这样的写法，我丝毫不觉意外。但在能够精心料理后事的情形下，这也太过轻率了。任谁见了都难免疑惑，不对啊，再简单也该是'封门某氏之墓'。为什么不这样写？是怕人知道什么？标准的六字中，五个毫无悬念，只剩下这'某'字有掩饰的价值。夫人的娘家，到底姓什么呢？

"这可不易打听。毕竟，通常人只关心一家之主的姓氏，对他娶的是哪家闺女，则毫不在乎。好在乱神馆宾客众多，事有凑巧，我无意间撞见了当年的兰儿和她的夫婿。这位房夫人极其坦诚，一听说我是她家小姐的至交，立刻推心置腹，连自己的身世也直言不讳：襁褓之中便失去父母，无情的叔叔婶娘只是随便叫她'兰儿'，连个正经的名字，也不曾替她取过！

"听到这里，我真是喜不自胜。一直想要知道的事情，已近在咫尺了！试想，当年的主人家，十分厚待兰儿这丫鬟，甚至让她读书识字，地位仅次于正牌小姐！如此亲昵的关系，难道会任她顶着一个乳名就嫁为人妇？如果她拥有全名，一定是义父或义姐给她取的！对于贴心的下人，主人通常会赐她自己的姓氏，何况已经视如己出？所以，她的姓，必然就是夫人的姓！

"可惜，在下无法直接发问。之前不忍让她知道这桩凶案，又答应她夫君隐瞒当年惨祸，已堆砌下许多谎言，可不能前功尽弃，只好使个小手段，让她自己说出实话。人在何种情形下，会自称全名呢？只能是在撮土为香时，或指天誓日时！我故意污染夫人名节，她果然中招，跪地虔诚道：'我封玉兰对天起誓……'不错，她的大名，叫作'封'玉兰！夫人娘家姓封，夫人闺名封、玉、蝶！"

三字一出，封乘云颜色灰败，脸上渗出几丝绝望。

"现在想来，在房家，我所提到的'封姓友人'原是指你，但听在他们的耳里，说的却是夫人！"

红羽不惜打断离春，焦急地猛拍椅面：

"离娘子，你弄错了！这绝无可能的！"

赵管事也来了精神，靠在椅上侧目道：

"就算你想陷害人，也不要编出这么耸人听闻的龌龊事！"

离春清淡一笑，望着封乘云：

"看啊，刚才我指称你杀人，他们都没有如此激烈的反应，足以见得这事多么有违常理。我大唐是礼仪之邦，最讲道德，最重伦常。大家时刻装在胸中的，莫过于宗族观念，也由此衍生出许多规矩，其中极关键的一条，就是——同姓不婚！

"只要同姓，便算是一家人。即使毫无血缘牵扯，也不能得成眷属；只要不同姓，哪怕是表兄妹之亲，也可以结为连理。'封门某氏'，'某'字处填上张王李赵，什么都没问题，唯独没有'封门封氏'的道理。既然同姓不婚，现下又夫妻同姓，何解？想想亦然也姓封，若他姓的是母姓呢？只剩唯一一解：入赘！"

封乘云神情委顿，认命道：

"世事果然天注定，偏巧这时兰儿会在长安……"

"即便不能获悉夫人姓氏，我也早已起疑，大不了派人去闽南调查，只是耗时长些罢了。"

"我自认不曾露出任何破绽啊，到底是何时？莫非，这就是鬼神之力？"

"这点小事，哪里用得着鬼神？书房一番谈话，一切就昭然若揭了。我曾说过，出身一事，最是瞒不了人。生在一个阶层，自然会与同等尊卑的人们有着一样的思路，面临相同事情时的反应也如出一辙。这种定式，仿佛烙印在骨血中。即使境遇变迁，外表可以修饰，气质可以假装，但观察人世的角度，却很难更动。举例来说，我的外号'离娘子'，便可当作识人的工具。"离春凉凉一笑，"'娘子'二字，本来只是'女子'的意思。粗俗无礼的人，却往往暧昧地认为是'妻子'，然后直接联想到我貌丑难嫁上。有教养的读书人，通常不至于此，也许暗地里有别的想法，但只放在心中，不会宣之于口。而那日你是怎样说的？还是叫我馆主，除了玉蝶，实在叫不惯其他人'娘子'？那群抬墓碑的粗鄙人，有类似的说法，合情合理；但你一个'儒商'，也把这普通的称呼理解为这个意思，还当面直言，实在令我在费解之余不得不生疑：莫非你从前也曾身份微贱、粗鲁不文？本来还担忧这是我的偏见，结果稍加测试，你便露了马脚。"

"测试?"

离春仰首吟诵：

"将仲子兮，无逾我墙，无折我树桑。"

封乘云眉头微蹙，脸上透出茫然。红羽被频出的惊人事实骇住，刚刚醒过神来，无力笑道：

"离娘子，又错了！那时我要同你说的，便是……"

赵管事本就恼恨离春道破他的阴暗心思，这下可逮着机会，急忙截口讥讽：

"才疏学浅，就不要出来献丑。'将仲子'，'将'字在此处作'请求'讲，应该读'枪'音！"

离春恍若不闻，只是沉默，好像等对面的人自己领会。封乘云左右看看，脸色愈加凄迷，喃喃道：

"方才你读的是'江'，那日也是……"

"不错！何等明显的错误，连你家略通文墨的侍女都听出来了，你这自诩风流的老爷反而不觉有异，岂不耐人寻味?"

"当日吟诗，竟是这样的阴谋。你真是一字一句都包藏心机。"

"你又何尝不是步步为营地欺骗我呢？自从对你的身份生疑，试探性地要你回忆当年情史，那之后你我都没有实话了。根据在下推断，若你之前出身卑贱，没有机缘接受教化，应是不通文理。

236

但你现今既然能在商界立足，同行们又都被你的儒雅气度迷惑，无一人质疑你的过往，想必经过了一番刻苦自学，识字应不成问题。为求证实，我先写李白的《长干行》，还不曾写完之时你已诵出，果然没错。同时也算提示我，目前流行的诗词，你在附庸风雅时经常用到，怕是难不住你。如何试出你的深浅呢？既然是自学，必然以实用为先。我只须反其道，找出现在已不常用，你不会有意去学的诗，但读书人必读的典籍，非《诗经》莫属。第二首《关雎》，你便没有跟着念了。这并不说明什么，还需要更切实的把柄。自习不同于有先生在一旁教授，只见字形却无人读给你听，在一字多音上做文章，多半可以成事。在《诗经》中挑一首，不易望文生义的，或是常用字却读作生僻音的，此音此义在日常谈吐中很难涉及的，上选《将仲子》！'将'字，确实经常读作'江'。看我白纸黑字写出来，你也不怀疑读音中有鬼吧？

"三句诗吟过，你已泄了底，之后种种等于不打自招。若你真如自己所说，自小读书，之后弃儒从商，刚刚的小把戏，又怎么套得住你？无疑，你在身世来历上撒了谎，那么其他地方呢？难道这一番讲述，是全盘捏造？在下实在不信。如此复杂的情节，如此众多的人物，如果尽是虚构，称你为'奇才'也不为过。再说，你当时的话音中，似乎倾注了些许真情，我也听得出。所以，那些闽南往事，有几件该是真的。出自你口的这套说辞，应该是根据真实发生的事情，稍作改编而成。

"后来遇到兰儿，她证明了故事中的人物确实存在，越发证明判断无误。我诈称是夫人好友，与她核对当年之事，将你告诉我的，点点滴滴重复出来，期待她能忽然打断，说："离娘子，你记错了！这事不是这样的。'可是，我每露出一个细节，对方不是赞同，就是怀念，所补充的内容，也与你的说法一般无二。明镜寺惨祸一段，玉兰不知，偏她的夫婿可以作证。最后的结论竟是：你所说一切无比可信，从头至尾都不曾说谎！这太古怪了，怎么会这样？

"思索之后，我觉得这样说也没错——你确实不曾撒谎！那一系列事件中，我总以为必有一些是编造的，是假的，是无中生有的！但我错了！你的说辞中，没有无中生有，只有偷梁换柱。一桩桩往事，全都是真的！被你更动的地方，太过微妙，手段又如此精巧，实在令人难以发觉！

"当年，玉蝶小姐与父亲住在闽南。其姑母生了大病，但在鬼门关前侥幸逃脱，于是赶快带了全家来探望兄长。她的儿子，自幼攻读诗书，才华横溢，还是名俊美青年。长辈们有意撮合，将表公子的住处安排在小姐的居所附近。这表哥不负众望，果然恋上了玉蝶妹子，每日在花园苦苦等待，尝试传递些文字倾诉衷肠，却屡次遭到兰儿阻挠，无奈之下，只好求一名花匠充当信使。这一切，都是真实事件，被偷换的只有一处地方：表公子确有其人，但他是另外一个人，而不是你！那么，你又是谁？

"此事最难解处，便是要将你和表公子拆分开来。一旦看透了，几乎可说是一通百通。整个故事中，有一件事最为要紧。刚才说过，表公子让长工替他暗度情书。经玉兰夫人证实，确有其事。这可是极私密的，除了当事之人，旁人恐怕很难知道细节，然而你说得有板有眼，甚至连那下人不受贿赂都一清二楚。你若不是那托人传信者，必然就是那代人传信者。不错，你是自幼被人贩子卖到封家，一直于小姐院中养植花草的那个人！

"这般来历，可不易探听。最初获悉夫人待莫成如故人，还道他是你们在闽南的旧识，也许会了解你发达之前的情形。向他一问，得知并非如此。有幸得遇房夫人，却又因为情势所迫，不能单刀直入地问，只得迂回地描述，看她的记忆中，是否有这样一人存在。我勾勒出的人物，必得是你过去的模样，否则她不觉熟悉，再多心机也是白费。可数年已逝，你又变化甚巨，我要如何使她遥想往昔？

"我正为难时，灵光乍现：既然莫成并非夫人的故人，夫人为何对他如此特别？想你曾向我说起，红翎与兰儿身世的相似处。夫人疼爱前者，约莫也是在她身上，见到了分离许久的义妹的影子。那对莫成，会不会也是类似的移情作用？若是，她透过莫成看到的是谁？莫成像谁？赵管事曾用十二字概括这名憨厚长工：年轻力壮、身材魁伟、相貌英俊，这些词汇，还可用在谁的身上？你，封乘云！可你看来并不见老，皮相与几年前应无太大改变。正牌仍在，夫人何以对一个赝品优待？除非，莫成不只形貌与你相像，就连性子，也像极了当年的你！夫人瞧着他，便可暂且忘却现下的薄情郎，忆起初恋时的痴心人！

"至此，从内到外的说辞，已经妥当了，那么，怎么编织你目前的境遇呢？我讲给玉兰夫人听的，是你口中的故事，夫人嫁给了她表兄，之后一家三口迁居长安。照此发展，当时身为仆人的你，该有如何举动？痛失爱人，若当真情深，追踪而至才像样子。这恰好又与莫成的经历重合。于是，我大胆按照他的特征讲述，心中所想的却是你。

"一着险棋，果然让我获知了你的身份。妙龄的小姐、温柔的夫人和年轻的长工……在下曾试探房夫人，死者是否也会落此俗套。那时已知夫人与莫成间，并无败德之事，我意指的倒是她出阁前做姑娘时的事。虽然玉兰矢口否认，但当她问及小姐嫁人与否时，却难掩忧心。等听说姑爷是表公子，她才如释重负地赞叹这桩姻缘'明智'。显然，她在害怕，怕义姐一时糊涂，错付了不该选择的人，那便是你。这说明她隐隐察觉到一个事实：小姐果真芳心暗投。

"想来也该是如此，从夫人的性格分析，亦可得到相同结论。收集死者特征的一段时日，我反复向众人探问她是个怎样的人，结果听到无数溢美之词。这也在意料之中，毕竟谈及一个女子，众人只会着眼于她有何等容色、何等才华、何等品行，却极少关注她的真性情。触及如此深度的，只有一句，兰儿说：'决定嫁给表少爷，必然是爱极了他。'此话的实意是：夫人所嫁之人，定是她的生平至爱。而一位如此重情的女子，会喜欢的到底是满腹经纶却高高在上目中无人的表兄，还是憨直纯净、陪伴她一同长大的青梅竹马？答案不言自明。

"所以，虽然表公子煞费心机，但得到玉蝶表妹青睐的，依然是那长工。情书送进一封封，始终石沉大海，毫无回应。而借此机会与心上人相处的你，却是得偿所愿。小姐与你两情相悦，夜半幽会想来也不是谎言。故事中那个在美人协助下逾墙的仲子，不是表少爷，而是你。

　　"日子如是流去，直到兰儿截下了情书。她万分细心，仅凭一个眼神，便瞧出你对主子有情。但在这丫鬟心目中，合适的姑爷是表公子，于是去找他说话，建议他尽快提亲。可对方羞于承认托人传书一事，只是强调相信表妹不会恋上癞蛤蟆；兰儿又不愿揭破你，无奈装作误会。两人各怀心事，互有隐瞒；所谓'情书文辞粗俗'，一定不是你解释的原因：表少爷怕连妹子的手都不曾碰过，信中又怎么可能写什么'夜半之约'？此无端之说，纯属激将法，却不料触怒了地位尊贵者。他暴跳如雷，将这热心女子骂得狗血淋头、掩面而去。'你到底是卑贱出身，别真把自己当了金枝玉叶。'最狠毒的一句，你在书房重复时情绪激荡，不是自恃高贵的蛮横，并非悔不当初的歉疚，而是难以掩饰的愤慨。因为，你不是那出口伤人者，而是与那被骂女子身世相仿的奴仆。玉蝶所爱之人，明明是你，可在表公子口中，好像这绝无可能。被他的趾高气扬刺痛的，不止兰儿一人；物伤其类，那同样是一记耳光抽在你脸上！

　　"同病相怜，次日你在厨房巧遇兰儿，劝慰道：'他不该那样说你的！'她诚心告诫你，不可一错再错，还拿糕点作了比拟。那日我去房家前，恰好自莫成处获赠一包糕点。最初拿它出来，只为危言耸听。什么'老爷最爱吃的零嘴，长工兴高采烈主动购买，明明多做了事情还毫无怨言，要他出让这一包十分艰难'，暗示这吃食里藏有玄机，不得志的长工蓄谋暗害小姐的夫婿。毕竟二位是情敌，这最是情理中事。一番恐吓，只因玉兰夫人多有顾虑，若不受些惊吓，怕是不肯说实话。坦陈出你曾扬言毒杀表少爷，倒是意外收获。过程中那句糕点'是为表少爷准备的，就算你也好这口，又能怎样？'，透露出钟爱糕点的有两人——表公子固然喜欢，长工更喜欢。世事变迁，口味却是难移，你应是这二者之一，也算是冒名顶替的一个旁证了。

"厨房中你所说的一切，也许是刻意显露绝望，似乎小姐无意于你，以此麻痹兰儿，使她不至设置障碍；也许是发自肺腑的真心话。虽然小姐对你以身相许，但到底身世悬殊，总是担心最终有缘无分。每每思及恋人可能投入别个男子怀抱，便为此癫狂，早有奋力争取不择手段的准备。我不知你的用意，但当时的情形，完全不须忧心。表公子对兰儿一通责骂，已彻底踩断了玉蝶对他的最后一丝好感。表兄的才华，或许令她有些仰慕，但她与义妹感情更是笃厚。表公子因此事备受冷落，郁结愁苦，也是事实。但当时你却春风得意，与恋人相处甚欢。情敌的咄咄逼人，越发显出你的温柔平和来，小姐怕是无比庆幸，以为自己选对了人。

"之后便是提亲一节。表公子听得有人求娶府上小姐，急忙冲上厅去。等解开了误会，自然大喜过望，极力撮合。后来见兰儿犹豫，脱口承诺'表妹交我照顾'。想来是近几日遭心上人冷眼，深思熟虑后决定单刀直入，将一切摆上台面。果然，他得到了双方父母的支持。表公子自然喜不自禁，但另一位事关己身之人，态度却十分诡异，低下头一言不发。这婚事不如她意，她反而是隐忍不发。根据你的描述，一日内允下两桩婚事，厅中气氛热烈祥和。小姐也是知礼的，总不能在大家兴致正好时，劈头冷言：
'爹，女儿誓死不嫁表兄！'如此就太难收场了。就算温柔婉拒，
也是拂了三位长辈的意。在他们眼中，如此难得的佳婿还不肯嫁，
必然得说出个理由来。小姐与长工相恋，总不是件值得张扬的光
彩事。何况，在场的还有房公子，他毕竟是个外人，难道要闹出
笑话丢掉全家的脸？

"府中这通热闹，你却无福目睹，也许当时你正在小姐园中照
看花草，一切都是自她口中听说。而兰儿不知你们交谊深厚，只
怕主子落入你手，便叮嘱小姐嫁与表公子，不要让你陪嫁。玉蝶随
口应承，在下认为她只是敷衍，其实并未听懂。因为，兰儿说的，
都是表少爷做了姑爷之后的事情，而小姐从未想过要嫁给表兄。

"兰儿拘泥于身份，早早与夫君离开了闽南，无缘见到后续发
展，才始终认为小姐定给了表少爷。他们去后不久，明镜寺惨祸
发生。由于房竞萧与寺中住持是知交好友，途中又因病耽搁了行
程，自通信中碰巧得知此事。他的说法与你相同，难道这件事上，
你终于如实述说？不，这其中的纰漏可大了。房公子的消息，来
自一位幸存的小师父。他在闽南收到给住持的回信，知道天灾降
临之日，写信人的四名亲人曾上山来，便热心地代为打听。这四
位施主他不曾见过，唯有向旁人询问，也不知一层层间隔了多少
人。再说当时官差与家属们，正忙于清理灾祸现场，可以想见那
是如何混乱的场面！加上这小和尚急于给师父的友人一个交代，
所以传过来的信中没有具体指名道姓，只是讲了个模糊的概况：
四人上山，中途一人离去，幸免于难；其余三人，魂归西天。而

房竞萧之所以认为罹难者是三位老人家，只因信中提到，收领三具尸体的，是个稳重可靠、年轻英俊的后生。信中不可能详细描绘死者的长相，根据四人的关系，他自然推断幸存的是姨姐的未婚夫表公子，排除之后列出死者名单。出于为爱妻着想，房公子非但当时没有回去奔丧，之后数年间也一直隐瞒此事，与那边联系尽失。这番推论从未得到过证实，甚为可议！

"这整个事件，其实是另一番景象：兰儿一对走后，家里又全是自己人了，小姐的顾虑终于打消。她终于拿定主意，要坦陈一切，为终身幸福放手一搏。她或许悄悄潜到父亲房里，在他膝前跪倒，痛哭流涕，直言自己心有所属，非此人不嫁。其父大惊失色，想长工身份微贱，初时必定不允；而玉蝶也是使出浑身解数，苦苦哀求，父亲不点头誓不罢休。做爹的毕竟心软，不忍见爱女寻死觅活，早早动摇了。迫使他最终咬牙跺脚成全的，或许是女儿已珠胎暗结？在下无从知晓。不过，虽然姑母家经过慎重考量，理论上尚未正式提亲，但口头上已承诺下，毁约便是失信于人。若无十分惊人的杀手锏，恐怕难以改变父亲的主张。

"如此，女方家长羞愧满面地对亲家解释一番，这桩备受期盼的婚事就没了下文，之后一行人上明镜寺去，自然不会是去游玩或是还愿的。为何他们会有此雅兴？按情理推测，姑母养病也许只是借口，到底还是为儿子的终身大事而来，以为如愿时却遭毁婚。主人一方也是负疚，而且两家依然处于同一屋檐下，日日相见难免尴尬。但若就此拂袖而去，恐怕会断了亲情。最好的方法，应是假装一切不曾发生，装作在无意间说道：'听说附近有间明镜寺景色宜人，真该去饱饱眼福，再顺势住上几日。'有个合理托词，既可以暂时避开，以后从那边直接回家，让这事平稳淡去，大家面上也好看。

"不知姑母一家就是这般通情达理，还是气愤难平立时要走，最终被兄长挽留劝说妥协至此，总之，名为游玩，实则大家都心照不宣。一家人上山前就决定好要留宿，玉蝶的爹爹就是送客去的。所以，那时候灰溜溜告辞下山的，其实是他！在山崩中丧生的，倒是姑丈、姑母和表少爷！之后在惨祸现场收拾残局的年轻男子，却是你！你岳丈这幸存者怎不出面？想他毕竟年事已高，经此惨事打击，也许卧病在床。岳父有事，女婿服其劳！那时你已被默认了身份，因为小姐除了你不嫁别人，但她父亲必然对你不满。这次正是你出力的时候！

"但是，你再如何殷勤，也无法讨岳丈欢心。因为，他一见你，立刻想起惨死的妹妹一家！山体崩落虽是天灾，但若非你与小姐的私情，若非婚事不守信诺，那无辜的三人怎会撞上天灾？自责之余，又不能苛责女儿，只好迁怒于你。以如此心态相处，实在难以融洽，否则一个老人家，怎么舍得让唯一的掌上明珠和宝贝外孙远离自己，居住长安？也许是夫人怕翁婿不合主动提议，也许是岳丈看了你就郁结到宁愿放弃天伦之乐。总之，他从手下生意中，随便挑出一家分号丢给你打理，保你三口衣食无忧。放你们离开闽南，他也眼不见心不烦！所以多年来两边疏于来往。直至今日，他依然健在，孤独地在闽南养老。

"这一事实，与'岳丈死于山崩'的故事相违背，你自然要设法掩饰，比如谎称夫人患有癫狂症。不错，似乎是在下发问'夫人为何不留在故乡'后才得到的解答，并非是你有意灌输。但我猜测的理由是二位'如胶似漆'，这不正是你多日来试图营造的印象？此时你只须凄迷一笑，来个默认，什么也不必说。而你非要装作不得已，倾诉一个不光彩的因由。关键不在夫人的病，而在她发病时的表现：夫人将饭送到父亲房里，望着虚空处叫'爹'，好像在夫人心中，父亲并未离开人世。这一席话，其实是说给当时在场的红羽听的。因为你岳丈本来就不曾死，你怕夫人和丫鬟闲谈时，提起老父在闽南如何如何。而经此铺垫，她再想起那些真话，便会当作疯话。疯疯狂乱症还有另一用途——为不信鬼神之人，合理解释那次的'鬼上身'。

"整番书房对谈，也不是对我讲的。或者说，只是拿我作个演练，等说得圆熟后用来蒙蔽大理寺的差官。你将自身经历，与表少爷的人生交叉融合，造成表兄妹做亲的假象，又说岳丈死于灾祸，真可谓是弥天大谎。这'合二为一'的诡计，通常人极难想象。房竞萧夫妇恰在长安乃是巧合，若没有这般好运，要证实你的说法，非得去趟闽南不可。从长安到那边，往返加上停留调查的时间，最快也需要半个月；但凡路上稍有不顺，中途耽搁，耗上二十天一个月都有可能。虽然只要派人过去，见到独在异乡的岳父大人，便可揭穿你的谎言，但是有何理由劳师动众呢？

"办案人员听你追思往事，根本不会怀疑其中有诈。因为，那不过是一段回忆，与眼下凶案看不出任何关系，没有作假的必要。如果硬要疑心你怀有什么目的，也顶多是怀疑你夸大了与死者间的浓情蜜意，强装痴心人罢了。这正是妙处——看似无关的通篇谎言，不动声色的掩护——完全消弭了你的作案动机！

"故事中，你是才华傲人的表少爷，与小姐门当户对。所以尽管岳父早早丧生，但根据当时已定下的婚约，他的遗产自然归你继承，何况那些商号还是危急关头你力挽狂澜救回来的，夫人目前所使所用都要靠你经营。此种环境下，你这三口之家，便像大唐千万家一样，是由男子做主。你愿意纳小妾、狎艳妓、养侍婢，夫人大气也不敢喘一声；就算她一哭二闹三上吊，你大可置之不理。即使大理寺查出了珍珠的去向和牡丹姑娘一事，你也能够生硬地道上一句：'她不贤，就休掉吧。'

"现实里，你是卖身于封家的下人，妻子曾是你的主子，你唯一的儿子随母姓。最要命的是岳丈还在世，一名赘婿的处境可想而知。那些分店或许真是依靠你的商才开出的，不过说到底，这些依然是你岳父的产业。严苛讲来，你不算封家的正式一员，即便你自称姓封。这'封'姓，或许来自你做仆从时主人的下赐，或许是岳家答应嫁女的附加条件，或许是你到长安后为掩饰入赘真相而虚拟的。但无论如何，你始终是个外人，封家老爷、玉蝶和亦然才是真正的一家人。如此，你还能不重视夫人的意见吗？落花居之事若是闹大，夫人一气之下，回乡找到父亲撑腰，一家之主让你夫妇解缘的话，被赶出家门的反而会是你，到时你可真是妻离子散，前途尽毁。可要完全按照玉蝶的意思行事，又无法消受艳福，你心有不甘。这才陷入左右为难的境地，酝酿出足以痛下杀手的许多恼火。

"差官们若信了你，哪里还会怀疑什么？连动机也找不出，怎能指称你杀人？这一招偷天换日，实为妙手！在下称之为庄周梦蝶——是蝴蝶梦到了庄周，还是庄周梦见了蝴蝶？到底是少爷变成了姑爷，还是姑爷变成了少爷？而明镜寺之生死颠倒，则堪称神手！世事如棋局，只需在关键处替换一子，局势立刻便会颠倒。你的确聪明得紧！"

红羽与赵管事在封家日久，从不知有这般内幕，只听得目瞪口呆。封乘云坐在原位，仿佛已不抱希望般全无动作，只剩下苍白手背的筋络微微跳动。

 廿 二

离春凝望他一会儿，接续说道：

"说你聪明，因为这套伎俩是你在案发后短短几日间想出来的。你并非预谋杀人，初时你十分慌乱，躲在房里不敢见官；生怕不做后事准备令人起疑，只得去刻了那墓碑，当时并未想明该怎样作假，一门心思只知道掩饰，这才留下了最大的破绽。后来思量清楚了，便精明起来，脑筋之灵活犹如那日夜晚面对夫人尸首时。

"卧房中，你望着妻子尸身，自知闯下大祸，懊悔已是不及。若任她摆在这里，次日被人发觉……闺房窃案可说是丫鬟所为，发生于深夜的闺房凶案，丈夫的嫌疑当然最大。洗脱罪嫌，就是你移尸的第一理由！往哪里移？夫人的一身打扮提醒了你：披头散发，白色里衣，让你不自觉忆起当日传遍全家的亦然井边遇鬼之事，你当下便想到，若是将尸体沉到井底呢？

　　"如此，事情便是另一番景象。次日清晨，莫成自柴房出来，不会迎面撞见尸体；丫鬟们遍寻主母不获，直到有人去井中打水，发现载沉载浮的尸体，吓得惊叫坐倒在地。众人齐心协力将其打捞上来，这才会出现陈尸井边的一幕。这般装束，浮尸井中，死法与流传多时的女鬼传说十分相像。信或不信鬼神的人，见此情境都会不寒而栗。那时，无人会想起什么盗珠、什么奸情，回忆中只剩下那次'鬼上身'。前夜小公子刚刚撞鬼，今日夫人就无端猝死，只能是死于'鬼'手了！您这老爷再出面主持大局，痛陈几句'鬼神之力不可抗'的认命言辞，向官府报一个'失足落水'，谁还能觉得不对？溺死夫人的水，本就取自井中，再好的仵作也验不出异样，此案便能平安揭过。这便是移尸的第二好处——嫁祸于人，唔，嫁祸于鬼！

　　"打定主意，你便收拾好狼藉的卧房，抱起夫人尸身，自小路来到井边。但你为何没有按照谋划的沉井？因为中途出了意外！

　　"凶案发生前，红翎离开了卧房，她去了哪里？那晚她始终犹豫是否要照常到柴房去，现下贴身丫鬟的责任已了，她终于按捺不住，依旧前往赴约。在下猜测，当时莫成等得不耐烦，已迷糊睡下。红翎闪身进了柴房，见情郎如此，不忍吵醒，静静地站在一旁凝视那安详的睡颜。这么在黑暗中待了不久，正要回转到下人房歇息，却听见柴房外似乎来了人。子时刚过，这个时间怎会有人来这里？红翎自然以为是小公子为了昨晚'闹鬼'一事而来，自己如果马上出门便会暴露了私情，但被堵在柴房里，又不知他会在外面守候到何时，窘迫之下红翎急中生智：既然他要看鬼，就给他看！刻意装得恐怖些，能吓走小公子当然最好，就算他要追，自己一个成年女子，奔逃时孩童也赶不上。她飞速褪下外衫，露出白色里衣，弄散头发披在面前，轻轻开门出了柴房——为了装得鬼模鬼样，也许是伸直双臂，脚下飘飘忽忽地行进。

"而这时，你正将夫人遗体放置在井边，并要将其放入井口，忽然听得身后有响动。而回首之下，映入眼帘的竟是这般情境！想你刚刚作下凶案，心中正感紧迫慌乱；陷害女鬼替你顶罪的当口，蒙冤者便出现在你面前。不论是否信奉鬼神，这时脑中都会浮出'天理循环'四字，你不承想报应会来得这样快。眼望那白色身影，你没有当场吓死已是奇迹，自然连滚带爬，落荒而逃了。

"与红翎那一个照面，你惊恐之间，不曾看清她的模样；而她的眼睛因为已经习惯了夜色，辨出了你的脸孔。事情显然出乎意料，待你跑走后，她发现了躺着的人体，走上前去，认出是夫人，推操两下一探鼻息，才知道竟是死尸！红翎惊吓过度，怕得掩口尖叫。莫成说他睡得蒙眬时，隐约听到了叫声——不是凶杀在进行时，而是尸体被发现时！

"发现者可不敢与死人待在一处，迅速躲回了柴房。喘息良久，静下心来一想，明白了方才目睹的是一场杀人抛尸的凶案，而凶手已落入自己眼底。虽然一时吓住了对方，但难保他将来不会回过味来。凶手一旦查知目击者身份，定然会杀人灭口。封家已成了险地，她还敢继续待下去吗？自然是忙不迭穿着齐整，行李也顾不得收拾，连夜奔出家门，在坊中躲到宵禁开解，匆匆逃亡去了。

"她东躲西藏，怕被你找到。通常人遇到如此境遇，必然会报官寻求庇护。但她没有这样做，只因缺乏胆量。想想这位姑娘的经历：无辜被恶霸看中，胸中盛着气节，便不肯就范。但对方势大，官商勾结，害得她家破人亡；若无夫人搭救，清清白白的女孩也要进入烟花巷陌了。吃一堑长一智，自己都已曾经九死一生了，还不懂得胳膊拧不过大腿的道理吗？她怕此事即使闹上官府，公道也不会在自己这边。你这富商上下一打点，要迫害一名卑微的小证人，只怕比捏死只蝼蚁还要简单。

"出走之前，她一定曾想与莫成商量，至少将去向告知。但这念头更在她心中添上不安：当年遭人调戏，回家找胞兄帮忙，结果如何？最终害得胞兄肢体残毁，变成废人。她不能让情郎再受牵连，便没有向任何人倾吐，自己离开。

"而你，魂飞魄散地奔逃一阵，随便寻间屋子便扎进去筛糠。虽然明白移尸尚未完成，心中也是焦急，但委实受惊太过，无论如何也不敢再摸黑靠近井边。待天亮时，你惊魂稍定，正妄图补救，奈何莫成早起，已发现了尸体。那装束固然引人联想到女鬼，但尸身却不在井中，戏没有做到十足，难以误导众人思路，这才有了报知官府以及之后的许多麻烦。等到清点人数时，发觉少了红翎，你隐约觉察到了夜间的真相。所以，大理寺要缉拿'逃犯'

时，你才出言阻挠，说什么放她自由。将借口设计为夫人托梦，符合自己一贯的痴情形象，倒是个妙招；解释中还提前讲述了'兰儿游说表公子'一段，于是自己后面身世经历的可信度大大增加。明明是案件疑凶，苦主却不愿她归案，本来极突兀的事情，经过如此一番渲染，倒显得合情合理了，真不枉在下赞你聪明！

"可不论如何掩饰，此案从一开始，条理便极其清晰。凶案发生当晚出走的人物，若非凶徒，必是重要证人！而逃离又不敢报案这件事本身，就从侧面指示了凶手为何人。若她所见的行凶者是宅子里任何一名下人，都无须惊动官府，直接找到老爷，即可将其惩办。而她无法这样做，因为凶手就是主人，拥有着令她惧怕的财势。君子不立于危墙之下，隐匿避祸，也是人之常情。但她究竟是个朴实丫头，为自保而无法替恩人申冤，她始终觉得愧对夫人。"

离春一番讲述，终于停顿下来。封乘云早已失去生气，魂魄仿佛离了体，两眼迷蒙着。现在眨动两下，好像刚刚睡醒：

"听你的意思，红翎找到了？"

"不然，你以为莫成为什么跑出去？我告诉他，他等待的人，现在在大理寺监牢。只一句话，这么大个人瞬间就消失不见了。自红翎失踪以来，他可是思念得很。那日他还在井边祷告，对女鬼'拆散有情人'的行为有颇多不满呢。"

"这两人倒真是可爱啊。"封乘云自嘲般摇头低笑，"还好，没有因此事拆散他们。若我说，能少造些孽，也是我心之所愿，只怕现在也无人相信了吧？"

"你所说是真是假，我自然可以分辨。"

"是啊。我苦心隐瞒的，都骗不过你。"

说话间封乘云眼睫低垂，似乎较之前伪装时更显凄凉。

此时，只听得门外一阵杂沓脚步声响，厅前转眼间列开一队官差。为首一人，正是丁烨。

封乘云抬眼看见，却无动于衷，似乎早有预见般：

"这一日，我想过无数次；真正到了眼前，倒也不怎么可怕。我是无所谓了，只是亦然……"

"这你无须担心。他可回闽南去，与外公这唯一的亲人一起过活；就算祖辈人年迈，精力不济，长安的房竞萧夫妇或许愿意照顾这一老一小。无论亦然到了哪里，离春都可以担保：在他懂事以前，不会让他知道此案的真相。他娘亲就是遇鬼而死，之后痴情的爹追随爱妻而去。"

"安排得这样妥当，我若还不放心，倒显得矫情。"封乘云温存笑道，"不过，等到秋决时，再想瞒过他，怕没那么容易了。"

虽是这样说，但听他口气，似乎并不十分在意。话音落地，他按着桌面缓缓站起，自离春身边擦身而过，往差官方向走去。将出厅门时，忽然驻足，半侧过身子，迷离问道：

"还有一事，自犯下罪行，我一直都在思考，可惜至今也想不通。你既然可以看透人心，可否帮我这个忙？"封乘云眉头微皱，好像这问题极重要似的，"你可以告诉我，玉蝶她，爱我吗？"

"夫人她，爱你入骨。"离春知他执着于答案，转身走到他身畔，"若是在乎贵贱，最初便不会嫁给你；若是要以身份欺人，早早出手，便能管得你动弹不得了，哪里会等到今日？无论你如何过分，她也是忍让为先。自始至终，她要的都是你的真情，而非你的屈服。"

"我也这么想过，可惜最后并不……"

"并不相信？抑或不愿相信？"离春冷笑，"夫人表现得难道还不够明显吗？她以仁心待仆从，因为心爱的妹子和丈夫的社会地位都不高，嫁人前后从未有变。这已是一种表示，你的眼却视而不见。就算细微之处你不能体察，那随处可见的鲜艳蝴蝶，你总看得到吧？"

"蝴蝶吗？"封乘云眼色迷离，如同置身幻境，"近几日我时常梦到一只蝴蝶，落在一朵花上，但那花觉得无比厌烦，拼了命般驱赶它。于是，那蝴蝶飞走了，只剩下那朵花……我真想知道后事如何，可惜不能。因为每到此时，便心中绞痛，痛得醒了。那梦中的蝴蝶，与她绣的那许多一模一样，五颜六色的，极是好看。"

"听说总共要用七种彩线，这是夫人婚前自创的手法，在下始终觉得不可思议。这实在太过繁复，又非为生计所迫靠针线过活，日复一日重复着，枯燥乏味且毫无必要。于是，我认为其中必有深意。想当年，你二人互相倾慕时，这段恋情不受任何人称许，一直遮遮掩掩。坠入情网的女子，皆爱将心境与人分享，但对最要好的姐妹却不得不保密。此时女子胸中激荡的柔情无处宣泄，通常会悄无声息地做些只有自己明白的小动作，在过程中独自品味这份情感。而这寄情之物，八成就是蝴蝶绣。如此细密厚实的布线，不见一丝空隙，倒像是在掩饰什么。也许在那下面，藏有夫人的美梦。这仅是推测，在下也不曾拆开看过。你若有机缘，倒可以看看。"

安抚似的，离春贴近了些，在他腰侧拍了两下。封乘云身子顿时僵直，眼神闪动片刻，恍悟般回身一揖到地：

"多谢了！离、离馆主！"说着逸出一笑，"还是只能这样叫你。除了玉蝶，我真的叫不惯其他人'娘子'呢。"

这一次的神情，较以往更是凄冷，并透出几分莫成似的纯净。而相同的话语，让人不禁忆起书房那日。虽只短短几天工夫，却恍如隔世。离春一时竟想不出当时是怎样作答的，许久才依稀记起"随意"二字。那时他的话语，不知触动了自己哪条心弦，当下自嘲般归纳了一遍身旁人对自己各不相同的称呼，只是不能说出口。

现在，对着他渐渐行去的背影，离春在心底默默念出完整的回答：

无论怎样叫，您称心就好！众人对我的称呼，一向很是随意——亡父唤我"离儿"，孟白雷打不动地叫我"小姐"，苑儿喊我"馆主"，客人们称我"离娘子"。而外面这些差官，他们尊我为"夫人"！

因为大理寺卿杜清平，正是我家夫君。

🦋 尾 声

一日之后，乱神馆后园。

此处自然比不上豪门大宅的气派，占地要小得多，唯一景致便是一株扭曲错节的梅树，摆设只有位于其下的石桌石凳一组。

是时，石桌上放置着一只茶盏，对应的石凳上坐着那位白衣缀绿纹的公子。长安人对此君的评价，只得十四字：风姿不似世间人，俊美仿若花中仙。即使夏日炎炎，周围环境也带着几分凉意，他近旁依然荡漾着盎然春意。

这位花中仙人，现下双手交互放在大袖中，眼巴巴地凝视着面前的茶水，一副无奈委屈的可怜模样，小心翼翼道：

"离离，乱神馆的收入，加上我从三品的俸禄，还不够你买茶叶的吗？"

"抱歉！独叶茶是我乱神馆特色，不能改！"

离春微微笑着，将手中的一盘糕点撂在桌上。杜清平见了，双眼顿时闪亮，脸上的沮丧一扫而光：

"这！这不就是……你从哪里找来的？"

"承接这案子后无意间发现的。"

杜公子惊艳地拈起一块，仔细辨识：

"不错，不错，正是它！我为这美味朝思暮想，也不止一日了。"

"你这人哪！凶案现场的细节，可以过目不忘；自己买回来的吃食，居然不记得店铺的位置。"

"当初为了寻它，我整整绕了长安城三圈之多。"杜清平放下糕点抬起眼，顽皮地试探道，"还道你是留了心，特意找来的。"

"也去绕个几圈吗？我可没那许多闲工夫！"

"却有工夫为大理寺断案？"见离春不自在地转开脸，清平穷追不舍。

"接生意时，谁知道就是报了命案的那个封家？"

"那块玉板上，难道没有刻出'封亦然'的名字？"

"名字大约刻在背面，我又没有翻了去看。"离春眼神悠远，悄然露出些寂寥来，"那一面除却名姓，必然还刻有生辰八字。通常人可不愿这些东西被我看见，怕我这半人半鬼的暗中下咒呢。"

"你总是这样啊。"杜公子轻叹，望着那单薄侧影——依旧是一身黑衣，脸上却早已绘成了一叶枫红——不禁泛起笑意，"纵然不是有意，也令我省去了被何大人纠缠的麻烦。"

"你若真是一点不怕，怎么一下朝就躲到乱神馆来？"

"呵呵。"讪笑两声，"京兆府过些时候又要巡城了，直接回大理寺会被堵在里面的。他可是积压了近一月的火气，我也不敢迎其锋芒。"

"说起来，你请假还乡，成果如何？"这一问状似无意。

"成果？哦，回朝销假时，吏部威胁要扣我俸禄。"

离春"哼"了一声，扭头就走。杜清平急急牵住她手：

"别！其实，刚到家时，我便把擅自结亲之事告知父母。他们十分欢喜，直说只要我如意就好。"

"杜大人!"离春转身正视,"你若以蒙骗妻子为乐,就该娶个蠢笨的女子回来!"

"嗯……确实没有这么爽快。初时他们见我自作主张极为生气,但后来见木已成舟不能更改,也就认下了。这转变耗时颇久,只得留在那边做说客,才耽搁了行程,害你挂心了。"

"这么大的人,还怕你走失了不成?"

"真的不怕?"清平凝眸而笑,"那你又何必天天跑到驿站去,打听有没有信来? 如此常客,驿工们怕是都认得你了。"

"我那是……"

"那是'纵我不往,子宁不嗣音'。莫要狡辩你吟这一句是为了案情,这等拙劣的谎言,蒙蔽得了旁人,可骗不过我。"

离春眯起冷眼,阴沉道:

"看来我身边是被你安插了眼线了。"

"这眼线还告状说,你又不修边幅便出来接客……"

"乱神馆不是落花居,'接客'二字慎用!"

"还因一心探案而作息混乱,早起晚睡,三餐不继……"

"真忙起来,谁还记得这些?"

"推断案情时,也武断得一如既往,一竿子打死全天下的男子……"

"出口之后,我立刻限定过'一些'的。"

"而且,犹不改欺诈之风!"

"这是乱神馆的立身之道,谁叫当年查封时,你不坚持到底?"

"这一次过分行险了。你要冒充的,可是人家的娘,骨肉血

258

亲，万一被人识破，你可曾想过后果？"

"若是太容易蒙混的，这生意还真就不接了！"离春眼色一飘，自信中带些轻佻，"你知道，我熟知大唐各地方言，每种都能学个八九不离十。即便生疏些的，只需抓住几个读音特异的词句，到时候让上当者听个耳熟，也就过去了。最初在狱中用红翎小试牛刀，她便误认我为死者了；之后我便自她口中打听到了夫人言语的特点，以及亦然的昵称。仿音的步骤到此已臻完美，之后自然是仿形。所谓'相由心生'，讲的就是人时常做出怎样的表情，脸上便会形成相应的纹路。久而久之，就可以望纹识人了。夫人的尸首保存在大理寺中，只要仔细查看面部肌理的走向，便可知其惯常的脸色，之后依样画葫芦，还没有骗不过的！"说罢，离春转脸眯起眼眸，学着自家夫君的模样一笑。杜清平只觉眼前一花，刹那间仿佛自己正对着一面镜子，待妻子收敛笑容，一片艳红枫叶衬出的锋锐美貌才逐渐聚拢清晰，钦服之余只得摇头苦笑。

"怎样？连你都能晃住了，平常人更不在话下。"离春的语调显得颇为得意，"为了显得可信，还添了绣品一节。苑儿这丫头除了舌头，针线活倒也是特长。本想麻烦她破解那独特的绣法，补上未完成的一半，谁知巧遇了玉兰夫人。既然是夫人婚前所创，她的义妹也总该略知一二。我将那收在扇中的半截绣品拿给她，只说要补全了赠给她家小姐的幼子，她就忙不迭应下了。尺寸是按那玉板制的——凭我过目不忘的本领，摸过的物事怎生大小，都记在心里呢。如此几个细节一凑合，还会有谁怀疑夫人鬼魂临世的真实性？"

"就算孩童无知，还留个红羽在场，真是自找麻烦！此举不是为了那三十两吧？"清平状似调笑，假作无意地突兀道，"一说我倒想起来，你那柄扇子呢？"

"哦，现下又用不着，收着呢。"说话间眼神一闪。

"不敢示人，是怕被我发现它短了一截吧？"清平自怀中取出两段竹节，轻巧丢在桌上，骨碌碌滚动，"如你所愿——封乘云在狱中自绝了！"

这一句语调阴郁，声气中听不出喜怒，脸色倒并无不悦。离春揣测良久，强辩道：

"听你说的，倒好像是我有意逼死他。"

"难道不是？你着力强调，此案真相断不可让亦然知晓，暗示他及早决断，切莫拖到公审秋决时；临分别的当口，曾在他腰间拍过两下。你是极厌恶与人相触的。此次反常，是要假借拍抚动作，将这两节竹管塞进他的腰带之中吧？竹筒中是那柄利刃，以及另一样令他生无可恋的物事。"

"正如你所说——生无可恋，是他自己不留恋。一个人若是拼命想活，旁人仅凭言语，又怎能将他逼入死地？死志，是他早已萌生了的。那时暗中传递器具，他立刻察觉，瞬时明白了我的苦心，于是躬身道谢，谢我助他得遂心愿。"

"他的心愿？"

"他有心赴死，却仍存牵念。他怀着一个疑问，想求得答案，那就是——妻子对他有情，还是无情？这听来荒谬，明明夫人是他手下冤魂，明明是他背叛在先，如此行为未免惺惺作态。可案件已成定局，作伪还有何收益？那必是真情无疑了。本来，我对这等为私欲而杀人的案犯，绝生不出半点同情，是死是活都不干我事；但如今对此人倒是恨不起来，所以想成全他，才会拿出证据为他释疑。"

"那方蝴蝶床帐，一开始便是给他预备的？"

"不错。我坚信那其中藏有夫人的心意，然后便制造机会让他体味罢了。"离春抓过一节竹管，从中扯出布料，上面染着片片血迹。原先排布紧密的绣线几乎全部割断，偶尔连着的几丝也如杂草般四散零落着。蝴蝶轮廓的中心，一针一线清晰地刺着两字——"程云"！

"这才是他的本名吧？妻子的深情一目了然，再怎样也无法反驳了。"离春的指尖刮着那些血污，"其实，他心中比谁都要明白，却刻意自欺——说到底，他是个人，就只是个人。从头至尾，都逃不出一颗平常人心的支配：

"初时，他身份微贱，经常受人打骂，危难关头得到善良美貌的小姐庇护。因感恩而生情，这并非女性独有的心境，加上之后数年日日相对，酝酿出一份纯美而毫无杂质的真情。然而，由于身世悬殊，心上人与自己两情相悦，自己却要三缄其口；地位相仿的姐妹，劝他停止妄想；在长辈眼中，佳婿另有其人，而这情敌完全不将他放在眼里。一切种种，当时年纪尚轻的他，怎能不去在乎？人一旦抑郁到了极处，越是为世间所不容的事情，就越要去做：'既然天下人都以为我配她不上，我今日就赌咒发誓，非要将她娶为妻子不可。'由单纯爱恋变得执着于'得到'，其中有很多赌气的成分在；两人之间的情感，也许还未达到可结连理的程度。这下冒进，即使最终成功，根基也不稳。等他得偿所愿，正要舒一口气时，却发觉自己虽已跳出仆人的行列，但却成了永远低人一等的赘婿。在封家许多事都做不得主，自己又因明镜寺之祸惨遭迁怒，唯一的儿子竟不能传承程姓香火。自己处处受制于人的根源，正是结了这门亲。于是，妻子便从保护他不受欺负的人，变成了直接压迫他的人。

"长期处于失衡的情境，这日子要怎么过？好在他们很快离开了闽南。来到长安后，生活如同拨云见日，他的心态稍见平和，试图寻觅一条和缓的途径，以消除自卑。刻苦修养之余，在京畿这陌生之地着意掩饰着赘婿的身份。当初刚踏进封家时，我便察觉到主人似乎在隐藏什么秘密——以那宅院的大小，仆人实在太过稀少了。红羽标榜老爷不爱排场，但根据我所知道的老爷与牡丹姑娘的事迹，老爷显然不是个低调的人。有心又兼具财力，却并未招摇过市，恐怕是迫于形势，怕人多纰漏大。封家在此定居五年，下人中资历最深的管事却只来了两年，之前的一段时日，难道无人伺候？或者是集中地更换过一次仆人？是因为自己的秘密暴露了，旧人不可再用吗？

"由此可见，他对入赘一事何等在意！夫人心思细腻，想必也已经察觉，于是她放低身段，竭力做个贤妻；为免触及丈夫心中伤痛，尽量不去张扬往事，甚至连父亲都不常提起。只是，这世道高低贵贱如此分明，无论身处上位者如何迁就，受欺压的一方也不能甘心领情。因为，人一旦陷入某种心境，便难以自拔，任何一件无关的事情都能与之牵连上。例如，别个男子沾惹红颜，正妻不依时，他们甚至窃喜'是娘子在体谅我呢'；而同样的事落到他身上，他便以为'玉蝶管制我，只因我是赘婿，是专属于她的'。如此，越是相处，隔阂越深，越觉差异巨大。此时，他已有些绝望了。为了反抗，才愈加频繁地往青楼去。这只是手段，要借此证明自己可以与旁人一样；妻子越忍让，自己便越觉得扬眉吐气。他对牡丹姑娘并无情感，连迷恋都称不上。说到迎娶她时——妻子已逝而再娶，应叫作'续弦'；他却说'纳妾'。在他心目中，这女子至多是个'妾'，而'妻'只有一人！

"其实，仅凭案情推断，说他贪花恋色，苦心设计，谋夺家产，也无不可。但若是蓄意杀人，怎会留下墓碑这般的大破绽？到底还是被逼到绝境愤起行凶合理些。作为起因的赠珠，不过是一场测试，看自己能否像其他男子般支配妻子的财物。而最终会酿成如此恶果，也是他始料未及。杀人之初，他惊惶恐惧；然后便忧思过度，陷入麻木茫然；之后才渐渐清醒过来。对于亲手做下的事情，他会如何反应呢？这很有趣！在他的梦境里，夫人就是那只彩蝶，停驻在花上时，那花觉得沉重，拼命要赶它；待它真正飞走了，花枝空颤时，才惊觉孤独，恍悟自己竟也一直恋着它。他始终是爱慕妻子的，初时痴迷，婚后被自怜蒙了眼睛，看不到这份情谊，只当夫人是胸口重压的一块大石；夫人去世后，大石移开，呼吸顺畅了，反而又回到最初逾墙相见时那单纯的爱恋。他那种为掩饰罪行所表现出的伤痛，不全是作伪；能在几日之间构思出那一番偷天换日的谎言，也并非是他天资聪颖，而是在他心底深处，曾无数次希望自己就是与妻子地位对等的表少爷。尤其在与我说了那一遍往事后，他愈加回忆起当年的柔情蜜意，蓦然醒悟：难道我竟亲手杀害了挚爱我并为我所爱的女子吗？人到此时，可没有勇气坦承，只得抓住之前受压时的委屈不放，认定妻子对他无情，如此方能不被愧疚击溃。所以，到他无法承受时，才会那样问我，求一个答案；而到了牢房之中，用那短匕刮去蝴蝶双翅上的绣线，赫然见到里面藏的，竟是自己的本名时……他如何不死？他怎能不死？"

离春平日谈吐间，从不流露真情，说到此处，却偏过头去，按在石桌边沿的手掌微微颤抖。杜清平默默凝视，悄悄伸手过去扯她衣袖。明明尚未发力，离春本该无所知觉，离春却仿佛背后生了眼睛，顺势一个旋身，坐上夫君的膝头，面颊滑靠在他肩胛：

"你说，他在狱中自戕，该算是畏罪，还是殉情呢？"

清平缓缓拍抚妻子臂膀，轻声道：

"这一番内情，在封家怎么不说？"

"一些话，与你说说也就罢了；当着外人的面，真露出个愁惨的模样来，不丢脸吗？"

离春略抬起头，见脸侧的朱砂竟在他肩头染上一朵枫叶状的红印，一愕之后颇觉温馨有趣，便换个地方枕下，企图故技重施再印上一片。双手也顺便攀上来，绕住夫君脖颈。

清平静默良久，开口时语调不无担忧：

"如此说来，你真的只为遂他心愿？"

"除此之外，还能有什么图谋？倒是你啊，杜大人，久别重逢，就先扯上许多琐碎事，兜了几圈方才谈及正题——原来是要问案子。开头说些不要紧的，待对方放松警惕，忽然单刀直入……天下做过亏心事的，可没有谁不惧你这一招。大人是将我当作犯人来审了？"

"这可不敢！我只是怕你偏激，恨透了负心的杀妻凶手，便想跳过大唐律例，自己做这裁决。若非私心所致，那就无碍了。他死于狱中，只能怪入牢时狱吏搜身不细吧。"

不错，凭那胡狱丞，搜身自然是不细的。那样的小人，你抓到他犯错却原谅他，他非但不会感激，反而会暗地里笑你痴傻，做起事来更是加倍地玩忽职守。所以，才要探监，才要姑息，借此助长其狂妄，不然，封乘云要如何顺利自绝呢？

他欲求死不假，但人性终归贪生。若不抓紧他万念俱灰的时机，一旦等他想开了，倒也不怕真来个翻供。只不过，大理寺屡次越权办案，着实惹毛了何大人，他正盯着抓把柄呢。一声"冤枉"喊出去，惹来他方介入的话，哼！在这官场上，任何事都可能发生。人证物证俱全的铁案，不也错翻过不少？与其留下这个变数，不如遗下定案的卷宗和一具尸体，来个死无对证，让好斗者无刺可挑，最后由胡狱丞担个"监管不严"的罪名，此事就此揭过，岂不稳妥得多？

离春眼瞳滚过几圈，自然想到话说：

"虽然这一次，我能够体谅凶手的人之常情，但此案终究是特例。我的观感，仍与嫁你之前一般——天下男子之言多不可信。"说着扬起脸来，望着清平侧面，抬指尖在他颊上轻划，"说起来，杜公子打算何时纳一个妾啊？"

清平眼眸瞬间迷离，双臂更揽紧妻子腰肢，勉强正色道：

"多半在我无端暴毙的前日。"

"前日？大人太高估我的度量了。'妹妹'进门当日，家里的晚餐，就是砒霜拌饭！"

"你又在胡思乱想了！"杜清平手臂更收紧些，眼中暗暗凝聚春色，"煞风景的事情已说得够多的了，你我已分别月余，难道一见面就要被公事烦个没完？所谓'小别胜新婚'……"

"等一下。"离春略略推住，"我记得，每审结一桩案件，你都要立刻将来龙去脉整理记录，以免忘记现场细节。这次手快，已写完了？"

"还没。不过不碍的，一切牢记于心。再说，案发那坊又不是第一次去了……"

"什么？你以前到过那边？"离春心中生出不祥预感——似乎还有一个未解之谜啊！

"那是几年前了，现在的封家还是座废宅。当时，我是大理寺的一名评事，曾去那里处理两名乞丐斗殴致死的案子。这事倒简单，但那时随身携带着刚刚写好的一篇文章，结果忙乱间弄丢了，害我懊悔了很久，于是对那地方印象深刻。"

"文章？"不祥之感愈深。

"你知道，我除了习惯作案件纪实外，偶尔心有所触，也会杜撰些故事落于笔端。那一篇是这样写的：一位善良美貌的富家小姐，与一个穷书生两情相许。小姐以银钱资助心上人考取功名，奈何那人无心仕途，居然转去做了生意。此事败露之后，那小姐不堪瞒骗，伤心失望之余投井自尽。我认为如此构架与人之本性极为相符，不知离离以为如何？"

离春呼吸渐重，"咝咝"有声：

"我觉得故事虽好，但写于当代，怕被人疑为影射，还是把时空替换了，省得麻烦。"

"你我所见，果然相同。"清平为此欣喜非常，"我便是将此事写在了贞观年间。原稿丢失之后，我还曾幻想：若有一名读书人拾到，并信以为真，广为传扬，也许会成为脍炙人口的一则鬼怪奇谈呢。"

"原来啊……"离春背脊如琴弦般紧绷，一下下点头：让我困扰多日的罪魁祸首，竟然是你！

杜清平却不懂得看人脸色，只顾沉浸在"谈话终于结束"的喜悦之中：

"若没有其他事情，我们是否可以'慰藉相思'了？"

"那，自然。"离春从他膝上站起，将环在腰间的双手拆解下来，然后俯下身，双臂绵绵缠上清平肩头，眼中仿佛含着水汽，神情十分妩媚，"为这次重逢，我也做了许多准备。刚刚从封家血案中学到：夫妻间亲近，不时换些柴房、假山的古怪地方，便可陡增情趣。一会儿你从正门进去，先向左走，再往右拐，右首第二间……"

"第二间？"清平在心中行进，"那不是书房吗？"

"正是书房啊，里面等着个大大的惊喜。你推开门，往桌案上看，上面就是……"

"是什么？"满怀期待。

"是……是我精心挑拣，从大理寺拿回来的——"眼底水汽一卷，脸色冰冷，"各府县呈报上来的疑难案卷！"收回手长发一甩，转身旋走，"你和它们'小别胜新婚'去吧！"